afgeschreven

SCHAAMTELOOS

SCHAAMTLOOS

Cecily von Ziegesar

DE IT-GIRL # 1
Schaamteloos

www.zilverpockets.nl

ZILVER POCKETS

Zilver Pockets® worden uitgegeven door Muntinga Pockets,
onderdeel van Uitgeverij Maarten Muntinga bv, Amsterdam

www.zilverpockets.nl

Een uitgave in samenwerking met Uitgeverij Arena, Amsterdam

www.boekenarena.nl

Oorspronkelijke titel: *The It Girl*
© 2005 Alloy Entertainment
© 2006 Nederlandse uitgave Uitgeverij Arena, Amsterdam
Vertaling: Ellis Post Uiterweer
Omslagontwerp: Marlies Visser
Foto omslag: Eastnine Inc. / Getty Images
Druk: Bercker, Kevelaer
Uitgave in Zilver Pockets november 2009
Alle rechten voorbehouden

ISBN 978 90 417 62511   NUR 312

Ik heb nooit de school mijn leren in de weg laten staan.

Mark Twain

Een Waverly Owl praat niet met vreemden over halfnaakte lichamen

Iemands schotsgeruite weekendtas van het merk Jack Spade sloeg tegen Jenny Humphreys scheenbeen, waardoor ze ruw uit haar dromen werd gewekt. De trein naar Rhinecliff in de staat New York van tien uur 's ochtends was in Poughkeepsie gestopt, en een lange jongen van een jaar of twintig met stoppels op zijn kin, een donkerbruine vierkante bril van Paul Smith en een T-shirt van de Decemberists stond naast haar zitplaats.

'Deze plaats nog vrij?' vroeg hij.

'Jawel,' antwoordde ze slaperig terwijl ze plaatsmaakte.

De jongen schoof zijn tas onder de bank en kwam naast Jenny zitten.

De trein reed met een slakkengang van een kilometer per uur piepend en steunend verder. Jenny snoof de muffe zweetlucht op die in de wagon hing en wiebelde met haar voet. Ze vroeg zich af of ze erg veel te laat zou komen op de Waverly Academy. Als haar vader Rufus haar daar in zijn oude blauwe Volvo had gebracht, zou ze erg vroeg zijn geweest. Haar vader had haar bijna gesmeekt de lift te accepteren, maar Jenny wilde niet door haar ongeschoren vredesactivist van een vader naar haar chique nieuwe kostschool worden gebracht. Ze kende hem goed genoeg om te weten dat hij met haar nieuwe klasgenoten gedichten zou willen bespreken, en hun foto's laten zien van toen ze nog in groep acht zat en uitsluitend gifgroene en knaloranje fleecetruien droeg. Dank je wel, pap, ik ga wel alleen.

'Ga je naar het Waverly?' vroeg de jongen. Met opgetrokken wenkbrauwen keek hij naar de *Gids met gedragsregels voor leerlingen van de Waverly Academy* die ongeopend op haar schoot lag.

Jenny veegde een bruine lok uit haar gezicht. 'Ja,' antwoordde ze. 'Ik ben een nieuwe leerling.' Ze kon haar enthousiasme niet verbergen – ze was zo opgewonden dat ze naar een gloednieuwe kostschool ging dat ze er buikpijn van kreeg, net of ze moest plassen.

'Onderbouw?'

'Bovenbouw. Vroeger zat ik op het Constance Billard. In de stad.' Jenny was blij dat ze een redelijk chic verleden kon onthullen, of dat het in elk geval zo klonk.

'Was het tijd voor iets nieuws, of was er iets anders aan de hand?' Hij speelde met zijn versleten leren horlogebandje.

Jenny haalde haar schouders op. Deze jongen zag er ongeveer net zo oud uit als haar broer Dan. Die was twee dagen geleden naar het Evergreen College aan de westkust vertrokken met niets anders bij zich dan twee tassen, zijn Mac-G4-laptop en twee sloffen sigaretten. Jenny daarentegen had al twee grote dozen en een paar tassen naar het Waverly opgestuurd, en ze had een enorme koffer en een volgepropte weekendtas bij zich. In haar opwinding tijdens de voorbereidingen voor haar vertrek naar de kostschool had ze bijna alle schappen met haarverzorgings-, cosmetica- en andere vrouwelijke beautyproducten bij cvs leeggekocht – want wie weet wat je op kostschool allemaal wel niet nodig kon hebben? Ze had ook uitgebreid inkopen gedaan bij Club Monaco, J. Crew en Barneys, allemaal met de creditcard die ze van haar vader mocht gebruiken om schoolspulletjes in te slaan. 'Zoiets,' antwoordde ze uiteindelijk. De waarheid was dat haar was gevraagd niet terug te komen naar het Constance – kennelijk vonden ze daar dat ze een slechte invloed op de andere meisjes had. Jenny vond helemaal niet dat ze een slechte invloed had – ze probeerde gewoon een beetje lol te trappen, precies zoals alle andere meisjes van school. Maar om de een of andere reden hadden haar momenten van grote lol behoorlijk de aandacht getrokken en waren die nogal beschamend geweest: een foto van haar tieten in een sportbeha was in een tijdschrift verschenen (ze had gedacht dat ze model stond voor sportkleding); via een webcam waren beelden van haar halfnaakte achterste door de hele school verspreid; en ze had op feestjes met de verkeerde jongens heftig zitten zoenen – en natuurlijk was iedereen daarachter gekomen.

De laatste druppel was dat Jenny een nacht in het Plaza Hotel had doorgebracht met de oude band van haar broer, de Raves. De volgende dag had er een foto van haar op internet gestaan, waarop te zien was dat ze uit het Plaza kwam met niets anders aan dan een dikke witte badjas. Er deden geruchten de ronde dat Jenny met álle leden van de Raves naar bed was gegaan, ook met haar broer. Getverderrie! Bezorgde ouders belden snel de directrice van het Constance op, in alle staten over Jenny's losbandige gedrag. Het Constance had immers een voortreffelijke reputatie hoog te houden!

Hoewel Jenny met geen van de Raves naar bed was gegaan, laat staan met allemaal, had ze de geruchten toch niet willen ontzenuwen – ze vond het eigenlijk wel leuk om in het middelpunt van de belangstelling te staan. Dus toen Jenny tegenover mevrouw MacLean zat, de directrice van het Constance Billard, in haar zeer vaderlandslievende rood, wit en blauwe kantoor, had Jenny ineens iets beseft: het was niet het einde van de wereld als je van het Constance werd getrapt. Dit was haar kans om een nieuw leven te beginnen, om het mondaine meisje dat nooit blundert te worden dat ze altijd al had willen zijn. En wat was de chicste plek om zo'n nieuw leven te beginnen? Nou, een kostschool, natuurlijk.

Tot haar vaders verdriet – Rufus wilde volgens haar eeuwig met zijn kroost in hun appartement in Upper West Side blijven wonen – had Jenny ijverig naar geschikte kostscholen gezocht en was er zelfs naar een paar gaan kijken. De eerste school bleek erg streng te zijn en was te saai voor woorden. Op de tweede school daarentegen had iemand haar binnen een paar minuten xtc aangeboden en werd haar topje uitgetrokken. Net als het derde bedje waarin Goudlokje was gaan liggen, was de derde school die Jenny probeerde precies goed. Dat was het Waverly.

Nou ja, om de waarheid te zeggen: ze was niet echt naar het Waverly gaan kijken aangezien ze daar geen tijd meer voor had. Het inschrijfformulier had ze veel te laat opgestuurd, en ze had dat nog creatief ingevuld ook. Maar ze had talloze foto's op internet gezien en alle namen van de verschillende gebouwen uit haar hoofd geleerd, evenals de plattegrond van de school. Ze wist zeker dat het de ideale plek voor haar was.

'Vroeger zat ik op het St. Lucius,' zei de jongen terwijl hij een boek uit zijn tas haalde. 'Onze school had de pest aan het Waverly.'

'O,' reageerde Jenny terwijl ze achteroverleunde.

'Geintje.' Hij lachte en richtte zijn aandacht op zijn boek.

Jenny zag dat het *Tropic of Cancer* van Henry Miller was, een van de lievelingsboeken van haar vader. Volgens Rufus was het boek destijds verboden geweest omdat er zoveel waarheidsgetrouwe dingen over liefde en seks in New York City in stonden. Toe maar, sekspassages. Jenny voelde dat ze bloosde.

En toen drong het tot haar door dat ze zich gedroeg als

haar oude, niet-mondaine zelf. En het stond wel als een paal boven water dat de Oude Jenny niets uitstraalde.

Jenny nam de jongen eens goed op. Ze kende hem niet en zou hem waarschijnlijk nooit meer tegenkomen, dus wat kon het haar schelen wat hij van haar dacht? Op het Waverly zou Jenny de verbluffend mooie en geweldige Nieuwe Jenny zijn, het meisje om wie alles draaide.

Waarom niet nu al de Nieuwe Jenny zijn?

Ze raapte al haar moed bijeen. Ze had al die tijd haar armen over elkaar geslagen gehouden, maar nu liet ze die langs haar zij vallen en onthulde haar nogal forse boezem met cupmaat DD, die er nog groter uitzag omdat ze nauwelijks een meter vijfenvijftig lang was. Ze ging rechtop zitten. 'Eh... Interessant boek? Staat er nog wat leuks in?'

De jongen keek verward op en liet toen zijn blik van Jenny's onschuldige gezicht naar haar boezem en vervolgens naar het boek dwalen. Uiteindelijk trok hij zijn neus op en zei: 'Gaat wel.'

'Wil je me eens een stukje voorlezen?'

De jongen bevochtigde zijn lippen. 'Oké. Maar alleen als jij me eerst voorleest uit jouw boek.' Hij tikte op de bordeauxrode omslag van haar geliefde *Gids van gedragsregels voor leerlingen van de Waverly Academy*.

'Goed.' Jenny sloeg het boekje met de schoolregels open. Dat had ze een paar weken geleden gekregen en ze had het van begin tot eind verslonden. Ze vond de leren omslag prachtig, het roomwitte papier geweldig en de kinderlijke, een beetje neerbuigende en Britse schrijfstijl helemaal het einde. Het was allemaal zo keurig en deftig. Jenny wist zeker dat ze na een paar weken op het Waverly net zo goedgemanierd, gracieus en volmaakt zou zijn als Amanda Hearst, het jonge lid van de beau monde, of wijlen Carolyn Bessette Kennedy.

Ze schraapte haar keel. 'Hier, dit is mooi: "Waverly Owls dansen in het openbaar niet op een seksueel suggestieve manier."' Ze lachte. Hield dat in dat je wel privé op een seksueel suggestieve manier mocht dansen?

'Noemen ze jullie echt Waverly Owls?' De jongen boog zich over haar heen om in het boekje te kunnen kijken. Hij rook naar een lekkere zeep.

'Jazeker!' Jenny grijnsde bij de gedachte. Zij, Jenny Humphrey, werd een Waverly Owl!

Ze sloeg de bladzij om. '"Waverly Owls zijn niet seksueel actief. Een Waverly Owl doet geen gevaarlijke dingen zoals van Richards Bridge springen. Een Waverly Owl draagt geen truitjes met spaghettibandjes of rokjes die tot halverwege de dij komen."'

De jongen gniffelde. 'Het gaat toch over meisjes? Kunnen ze jullie niet beter Owlettes noemen?'

Jenny sloeg het boekje dicht. 'Zo. Nu is het jouw beurt.'

'O, maar ik ben er nog maar pas in begonnen. Ik begin wel bij het begin.' De jongen grijnsde breed. '"Vanaf het eerste begin heb ik mezelf aangeleerd nooit hevig naar iets te verlangen."'

Grappig, dacht Jenny. Zij verlangde altijd juist veel te hevig naar van alles en nog wat.

'"Ik was verdorven"', ging de jongen verder. '"Verdorven vanaf het begin."'

'Ik ben ook verdorven!' flapte Jenny eruit. 'Maar niet vanaf het begin.' De Oude Jenny geloofde haar oren niet. Dat de Nieuwe Jenny zulke dingen zei...

'O?' De jongen sloeg het boek dicht. 'Trouwens, ik heet Sam.'

'Jenny.' Ze keek of Sam misschien haar hand wilde schudden, maar hij hield zijn hand op zijn schoot. Ze lachten een beetje ongemakkelijk naar elkaar.

'En, komt het doordat je zo verdorven bent dat je naar een kostschool gaat?' vroeg Sam.

'Misschien.' Jenny haalde haar schouders op, en probeerde daarbij er zowel koket als mysterieus uit te zien.

'Vertel op.'

Ze zuchtte eens diep. Ze moest eigenlijk de waarheid vertellen, maar het klonk nogal sletterig om te zeggen: iedereen dacht dat ik met alle bandleden de koffer in was gedoken, en dat heb ik niet ontkend. Nee, dat klonk niet erg chic of mysterieus. Daarom besloot ze een beetje creatief met de waarheid om te gaan. 'Nou, ik deed mee aan een nogal ondeugende modeshow.'

Sams ogen fonkelden geïnteresseerd. 'Hoe bedoel je?'

Ze moest even nadenken. 'Nou, ik had een lingeriesetje aan, een behaatje en een slipje. En hoge hakken. Dat was misschien iets te gewaagd voor sommige mensen.'

Het was niet helemaal gelogen. Jenny had vorig jaar inderdaad model gestaan – voor een advertentie in een tijdschrift. Met kleren aan. Maar kleren leken op dit moment niet echt boeiend.

'O ja?' Sam schraapte zijn keel en schoof zijn bril goed. 'Ken je Tinsley Carmichael? Je zou van haar gehoord moeten hebben.'

'Wie?'

'Tinsley Carmichael. Die zit ook op het Waverly. Ik ga nu naar Bard, maar vorig jaar heb ik haar een paar keer op feestjes gezien... Ze kwam met haar eigen watervliegtuig naar school. Ik heb gehoord dat ze niet meer naar school gaat omdat Wes Anderson haar de hoofdrol in zijn nieuwe film heeft aangeboden.'

Jenny haalde haar schouders op. Ze had het spannende gevoel dat ze met die Tinsley de competitie moest aangaan. Die klonk precies als de Nieuwe Jenny.

De vermoeid uitziende conducteur kwam door het gangpad en pakte haar kaartje. 'Volgende station: Rhinecliff.'

'O, daar moet ik eruit.' Jenny haalde diep adem. Het ging nu echt gebeuren! Ze keek uit het raampje in de verwachting iets heel bijzonders te zien, maar zag alleen bomen met een weelderig bladerdak, een grote wei en telefoonpalen. Maar toch, bomen! Een wei! De enige wei die ze kende, was Sheep Meadow in Central Park, en daar zat het altijd vol met drugdealers en te magere, halfnaakte meisjes die aan het zonnebaden waren.

Ze stond op en pakte haar rode, zachte tas met de witte stippen en de oude bruine koffer die ze van haar vader had geleend. Naast het handvat zat een sticker geplakt waarop stond: MET LIEFDE WORDT MEER BEREIKT DAN MET BOMMEN. Dat paste niet erg bij de Nieuwe Jenny. Toen ze de koffer uit het bagagerek probeerde te tillen, stond Sam op om haar te helpen. Moeiteloos zette hij de koffer op de grond.

'Bedankt,' zei ze blozend.

'Graag gedaan.' Hij streek het haar uit zijn ogen. 'En, krijg ik nog de foto's te zien, van jou in de modeshow?'

'Als je op internet gaat zoeken,' loog Jenny. Ze keek uit het raampje en zag in de verte een oude windhaan boven op het dak van een oude, vervallen boerderij. 'De ontwerper heet eh... De Haan.'

'Nooit van gehoord.'

'Hij is ook niet zo bekend,' zei Jenny snel.

Het viel haar op dat de jongen op de bank achter hen naar het gesprek luisterde. De jongen droeg een gelikt roze poloshirt. Jenny probeerde te zien wat hij op zijn BlackBerry tikte, maar toen hij merkte dat ze naar hem keek, legde hij zijn hand over het scherm.

'Eh... Je moet een keer naar Bard komen,' zei Sam. 'We hebben heel coole feesten. Met dj's en zo.'

'Oké,' zei Jenny terwijl ze achteromkeek. Ze trok haar wenkbrauwen een beetje op. 'Maar je weet dat een Waverly Owl niet op een seksueel suggestieve manier danst.'

'Ik zal het niet verklikken,' reageerde hij met zijn blik op haar borsten gericht.

'Dag, Sam,' zei Jenny zo flirterig mogelijk. Ze zwaaide, stapte toen uit de trein en zoog haar longen vol frisse buitenlucht. Goh.

Het was nog wel even wennen aan de Nieuwe Jenny!

Owlnet instant message inbox

RyanReynolds: Hé, Benster! Welkom terug, meisje!

BennyCunningham: Hoi, schat! Hoestie?

RyanReynolds: De vlucht hiernaartoe was een ramp! Mijn vader had een gestoorde piloot, ze zaten de hele tijd te ouwehoeren en we vlogen steeds sneller en sneller...

BennyCunningham: Volgende keer ga je met mij mee. Ik smokkel je wel mee onder mijn pashmina.

RyanReynolds: Wrijf het maar in! Hé, heb je die foto van Callie in Atlanta Magazine gezien?

BennyCunningham: Nee, maar ik heb gehoord dat haar moeder zowat een rolberoerte kreeg! Ze moest het sussen in Good Morning America.

RyanReynolds: Op die foto ziet Callie er behoorlijk stoned uit.

BennyCunningham: Gaat ze nog steeds met die Easy? Als het uit is, wil ik hem wel.

RyanReynolds: Kweenie. Ik hoorde dat hij in Lexington met een heel mooi meisje met helblauwe ogen en zwarte dreads heeft gedanst.

BennyCunningham: Dat zou Tinsley kunnen zijn. Alleen heeft die geen dreadlocks.

RyanReynolds: Ja, hè? Jammer dat ze vanavond niet op het feest komt.

BennyCunningham: Zonde.

Een Waverly Owl geeft niet toe aan de behoefte haar vriendje van top tot teen af te lebberen

Callie Vernon zette haar bagage neer in de deuropening van kamer 303 van Dumbarton, een van de 'huizen' waarin de kostschool was verdeeld. Ze keek om zich heen. De kamer was nog precies zoals Brett, Tinsley en zij die hadden achtergelaten – alleen slingerden er geen lege flesjes cola light, asbakken vol peukjes Parliament en cd-hoesjes rond. Vorig jaar waren Callie en haar twee beste vriendinnen Brett Messerschmidt en Tinsley Carmichael hier nieuw, en kregen ze een afschuwelijk kamertje met maar één raam toegewezen. Maar Tinsley had meteen de eerste week drie sullige meisjes uit de hoogste klas omgekocht om van kamer te ruilen door hun uitnodigingen voor de leukste geheime feesten te beloven. Ze hadden deze kamer gewild omdat het een van de grootste was en de schuiframen uitzicht boden over de Hudson, en omdat de kamer dicht bij de brandtrap was – ideaal om er 's avonds stiekem vandoor te gaan.

Brett was nog niet terug op school, en Tinsley was vorig jaar van school gestuurd. Ze waren met een lijf vol xtc om vijf uur 's ochtends op het rugbyveld betrapt door meneer Purcell, de stijve natuurkundeleraar die elke ochtend voor zonsopgang met zijn drie keurig getrimde schnauzers ging joggen. Het was de eerste keer dat ze xtc hadden geprobeerd, en het duurde even voordat de lachstuip om de belachelijke honden ophield en het tot hen doordrong dat ze tot over hun oren in de shit zaten. De meisjes werden om de beurt bij de rector op het matje geroepen – eerst Tinsley, toen Callie en vervolgens Brett – maar alleen Tinsley werd van het Waverly getrapt.

Callie ving een glimp op van zichzelf in de pas met glassex behandelde spiegel boven het eikenhouten bureau, en trok haar witte topje van Jill Stuart en haar citroengele Tocca-plooirokje recht. In de zomervakantie was ze afgevallen en de rits aan de zijkant schoof steeds naar haar navel. Callie was nu op het magere af, en ze had sproetjes van de zon gekregen. Haar haar was lang en krullerig, en haar ogen werden omzoomd door lange wimpers die bij de puntjes blond waren gebleekt. Ze tuitte haar lippen, blies een kusje naar de spiegel en voelde zich zenuwachtig worden.

De hele zomer had Callie steeds moeten denken aan Tinsley die wél van school was gestuurd, en Brett en zij die hadden mogen blijven. Waarom? Had Brett het zo geregeld? Brett vertelde nauwelijks iets over thuis – haar ouders kwamen nooit op Parent's Day, en Brett nam nooit een vriendin voor een weekend mee naar huis in East Hampton. Tinsley had eens gezegd dat er dingen waren waarvan Brett niet wilde dat anderen die wisten. Zou Brett het zo hebben gemanipuleerd dat Tinsley van school werd getrapt en dus haar geheimen niet openbaar kon maken? Het klonk als iets uit een soapserie, maar Brett deed soms zo melodramatisch dat Callie haar toch wel tot zoiets in staat achtte.

Callie ging op haar bureaustoel zitten, blij om weer op school te zijn. De zomervakantie was een ramp geweest, en niet alleen omdat ze haar twee vriendinnen niet had gesproken – ze had helemaal niets van hen gehoord. En dan was er ook nog de foto in *Atlanta Magazine* geweest waarop Callie in Club Compound met een glas vanille-martini in haar hand op tafel stond te dansen. Eronder stond: Drank maakt meer kapot dan je lief is: minderjarige dochter van de gouverneur misdraagt zich. Natuurlijk viel dat niet goed bij de conservatieve kiezers die in Georgia op haar moeder moesten stemmen. Oeps.

Na die afschuwelijke nachtmerrie was Callie naar Barcelona gevlogen, waar haar familie een villa bezat – meneer Vernon was gedeeltelijk van Spaanse afkomst en ging 's zomers altijd naar Europa om in onroerend goed te handelen. Ze had gehoopt dat Barcelona de ideale achtergrond zou zijn voor een romantisch rendez-vous met haar vriendje Easy Walsh. Maar het was allesbehalve romantisch geweest. Eerder bizar.

'Hoi,' hoorde ze een hese stem achter zich.

Met een ruk draaide Callie zich om. Easy. Daar stond hij in de deuropening, een meter tachtig aan sexy jongen in gekreukelde kleren, knapper dan ze hem ooit had gezien.

'O!' Ze voelde dat haar handen klam werden.

'Hoe is het?' vroeg hij terwijl hij aan de rafelige zoom van zijn poloshirt trok. Zijn glanzende, bijna zwarte haar krulde in zijn nek en rond zijn oren.

'Verward' zou haar gevoelens het best omschrijven. De laatste keer dat ze Easy had gezien, was toen ze hem bij het vliegveld van Barcelona had afgezet. Ze hadden elkaar geen afscheidskus gegeven, ze hadden de laatste dag dat hij er was zelfs nauwelijks een woord gewisseld.

'Prima,' antwoordde ze op haar hoede. 'Hoe kom jij hier? Heeft Angelica je gezien?' Angelica Pardee hield toezicht over het huis en was heel streng wat betreft mannelijk bezoek. Dat was uitsluitend toegestaan in het uur tussen het sporten en het avondeten.

'Je bent mager geworden,' zei Easy zacht, zonder antwoord op haar vraag te geven.

Callie fronste. 'Zoek je meteen de eerste schooldag al problemen?'

'Je hebt nauwelijks tieten meer,' ging hij verder.

'Jezus!' mompelde ze geërgerd. Om de waarheid te zeggen, ze had de hele zomer geen honger gehad – ze had zelfs geen zin gehad in paella, terwijl ze daar normaal gesproken zo dol op was. Ze was te zenuwachtig om te eten, eigenlijk te zenuwachtig om ook maar iets te doen. De laatste weken in Spanje had ze als een dweil op de bank gelegen in een witte Dior-bikini die een tikkeltje versleten was en een gescheurde oude sarong die ze voor bijna niets op de markt in Barcelona op de kop had getikt, echte batik. Ze had uren en uren naar *The Surreal Life* in het Spaans gekeken. En dat terwijl ze nauwelijks Spaans verstond. 'Waarom ben je nu al terug?'

Easy was meestal te laat terug op school – iets waar de schoolleiding niet blij mee was – omdat hij per tractor met aanhanger reisde. In die aanhanger zat zijn paard Credo, een Thoroughbred. Credo ging altijd mee naar school.

'Credo komt pas volgende week, dus was er geen enkele reden om te laat te komen.'

Hij keek Callie aan. Het was al aan sinds vorig jaar herfst, maar hij had er moeite mee haar terug te zien op school nadat zijn ouders in de zomervakantie een brief op poten van rector Marymount hadden gekregen waarin stond dat hij Easy dit jaar goed in de gaten zou houden. Kennelijk waren er regels waaraan moest worden vastgehouden, en dat Easy's grootvader, vader en drie oudere broers allemaal op het Waverly hadden gezeten, wilde niet zeggen dat Easy die regels aan zijn laars mocht lappen. Dus in plaats van een week te laat met Credo te komen, vloog Easy in zijn eentje op een chartervlucht van Kentucky naar New York, in een vliegtuig met leren vliegtuigstoelen en champagne zoveel hij maar wilde. Klinkt goed, toch? Alleen was het niet wat Easy voor ogen had gehad.

Regelmatig droomde Easy ervan om van het Waverly te worden getrapt – en dan herinnerde hij zich wat hij met zijn vader had afgesproken: als hij voor het eindexamen slaagde, mocht hij een jaar naar Parijs. Zijn vader had al een groot appartement in het Quartier Latin voor hem klaarstaan. Parijs – dat was pas cool. Hij zou absint drinken, vanuit zijn slaapkamerraam straatgezichten schilderen en met een Gauloise in zijn mondhoek op een oude, rammelende fiets langs de Seine rijden. Hij kon zich suf roken en niemand die er iets van zou zeggen!

'Ga je nog naar het feest in Richards?' vroeg Callie.

Easy haalde zijn schouders op. 'Kweenie.' Hij bleef maar in de deuropening staan.

Callie haalde haar voet uit de Burberry-instapper met de spitse neus en zette haar tenen met de roze gelakte nagels op de vloer. Ze voelde zich ineens vreselijk bang. Waarom wilde Easy niet naar het eerste feest van het schooljaar? Iedereen ging altijd naar het eerste feest van het schooljaar. Had hij soms een ander vriendinnetje? Iemand met wie hij de eerste avond op school alleen wilde zijn?

'Nou, ík ga wel,' zei ze snel. Ze sloeg haar armen over elkaar. Geen van beiden maakte een beweging naar de ander toe. Toch zag Easy er met zijn warrige haar, brede schouders en goudbruine onderarmen zo onweerstaanbaar uit dat Callie hem wel van top tot teen had willen aflebberen.

'Had je na Spanje nog een leuke vakantie?' vroeg ze met een piepstem, hoewel ze onverschillig probeerde te klinken.

'Gaat wel. Lexington was net zo stomvervelend als altijd.' Hij haalde een tandenstoker van achter zijn oor vandaan en stak die tussen zijn enigszins droge lippen.

Callie leunde tegen haar roomwit geschilderde bed. Zijn bezoek aan Spanje was vanaf het begin misgegaan. Easy moest toeristenklas vliegen, en toen hij aankwam, was hij gespannen en nors geweest. Hij was linea recta naar een bar gegaan – niet zo'n leuk terrasje, rechtstreeks uit *The Sun*

Also Rises, maar gewoon de dichtstbijzijnde bar op de luchthaven. Daarna was hij op de bank van de Vernons *out* gegaan, en dat was nogal problematisch geweest omdat Callies vader elke minuut dat hij even niet werkte op die bank moest zitten om naar CNN te kijken.

Callie ging met haar heupen naar voren staan en beet op haar pas gemanicuurde duimnagel. 'O, fijn,' zei ze uiteindelijk. Ze zou haar armen wel om hem heen willen slaan en hem overal kussen, maar dat was onmogelijk omdat hij geen poging deed haar te omhelzen.

Plotseling zag ze een bekend persoon achter Easy, en haar hart sloeg over.

'Meneer Walsh!' kraaide Angelica Pardee, het hoofd van Dumbarton. Angelica was nog niet eens dertig, maar leek haast te hebben de middelbare leeftijd te bereiken. Deze dag droeg ze een dun, vormeloos donkerbruin vestje, een rechte zwarte rok tot op de knie en degelijke zwarte schoenen van Easy Spirits. Op haar bleke kuiten waren blauwige adertjes te zien, en ze had geen make-up op. 'Moet ik je nu al een slechte aantekening geven?'

Easy schrok. 'Het spijt me,' zei hij. Als verdwaasd bracht hij zijn hand naar zijn hoofd, alsof hij aan geheugenverlies leed. 'Ik sta hier nog maar net, ik was vergeten waar ik was.' Hij keek Callie recht aan, en ze kreeg kippenvel op haar armen.

Geluidloos bewoog hij zijn lippen: zie ik je straks nog?

Ze knikte bijna onmerkbaar. Stal?

Morgen?

Callie wilde vragen: waarom niet vanavond? Maar dat deed ze niet.

'Meneer Walsh!' snauwde Angelica. Ze pakte hem bij zijn kraag. Haar gezicht zag vreemd rood.

'Ja, ja,' zei Easy. 'Ik zei toch dat ik wegging?'

Hoofdschuddend duwde Angelica Easy de gang op.

Callie draaide zich om en keek uit het raam. Vorig jaar gingen ze altijd naar een verlaten box om een beetje te vrijen. Er waren maar een paar leerlingen die hun paard mee naar school namen, daarom stonden er heel wat boxen leeg. Het stak haar dat zíj had moeten voorstellen elkaar daar te treffen; dat had híj moeten doen.

Nieuwe leerlingen liepen de trappen van Dumbarton op, altijd met veel te veel bagage. Het viel Callie op dat de meisjes erg onder de indruk leken. Ze leefde met hen mee. Er waren veel dingen op een kostschool waarop je je niet echt kon voorbereiden. Deze meisjes zouden er gauw genoeg achter komen dat ze de helft van hun spullen helemaal niet nodig hadden, en dat ze de echt belangrijke dingen waren vergeten – zoals lege shampooflessen om wodka in te doen. Ze zag de drom nieuwelingen uiteenwijken toen Easy de trap van Dumbarton af kwam. Hij knikte naar de nieuwe, onschuldige meisjes. Jezus, het viel niet mee om het vriendinnetje van zo'n grote versierder te zijn...

Ze verborg haar gezicht in haar handen. Het was overduidelijk wat er in Spanje verkeerd was gegaan. Hun laatste avond samen had ze Easy iets verteld wat heel erg belangrijk en beangstigend was. En wat was zijn reactie? Niets. Stilte.

Callie slaakte een diepe zucht. Ze moesten het er morgen maar over hebben, al hoopte ze dat het niet alleen maar bij praten zou blijven.

Owlnet instant message inbox	
BennyCunningham:	Mijn broer heeft een vriend op het Exeter die zegt dat er een nieuw meisje op het Waverly is die in New York stripper is.
HeathFerro:	?!?
BennyCunningham:	Jawel. In een tent die heet... de Hen Party? Chicken Hut? Horse Stable? Volgens mij ergens in Brooklyn. Ik heb het mijn neef in de Village gevraagd. Het is zo'n tent waar ze helemaal naakt gaan. Ook de string gaat uit.
HeathFerro:	Wanneer stel je me aan haar voor?
Benny Cunningham:	Heath, wat ben jij een eikel.
HeathFerro:	Dat is toch niks nieuws?

Een Waverly Owl zorgt dat haar gigantische beha's nooit ofte nimmer worden gezien

'Zet u me hier maar af,' zei Jenny tegen de taxichauffeur toen ze het discrete bordeauxrode bord met WAVERLY ACADEMY erop zag dat aan een boom hing naast een één verdieping tellend bakstenen gebouw. Het Waverly was niet ver van het station, maar Jenny wilde er zo snel mogelijk zijn.

'Zeker weten?' De taxichauffeur draaide zich om en Jenny zag zijn scherpe neus en zijn vaalblauwe pet van de Yankees. 'Want de administratie is...'

'Ik ben hier leerling,' viel Jenny hem in de rede. Haar hart sprong op van vreugde terwijl ze dat zei. 'Ik weet waar de administratie is.'

Gelaten hief de taxichauffeur zijn handen op. 'De klant is koning.'

Jenny gaf hem een biljet van twintig dollar, stapte uit en keek om zich heen.

Ze was er. Ze was op het Waverly. Het gras leek groener, de bomen hoger en de hemel helderder en blauwer dan waar ze ooit was geweest. Overal stonden groenblijvende struiken, en rechts van haar was een breed, met keien geplaveid pad dat slingerend een heuvel op ging. Links was een weelderig grasveld, en in de verte zag ze een paar jongens in Abercrombie-shorts een balletje trappen. Het róók hier zelfs naar kostschool. Dezelfde geur als in het dichte bos waar ze een paar keer was geweest, voordat ze had beseft dat ze beter niet met haar vader en zijn rare, anarchistische vrienden in het zuiden van Vermont kon gaan kamperen.

Een roomkleurige Mercedes cabriolet reed langs. Ze hoorde de klok in de klokkentoren plechtig één uur slaan.

'Ja,' fluisterde ze voor zich uit. Ze sloeg haar armen om zich heen. Ze was er echt.

Eerlijk gezegd wilde ze enkel en alleen uit die taxi om de grond van het Waverly te kunnen betreden. Ze wist precies waar ze moest zijn. Ze keek naar het bakstenen gebouwtje naast zich en ineens drong het tot haar door dat er klimop over de ramen heen was gegroeid en dat de deur dichtgeroest zat. Dit kon de administratie niet zijn waar ze zich moest melden. Nog een auto reed langs, deze keer een Bentley, grijs als een slagkruiser. Jenny besloot de dure luxewagens te volgen.

Ze sjouwde haar bagage de heuvel met het pas gemaaide gras op, waarbij de hakken van haar schoenen diep wegzakten in het veerkrachtige gazon. Rechts van haar zag ze een atletiekbaan, geflankeerd door hoge witte tribunes. Een paar meisjes renden met opwippende paardenstaartjes over de baan. Boven op de heuvel zag ze achter de donkergroene bomen een witte kerktoren en de leien daken van nog meer bakstenen gebouwen. De jongens met de bal waren opgehouden met voetballen en stonden op een kluitje in haar richting te kijken. Keken ze naar háár?

'Lift nodig?' hoorde ze plotseling een mannenstem achter zich. Jenny keek om en zag een gebruinde man van middelbare leeftijd en parelwitte tanden die zijn hoofd uit het raampje van een zilverkleurige Cadillac Escalada had gestoken. In zijn donkere pilotenbril van Ray-Ban zag ze zichzelf weerspiegeld. Ze zag er nogal belachelijk uit in een te strak Lacoste-poloshirtje terwijl ze haar bagage de heuvel op sjouwde op roze sandaaltjes met spitse neuzen. Het shirtje had ze bij Bloomingdale's gekocht omdat ze dacht dat het haar het gevoel zou geven dat ze thuishoorde op een chique kostschool, en ze was een paar keer naar de sandalen gaan kijken voordat ze eindelijk in de uitverkoop gingen en ze ze kon kopen.

'Eh... graag. Ik moet naar de administratie.' Ze stapte achter in de SUV. Die rook nieuw. Een jongen met vaalblond haar en scherpe gelaatstrekken zat voorin. Hij keek bedrukt en draaide zich niet naar haar om.

'Ik weet het niet, Heath,' zei de man zacht tegen de jongen. 'Het kan zijn dat je geen feest kunt geven – je moeder en ik zijn dat weekend misschien in het huis in Woodstock.'

'Klootzak,' mompelde de jongen. Zijn vader zuchtte.

Het viel Jenny nauwelijks op dat de jongen zich onbeschoft gedroeg; zij had uitsluitend oor voor het woord: feest. Ze kon er de jongen moeilijk naar vragen omdat hij zo kwaad keek.

De auto stopte voor een enorm bakstenen gebouw met een bordeauxrood bordje naast de stenen stoep waarop stond: ADMINISTRATIE. Jenny zei netjes dankjewel, pakte haar bagage en liep naar de deur.

Binnen was een wachtkamer ter grootte van een balzaal. De vloer was van donker kersenhout, en aan het hoge plafond hing een kristallen kroonluchter. Vier botergele banken stonden rond een zware teakhouten salontafel geschaard, en op een van de banken lag een knappe jongen met rossig haar FHM te lezen terwijl hij een zakje Fritos at.

'Kan ik iets voor je doen?' vroeg iemand achter haar.

Jenny draaide zich geschrokken om en zag een vrouw van middelbare leeftijd in Laura Ashley-kleding. Ze had grijs haar waar veel haarlak in zat en fletse blauwe ogen, en op haar borst prijkte een naamplaatje: WELKOM, IK BEN MEVROUW TULLINGTON. Ze zat achter een bureau waarop een bordje stond met: NIEUWE LEERLINGEN HIER INSCHRIJVEN.

'Hoi,' zei Jenny. 'Ik ben Jennifer Humphrey, ik ben hier nieuw!'

Ze keek naar het vel papier dat op het bureaublad zat geplakt. Er stond WELKOM OP HET WAVERLY op. Het was een rooster. De school begon morgenavond pas echt met een welkomstdiner, maar de hele dag kon je je opgeven voor de teamsporten.

Mevrouw Tullington tikte iets in op een smetteloze grijze Sony-laptop, en toen fronste ze haar wenkbrauwen. 'We hebben een probleempje.'

Jenny staarde haar aan. Een probleempje? In het betoverde land van het Waverly bestonden geen problemen! Kijk maar naar die waanzinnig knappe jongen die Fritos lag te eten!

'Er staat hier dat je een jongen bent,' ging mevrouw Tullington verder.

'Wacht eens... Wat?' Ineens kwam Jenny bij haar positieven. 'Zei u: jongen?'

'Ja... Hier staat meneer Jennifer Humphrey.' De vrouw bladerde verwilderd door een paar papieren. 'Sommige leerlingen hebben namen die al heel lang in de familie voorkomen, weet je, en misschien dacht de toelatingscommissie dat Jennifer...'

'O,' zei Jenny verlegen. Ze draaide zich om om te kijken of de jongen op de bank het had gehoord, maar hij was er niet meer. De post die ze van het Waverly had gekregen, was inderdaad aan meneer Jennifer Humphrey geadresseerd geweest. Ze had gedacht dat het gewoon een tikfout was. Wat stom om dat te denken. Echt iets voor de Oude Jenny. 'En nu? Al mijn bagage is naar... naar Richards gestuurd. Zo heet het toch?'

'Jawel, maar dat is het jongenshuis.' Mevrouw Tullington legde het langzaam uit, alsof Jenny het niet goed had begrepen. 'We moeten maar een ander plekje voor je zien te vinden.' Ze bladerde door nog meer formulieren. 'De meisjeskamers zijn allemaal vol...' Ze pakte de telefoon. 'We regelen wel iets. Ga jij maar kijken of je spullen in Richards zijn. Alles zou in de woonkamer op de eerste verdieping moeten staan – daar zetten ze de dingen die met de bode zijn gekomen. Het pad rechts, vierde gebouw. Er staat een bord. Zodra we een andere oplossing hebben gevonden, sturen we iemand om je te halen.'

'Oké,' zei Jenny blij. Ze zag de sexy jongens zonder overhemd al voor zich die ze zometeen in Richards zou zien rondhangen. 'Het geeft niet.'

'De voordeur hoort open te staan. Maar ga niet naar de slaapkamers, daar mag je niet komen!' riep mevrouw Tullington haar nog na.

'Dat spreekt vanzelf,' zei Jenny. 'Dank u wel!'

Jenny stond op de stenen stoep voor de administratie. Omdat ze de plattegrond had bestudeerd, wist ze dat de kosthuizen, de kapel, de aula en de lesgebouwen in een kring stonden, met in het midden het voetbalveld. Aan de kant van de Hudson bevonden zich de huizen van het personeel, de kunstgalerie, de botanische laboratoria en de bibliotheek. Alle gebouwen waren opgetrokken uit baksteen en hadden zware, oude ramen met witte sponningen.

Opgewonden liep Jenny naar de woonhuizen, ze moest zich inhouden om niet te gaan huppelen. Meisjes in versleten Citizen-spijkerbroeken en afgetrapte sandalen stapten uit Mercedes suv's en Audi stationwagons, ze omhelsden andere meisjes en hadden het opgewonden over wat er die zomer allemaal was gebeurd op hun landhuizen in Martha's Vineyard of in de Hamptons. Jongens met truien met capuchons en camouflageshorts beukten met hun schouders op elkaar in. Een jongen met een tas van Louis Vuitton riep: 'Ik

heb van de zomer zoveel xtc geslikt dat mijn hersens zijn ge-
smolten!'

Jenny verstarde. Plotseling voelde ze zich heel kleintjes.
Iedereen zag er zo mooi uit – zo goed verzorgd en modieus,
schijnbaar zonder moeite, en dat was veel beter dan uren
voor de spiegel staan klooien, zoals zij altijd deed. Het leek
of ze elkaar allemaal al hun hele leven kenden. Jenny haalde
diep adem en liep verder over het pad.

Plotseling kwam er iets wat eruitzag als een gigantische
aardappel op haar af vliegen. Het maakte een krassend geluid vlak voor Jenny's gezicht.

'Waaaah!' gilde ze, wild om zich heen slaand.

Het ding verdween in een boom. Br! Het zag eruit als een
rat die te veel steroïden had geslikt.

Achter zich hoorde Jenny gegniffel. Met een ruk draaide
ze zich om. De meisjes stonden nog druk met elkaar te praten, maar twee jongens met honkbalpetjes met een w erop
achterstevoren op hun hoofd zaten op een muurtje te kijken. Ineens drong het tot haar door dat ze in haar angst haar
overvolle koffer op de grond had laten vallen. Die was
opengesprongen. O god... Haar gigantische vleeskleurige
beha's met extra steun, met veel haken en ogen en extra
sterke bandjes, die ze moest dragen wanneer ze ongesteld
was, lagen over de grond verspreid. Het waren het soort cir-
custenten dat een dikke oma zou kunnen dragen.

Haastig stopte ze de beha's terug in haar koffer, en ze keek
stiekem of de jongens op het muurtje iets hadden gezien. Ze
waren net bezig een andere jongen met een witte honkbalpet op te begroeten, op die typische jongensmanier waarbij
je elkaar net geen hand geeft en zo half en half omhelst. Ze
letten niet op Jenny. Met al die frisse lucht en het groene,
glooiende landschap letten de jongens van het Waverly misschien niet op buitenmodel tieten en beha's...

Toen draaide de nieuw aangekomene zich naar Jenny om en tikte met zijn wijsvinger tegen zijn rafelige honkbalpet. Hij knipoogde naar haar, alsof hij wilde zeggen: er is hier dan wel veel frisse lucht, maar we hebben onze ogen niet in onze zak zitten.

Waverly Owls weten dat je met schone longen het best kunt krassen

Brandon Buchanan zat op een van zijn zes Samsonites en keek Heath Ferro aan. Wanneer hij op school aankwam, was Heath altijd de eerste die hij zag. Ook al deelden ze een kamer, Brandon vond Heath doorgaans heel vervelend.

'Ik heb een slof sigaretten meegenomen,' schepte Heath op terwijl hij zijn middelgrote Tumi-tas open ritste en Brandon een slof Camel zonder filter liet zien. Ze bevonden zich in de woonkamer van Richards en wachtten tot ze een kamer kregen toegewezen. Het was een heel gewone woonkamer – de plek waar de jongens naar *SportsCenter* keken, pizza's van Rotoli aten en op het bezoekuur met meisjes flirtten – maar toch straalde die iets Engels en vorstelijks uit. Het roomwit gepleisterde plafond was bijna vijf meter hoog en werd onderbroken door donkere balken. Her en der verspreid stonden gemakkelijke fauteuils van verweerd leer, en in een hoek stond een oude tv waarop drie zenders konden worden ontvangen en vreemd genoeg ook ESPN. Op de vloer lag een enorm Perzisch tapijt, en door de erin gebrande gaatjes van achteloos uitgetrapte sigaretten leek het kleed nog antieker.

'Daar ben je in een week doorheen,' schamperde Brandon. Hij haalde zijn hand door zijn golvende goudblonde haar, wat een warrig effect gaf. Heath rookte buiten Richards als een schoorsteen, ook al was roken op het schoolterrein streng verboden, maar de directie kneep een oogje toe. Misschien omdat Heath zo onvoorstelbaar knap was –

hij was lang, slank en atletisch, met groene ogen met gouden vlekjes, geprononceerde jukbeenderen en warrig donkerblond haar. Waarschijnlijker was echter dat Heath' familie hem de hand boven het hoofd hield. Heath' vader had vierenhalf miljoen dollar geschonken voor een zwembad van Olympische afmetingen, en nog een miljoen voor een uitbreiding van drie verdiepingen voor de gerenoveerde botanische bibliotheek. Heath kon dus doen waar hij zin in had zonder bang te hoeven zijn om ook maar een standje te krijgen.

'Heb je die rare meisjeszalf weer meegenomen?' vroeg Heath pesterig.

'Het is vochtinbrengende crème,' legde Brandon uit.

'Het is vochtinbrengende crème,' herhaalde Heath met een piepstemmetje.

Wat deed het ertoe dat Brandon zijn huid goed verzorgde? En gek was op leuke kleren en schoenen en een pietjeprecies was wat zijn kapsel betrof? Hij schaamde zich erg voor zijn lengte – hij was maar een meter vijfenzeventig – en scheerde zijn borstkas omdat hij een hekel had aan die haartjes in het holletje net onder het borstbeen. Zijn minder ijdele vrienden pestten hem daarmee, maar daar trok hij zich niets van aan.

'Wie denk je dat er bij ons op de kamer komt?' vroeg Heath.

'Geen idee. Ryan misschien. Tenzij hij weer een eenpersoonskamer krijgt.' Ryan Reynolds' vader was de uitvinder van zachte contactlenzen en gebruikte zijn rijkdom openlijk om zijn zoon in de wereld vooruit te helpen. Er waren wel meer ouders die de school omkochten, maar dat ging meestal in het geniep.

Heath grinnikte. 'Misschien zetten ze jou wel bij Walsh.'

'Nee, zelfs bij de administratie weten ze wel beter,'

reageerde Brandon. Als Brandon alleen al die naam hoorde – Walsh, Easy Walsh – werd hij helemaal koud vanbinnen.

'Zeg, hoe is het met Natasha?' Heath sprak die naam met een zwaar aangedikt Russisch accent uit.

Brandon zuchtte. Vorig jaar april was het aan geraakt met Natasha Wood, die naar de Millbrook Academy ging. Dat was nadat Easy Walsh zijn vriendinnetje Callie Vernon van hem had afgepikt. 'Twee weken geleden is het uitgeraakt.'

'Echt? Heb je haar bedrogen?'

'Nee.'

'Wat was er dan?'

Brandon haalde zijn schouders op. Het was uit omdat hij Callie niet kon vergeten. Natasha en hij hadden heftig liggen zoenen op het strand van Cape Cod, en toen had Brandon Natasha per ongeluk Callie genoemd. Oeps. Natasha was op de gammele hoge stoel van de strandwacht geklommen en wilde pas weer naar beneden komen als Brandon wegging. Voor altijd en eeuwig.

'Van wie zijn die spullen?' Heath knikte naar de andere kant van het vertrek en legde zijn voeten op de bank van bruin tweed. Er stond een hele stapel roze tassen van L.L. Bean die nog niet door de eigenaar waren opgehaald.

Brandon haalde zijn schouders op. 'Geen idee.' Hij tilde een van de tassen op. 'Jennifer Humphrey.'

'Een jongen die Jennifer Humphrey heet? Belachelijk.'

'Nee, ík ben Jennifer.'

In de deuropening van de woonkamer stond een meisje met krullend haar, gekleed in een lila rokje, een namaak Marc Jacobs. Brandon wist dat het rokje namaak was omdat hij in de zomervakantie een echte voor Natasha had gekocht. Deze Jennifer had een beetje een wipneus en blozende wangen, en ze droeg van die roze schoentjes met een dun hakje die van voren open waren zodat hij haar tenen kon zien.

'Hoi,' zei ze eenvoudigweg.

'Eh...' stamelde Brandon. 'Je zou... je mag hier eigenlijk niet komen...'

'Nee... Maar ik ben er toch.' Ze lachte. 'Ik heb hier een kamer gekregen.'

'Dus jíj bent meneer Jennifer Humphrey?' bemoeide Heath zich ermee terwijl hij zijn benen over elkaar sloeg.

'Ja. Ze dachten dat ik een jongen was.'

Brandon kon wel raden wat Heath dacht: met zulke tieten zie je er bepaald niet als een jongen uit. Jezus, hij kon zich soms echt aan de andere jongens ergeren. 'Ik ben Brandon.' Beleefd stak hij zijn hand uit en ging voor Heath staan.

Jenny trok haar rokje recht. 'Hallo.' Ze voelde zich niet helemaal op haar gemak. Van de zeven jongens die in de woonkamer rondliepen, had ze de twee leukste uitgekozen. Brandon was erg knap met zijn gave huid, mooi goudkleurig haar en lange, volle wimpers. Hij zag er mooier uit dan zij! Jenny hield meer van jongens met een ruiger, slordiger uiterlijk, zoals de jongen die achter Brandon zat, met een beetje vettig haar en een groen overhemd dat eruitzag of hij erin had geslapen. Ze keek nog eens naar hem, en toen besefte ze dat het de jongen was wiens vader haar een lift had gegeven. De jongen die een feest ging geven. Herkende hij haar dan niet?

'Ik moet hier blijven totdat ze weten wat ze met me aan moeten.' Ze keek langs Brandon, misschien herinnerde die andere jongen haar zich toch. 'Mag ik even bij jullie blijven?' Ze probeerde haar stem in bedwang te houden. De Nieuwe Jenny spreekt niet met een piepstemmetje wanneer ze zichzelf uitnodigt om met sexy jongens van kostschool rond te hangen, hield ze zichzelf voor, en ze zette haar nagels in haar handpalm.

'Ja, hoor,' zei de jongen terwijl hij strak naar haar borsten keek.

'Wat doen jullie hier eigenlijk?' Jenny keek om zich heen. 'Moet iedereen hier wachten totdat ze een kamer krijgen toegewezen?'

'Nee, wij hebben het gewoon verknald en moeten wachten totdat ze ons vertellen waar we naartoe moeten.' Hij grijnsde en toverde een BlackBerry uit de zak van zijn kaki broek tevoorschijn.

Jenny ging zitten. 'Wat hebben jullie dan gedaan?'

'Luister maar niet naar Heath.' Brandon schudde zijn hoofd. 'De leraren van het Waverly zijn gewoon niet goed bij hun hoofd.'

Jenny begon zo discreet mogelijk de modder van haar roze schoentjes te peuteren. 'Ik ben daarnet vreselijk geschrokken. Ik werd door iets raars aangevallen toen ik hiernaartoe liep. Het leek een beetje op... op een enorme vliegende kat.'

'O... Dat is een grote Amerikaanse oehoe,' legde Brandon uit. 'Daar zitten er hier veel van. Honderd jaar geleden heeft iemand de school een paartje geschonken en die hebben zich vermenigvuldigd. Ook al maken ze heel wat leerlingen bijna af, toch is de oehoe onze mascotte. Het is traditie dat ze op het Waverly rondvliegen.'

'Ze kakken de hele boel onder,' voegde Heath er nog aan toe.

'O, maar ik ben dol op traditie,' riep Jenny snel uit. 'Alleen, het beest vloog op me af alsof hij het op mij had gemunt.'

'Hoe heeft hij kunnen missen?' mompelde Heath terwijl hij iets op zijn BlackBerry intikte. Weer keek hij recht naar Jenny's borsten.

De Oude Jenny zou zich nu gaan schamen, dacht ze, maar de Nieuwe Jenny niet. Die zou hem uitdagen.

'Is er iets?' vroeg ze beleefd terwijl ze haar handen zedig op haar schoot vouwde.

Heath lachte een beetje zuur en toen hield hij zijn hoofd scheef. 'Wacht eens,' zei hij, 'zei je dat je uit de stad kwam? Uit New York?'

'Ja, Upper West Side.'

Ineens begonnen Heath' ogen te fonkelen. 'Heb je wel-eens van een tent gehoord die de Hen Party heet?'

Jenny fronste haar wenkbrauwen. 'Nee...'

'Misschien neem ik je daar ooit mee naartoe.'

'Niet gepast,' mompelde Brandon. De Hen Party was een striptent in Manhattan waar iedereen ineens over sprak. Hij keek van Heath naar het meisje. Heath en zij leken een wed-strijdje te doen wie de ander het langst kon aankijken, het leek wel of er een krachtveld tussen hen bestond. Zij zag eruit of ze al smoor was. Nou ja, Heath mocht dan wel Brandons vriend zijn, toch was hij een wandelende Monet – alleen mooi van veraf gezien. Van dichtbij, als je hem beter leerde kennen, was hij nogal... belachelijk. Wacht maar tot-dat je erachter komt dat hij zijn teennagels nooit knipt, dacht Brandon knarsetandend. Wacht maar tot je erachter komt dat hij roddelt als een oud wijf. Wacht maar tot je er-achter komt dat de meisjes hem achter zijn rug om Pony noemen omdat iedereen hem al heeft bereden.

Ze bleven elkaar maar aankijken. Ineens klonk er een ho-ge pieptoon en Heath keek op zijn BlackBerry. Het kracht-veld was ineens gedeactiveerd.

'Meneer Jennifer Humphrey,' mompelde hij weer. 'Van de Upper West Side.' Hij tikte nog een paar regels in en stop-te zijn BlackBerry in zijn tas. Daarna trok hij zijn т-shirt uit en wreef over zijn goudbruine torso dat leek uit te schreeu-wen dat het zich in de zon van Nantucket had gekoesterd. 'Ik ga douchen. Ga je mee?'

Jenny deed haar mond open om iets te zeggen, maar Heath draaide zich al om, haalde een dikke witte handdoek uit zijn tas en slenterde in de richting van de badkamer.

Met een zucht haalde Brandon zijn zilveren Motorola Razr tevoorschijn. Hij scrolde door een paar e-mails – gewoon een paar welkom-terugberichten, en een roddelachtig mailtje over wat er met Tinsley Carmichael kon zijn gebeurd. Hij voelde dat Jenny naar hem keek, en ineens kreeg hij kippenvel.

'Mogen we mobieltjes hebben?' vroeg Jenny.

'Eigenlijk niet. We mogen er niet mee bellen. Maar iedereen verstuurt er sms'jes mee, en we chatten veel. Je moet inloggen op Owlnet en je Waverly e-mailadres gebruiken. Dat is gewoon je voor- en achternaam zonder spatie. De directie weet nog niet hoe ze dat moeten stopzetten.'

'Shit, ik heb het mijne niet bij me. In de gids stond dat we geen mobieltjes mochten hebben.'

'"Op het schoolterrein gebruiken Waverly Owls geen mobieltjes,"' citeerde Brandon spottend plechtig.

Jenny giechelde. 'Ja, ik ben dol op dat Waverly Owls-gedoe.'

Brandon lachte. 'Ik geloof dat een van de oude directeuren van het Waverly de gids heeft geschreven, meteen na de roerige jaren twintig, misschien tijdens de drooglegging of zo, toen er veel belang aan goede manieren en goed gedrag werd gehecht. Waarschijnlijk hadden ze toen al uilen als mascotte. Maar ze hebben de regels wel aan de moderne tijd aangepast, met mobieltjes en zo.'

'Grappig.' Jenny ontspande een beetje. Ze kreeg pijn in haar wangen van dat lachen de hele tijd.

'Vanavond is hier een feestje. Heb je misschien zin om te komen?'

'Een feestje?' Gretig trok Jenny haar wenkbrauwen op. 'O ja!'

'Ik bedoel, het is allemaal best informeel, maar het is nu

eenmaal traditie, hè?' Brandon haalde zijn schouders op. Zonder Heath in de buurt leek hij nogal verlegen.

Jenny beet op haar lip, en dat vond Brandon onweerstaanbaar. Ze zag er zo fris uit, en ze leek het erg spannend te vinden om hier te zijn. Ze was heel anders dan de doorsneemeisjes die op het Waverly rondliepen, met hun Fair Isletruien en Gucci-zonnebrillen, net Barbies die het de gewoonste zaak van de wereld vonden om hier te zijn. Als ze nu maar niet ging ponyrijden nog voordat de school echt was begonnen...

'Nou,' zei Jenny, en daarmee onderbrak ze zijn gedachten. 'Als het traditie is, dan moet ik maar komen. Komt Heath ook?'

Heath kwam net weer de woonkamer binnen. Het water droop uit zijn warrige blonde haar op zijn blote borst, en hij had de witte badhanddoek laag om zijn heupen geslagen. Afgezien van zijn BlackBerry hield hij niets in zijn handen, en hij lachte ernaar terwijl hij zei: 'Ik zou het niet willen missen.'

Owlnet instant message inbox

HeathFerro:	Ik heb met de stripper gesproken. Twee keer.
RyanReynolds:	???
HeathFerro:	Mijn vader gaf haar een lift naar de administratie. Later zaten Brandon en ik in Richards en ineens komt zij binnen. Ze doet net of er niks aan de hand is, doodonschuldig. Maar je kunt wel zien dat ze van wanten weet.
RyanReynolds:	Is ze nu al het jongenshuis in geslopen? Heeft ze je haar string laten zien?
HeathFerro:	Nog niet...

Ook als een Waverly Owl wordt uitgedaagd, blijft ze beleefd tegen haar kamergenote

'Mam, kun je alsjeblieft tegen Raoul zeggen dat hij niet mee naar mijn kamer gaat? Ik schaam me dood.' Brett Messerschmidt probeerde een doorgestikt roomkleurig Chanel-tasje en een zwarte laptoptas van Jack Spade in één hand vast te houden en een enorme Hermès-boodschappentas in de andere terwijl ze een platina Nokia met haar schouder tegen haar oor drukte. Raoul, de privéassistent van haar ouders, woog honderdtwintig kilo en was helemaal kaal. Hij was druk bezig met haar eindeloze hoeveelheid bagage en probeerde daarbij zijn zwarte pak niet te scheuren. Uiteindelijk gaf hij het op en trok het jasje uit, en onthulde zo een wit overhemd met zweetplekken en een enorme spiermassa.

'Schat, je kunt het niet zonder hem,' kirde haar moeder met haar zware New Jersey-accent aan de andere kant van de lijn. 'Je kunt al die zware koffers niet in je eentje dragen.'

Brett zuchtte en klikte het mobieltje dicht. Iedereen sjouwde haar eigen spullen naar binnen, hoe zwaar het ook was. De chauffeurs zetten hun tassen gewoon op de stoep voor het huis. Er ging heus niemand mee aan de haal. Maar haar ouders, Stuart en Becki Messerschmidt uit Rumson, New Jersey, betuttelden haar of ze een van hun chihuahua's was.

Haar ouders – ze rilde. Haar vader was de beroemdste plastisch chirurg van de omliggende drie staten, en hij stond erom bekend dat hij vaak opschepte over het enorme percentage vet dat hij met liposuctie in één keer uit een patiënt kon zuigen. De enige keer dat Bretts moeder haar naar het Waverly had gebracht, was toen Brett nog in groep acht zat en een rondleiding door de school had gekregen. Mevrouw Messerschmidt had tegen een erg deftige moeder gezegd dat haar kin helemaal perfect was, en vervolgens gevraagd wie die zo had gemaakt. De vrouw had mevrouw Messerschmidt niet-begrijpend aangekeken, en toen ze doorkreeg wat die bedoelde, was ze kwaad weggelopen.

Al vanaf de eerste dag op het Waverly had Brett over haar ouders gelogen. Ze zei dat ze een biologische boerderij op East Hampton hadden en de zomers in Newfoundland doorbrachten, dat haar vader cardioloog was en haar moeder kleinschalige liefdadigheidsevenementen in Canada organiseerde. Ze had er geen flauw benul van waarom ze dat had verzonnen, maar alles was beter dan de waarheid, en de waarheid was dat haar ouders nouveau riches waren en de ordinairste personen die Brett ooit had gezien. Iedereen op het Waverly had haar verhaal geslikt, behalve Tinsley, die vorig jaar Bretts mobieltje had opgenomen toen ze er zelf even niet was, en een lang gesprek met mevrouw Messerschmidt had gevoerd over de voors en tegens van panter- en tijgermotiefjes. Mevrouw Messerschmidt belde uiteraard vanuit Rumson, New Jersey – niet vanuit East Hampton. Daarom was het zo prettig dat Tinsley dit jaar niet op school terugkwam; de beschamende waarheid over haar ouders zou een geheim blijven.

'Je hoeft me echt niet te helpen nadat je dat hele eind hebt gereden.' Brett lachte verontschuldigend naar Raoul. Ze moest niet vergeten hem Kiehl's All-Sport Muscle Rub te sturen.

'Het gaat wel, hoor,' reageerde Raoul met zijn bariton, maar Brett dacht dat ze hem hoorde kreunen toen hij haar tassen neerzette en terugliep om de volgende lading uit de auto te halen.

Toen ze de deur van haar kamer opendeed, gniffelde haar vriendin Callie omdat Raoul vroeg waar Bretts gigantische koffer van Louis Vuitton moest staan. Callie was van uitstekende komaf, haar moeder was een soort reïncarnatie van Scarlett O'Hara en nota bene gouverneur van Georgia.

'O, zet maar ergens neer,' zei Brett snel. Daarna draaide ze zich om naar Callie. 'Hoi.'

'Ook hoi.' Callie leunde tegen het raam en sloeg haar armen over elkaar.

Ze zag eruit of ze de hele zomer door haar pilates-instructeur Claude onder handen was genomen, en niets anders dan kauwgum had gegeten. Ze droeg haar haar in een slordige paardenstaart, en ze had een wazige blik in haar bruine ogen, alsof ze niet helemaal goed wijs was. Een bleek oranje rokje en topje lagen verfrommeld op de grond, ze had nu een vaal geworden blauw T-shirt aan, een badstof korte broek voor jongens van Ralph Lauren, en tennissokken met roze bolletjes.

Callie zag er best leuk en mooi uit, al was ze een beetje bekakt. Ze was niet voor niets aanvoerder van het hockeyelftal. Maar Brett had ook iets bijzonders met haar melkbleke huid en knalrode pagekopje. Haar groene ogen waren amandelvormig, en zowel haar neus als haar kin had iets ondeugends omdat die zo spits toeliepen.

Het was vreemd om Callie weer te zien en zich alweer met haar te vergelijken. Vorig jaar waren Brett, Callie en Tinsley onafscheidelijk geweest. Maar na dat akkefietje met de xtc was alles anders geworden. Niemand wist waarom alleen Tinsley van school was gestuurd, maar Callie kon anderen altijd heel goed manipuleren – het eerste jaar had ze Sarah Mortimer overgehaald met Baylor Kenyon te gaan in plaats van met Brandon Buchanan omdat Callie zelf een oogje op Brandon had. En het jaar daarop had hun keurige, mooie vriendin Benny Cunningham uit Philadelphia een oogje gehad op Erik Olssen, een bleke jongen uit Zweden, maar die gaf de voorkeur aan Tricia Rieken, die een borst-vergroting had gehad en sletterige sm-kleren droeg van Dolce & Gabbana. Op de een of andere manier was het Callie gelukt dat Tricia Lon Baruzza leuk ging vinden. Lon had een beurs, maar hij was razend knap en ze zeiden dat hij zijn mannetje op seksgebied stond. Niets stond Erik meer in de weg om Benny te versieren.

Blijkbaar kon Callie mensen laten doen wat zij wilde, vooral als ze er zelf baat bij had. In dit geval was Callie mis-schien beter af zonder Tinsley; in de lente waren Easy Walsh – het vriendje van Callie – en Tinsley door het meisjesvoet-balelftal 's nachts betrapt achter een rij huizen – alleen. Zo-wel Tinsley als Easy had ontkend dat er iets was gebeurd, maar Callie kon nogal bezitterig zijn op het gebied van vriendjes. Het was te gek voor woorden dat Callie zou wil-len dat Tinsley van school werd getrapt omdat ze misschien iets met Easy had, maar aan de andere kant: Callie was soms wel een beetje gek.

Callie keek Brett onderzoekend aan. 'Heb je je haar nog roder geverfd?'

'Zoiets,' mompelde Brett. Jacques, haar haarstylist, was de fout in gegaan en had blauwrood gebruikt in plaats van geelrood. Ze moest naar Bergdorf's om er iets aan te laten redden, en daar had ze een heel punky stylist gekregen die had gezegd dat het zo prima was, en dat het tegen zijn artis-tieke gevoelens indruiste om het te veranderen. Brett maak-te zich zorgen dat ze te veel op Kate Winslett in *Eternal Sun-shine* ging lijken, want zo wilde ze er helemaal niet uitzien.

'Ik vind het wel leuk,' zei Callie. 'Echt geweldig.'

Leugenaar! Brett wist heel goed wat Callie dacht van haar dat er geverfd uitzag. Ze zette haar tas met een klap op de grond. 'Waarom heb je me de hele zomer niet één keer gebeld?'

'Ik... ik héb je gebeld,' stamelde Callie, en ze sperde haar ogen wijd open.

'Niet waar. Je hebt me één sms'je gestuurd, in juni.'

Callie stond op. 'En dat heb je niet beantwoord.'

'Ik...' Bretts stem stierf weg. Callie had gelijk. Ze had geen sms teruggestuurd. 'En, heb je nog iets van Tinsley gehoord?'

'Natuurlijk.'

Brett voelde een steek van jaloezie. 'Ik ook,' loog ze. Sinds haar mooie vriendin in mei van school was getrapt, had ze niets meer van haar vernomen.

Allebei keken ze naar Tinsleys kale bed. Zou dat het hele jaar onbeslapen blijven? Misschien konden ze het als extra bergruimte gebruiken, of het bedekken met een Indiase sprei en geborduurde kussens van zo'n hippiewinkel in Rhinecliff. Of zou het Waverly hen opzadelen met de een of andere malloot met wie niemand een kamer wilde delen?

'Tinsley heeft me vaak gebeld,' ging Callie nogal agressief verder.

'Mij ook,' loog Brett weer. Ze haalde een paar blousjes uit haar roomkleurige leren koffer. 'En, hoe is het met Easy?' vroeg ze om van onderwerp te veranderen. 'Heb je hem in de vakantie nog gezien?'

'Eh... ja,' antwoordde Callie zacht. Het klonk een beetje gekwetst. 'En heb jij Jeremiah nog gezien?'

'Jawel,' mompelde Brett.

'Kun je nog steeds niet tegen zijn accent?' vroeg Callie terwijl ze haar met kleurloze lipgloss ingesmeerde lippen in een zwartgelakt spiegeltje van Chanel bestudeerde.

'Nee,' antwoordde Brett kreunend. Haar vriendje Jeremiah was de aanvoerder van het footballteam van het St. Lucius. Ook al was hij een telg uit een rijk, oud geslacht uit Newton, een riante buitenwijk van Boston, toch sprak hij met een plat Bostons accent, net als Matt Damon in *Good Will Hunting.*

'Ben jij bij hem geweest of hij bij jou?'

'Ik heb een week gelogeerd bij zijn familie, in Martha's Vineyard. Dat was erg leuk.' Brett mocht Jeremiah graag, maar op zijn familie was ze pas echt dol. Het waren typische rijkelui uit New England, heel beschaafd en met goede smaak, en zo heel anders dan haar eigen ordinaire ouders. Het kon ook geen kwaad dat Jeremiah ontzettend knap was, met een hoekige kin, kastanjebruin haar tot op zijn schouders en blauwgroene ogen waarmee hij haar vol adoratie kon aankijken.

Brett had beloofd dat ze hem zou opbellen zodra ze op school was, en dat ze dan aan telefoonseks zouden doen. Jeremiah had in de vakantie met haar naar bed gewild, maar daar was ze nog niet klaar voor. Ze wist niet precies waarom niet, behalve dat ze nog nooit met iemand naar bed was geweest, en ze wist niet zeker of Jeremiah de juiste persoon was voor de eerste keer.

Natuurlijk kon een meisje als Brett niet hardop toegeven dat ze aarzelde om haar maagdelijkheid te verliezen. Ze had Callie verteld dat ze haar maagdelijkheid eeuwen geleden al had opgeofferd aan een Zwitserse jongen die Gunther heette, en die ze had leren kennen toen ze met haar ouders in Gstaad was gaan skiën. Eigenlijk had deze Gunther haar nauwelijks mogen aanraken. Brett had op het Waverly een imago opgebouwd van een harde, ervaren en wereldse bitch. Haar moeder was precies het tegenovergestelde: hulpeloos, naïef en kinderlijk. Zo wilde Brett absoluut niet zijn.

Callie strekte haar lange, keurig onthaarde benen. 'Ik ga douchen.' Ze geeuwde, stond op en schoof haar voeten in rubber klompschoenen. 'Ga je mee eten wanneer ik terugkom?'

Brett haalde haar schouders op. 'Kweenie. Ik moet nog het een en ander doen als prefect. Er is een nieuwe mentor, dus ik moet me goed voorbereiden en zo.' Vorig jaar was Brett tot juniorprefect gekozen, en dat hield in dat ze de appèls moest houden en juniorleider van de disciplinaire commissie was. Het betekende ook dat je enorm populair was, want je hele klas moest op jou stemmen. 'Ik kan het ook wel overslaan. We hebben vanavond een feest, dus...'

'Al goed.' Callie liep zwaaiend met haar handdoek naar de deur.

Brett plofte op bed neer en keek uit het raam. Meestal werd ze rustig van het uitzicht op de rivier, alsof ze een shot whisky kreeg, maar deze keer benauwde het haar. Ze had zich na de lange zomervakantie een heel ander weerzien met Callie voorgesteld. Ze had niet verwacht dat ze het meteen over Tinsley zouden hebben, en ze had aangenomen dat Callie net als vroeger zou zijn, dat ze zich op Bretts bed zou gooien en een zak Pirate's Booty voor hen allebei zou openscheuren, dat ze samen zouden praten over de romantische en gewaagde dingen die ze in de zomer hadden gedaan. Ze zouden lachen en gin-tonic drinken, en daarna gaan eten, net als vorig jaar.

Ze klapte haar mobieltje open en drukte op de sneltoets voor haar zuster Brianna, die in New York woonde en een baan als moderedacteur bij *Elle* had. Bree had de deur van het Waverly zes jaar geleden achter zich dichtgetrokken en kon Brett meestal wel uit een neerslachtige bui halen. Helaas werd Brett meteen doorgeschakeld naar Brees voicemail.

'Hoi, met mij,' ratelde Brett na de piep. 'Ik voel me... Kweenie, nogal rot. Bel me of zoiets.'

Ze hing op en liet zich op het bed vallen. Op dat moment ging het mobieltje in haar tas. Omdat ze dacht dat het Bree was, nam ze meteen op. Maar het was Bree niet.

'Hoi, Jeremiah,' zei ze met een zucht, het mobieltje tegen haar oor gedrukt. 'Hoe is het?'

'Nu gaat het geweldig,' hijgde hij aan de andere kant.

Brett sloeg haar ogen ten hemel. Daarna stelde ze zich hem voor: wijdbeens op zijn bed in het St. Lucius liggend, vijftien kilometer hiervandaan, in een versleten rugbyshirt en boxershort, met zijn lange, gebruinde armen en sexy ogen, en daar werd ze toch wel warm van.

'En, gaan we het nog doen?' vroeg ze. Ze nam niet eens de moeite de deur dicht te doen. Laat die nieuwsgierige meisjes in de kamer ernaast het maar horen. Misschien staken ze er nog wat van op.

Owlnet instant message inbox

HeathFerro:	Moet je horen: ik heb een vriend van mijn broer gesproken die bij een internetbank werkt. Hij zegt dat de Fish Stick de ruigste tent van New York is. Daar gaan de meisjes voor 99 cent helemaal uit de kleren!
CallieVernon:	Eh, Heath? Ik denk dat je dit naar de verkeerde stuurt. Ik ben Callie en ik hoef niks te weten over strippers. Vooral niet als ik op het punt sta onder de douche te gaan.
HeathFerro:	Sta je onder de douche? Mag ik kijken? Nu het uit is tussen Easy en jou ben je toch vrij?
CallieVernon:	Wat? Wie heeft je dat verteld?
CallieVernon:	Heath? Waar ben je? Er is geen woord van waar!
CallieVernon:	Hallo??

Owlnet instant message inbox

BennyCunningham: Iedereen wil weten of je al hebt ponygereden.

CallieVernon: Pony?

Benny Cunningham: Zo noemen ze Heath Ferro tegenwoordig. Hij wordt meer bereden dan een pony op het strand.

CallieVernon: Getver! Ik heb niks met hem. Hij is een hufter. En jij?

BennyCunningham: Schuldig.

CallieVernon: Jezus! Wanneer?

BennyCunningham: In mijn eerste jaar hier. We hebben gezoend in de garderobe van Stansfield Hall. Dat nooit meer. Het was walgelijk.

CallieVernon: Niet om van onderwerp te veranderen, maar hebben ze jou verteld dat het uit is tussen Easy en mij?

Benny Cunningham: Eh... zoiets, ja.

CallieVernon: Wie heeft je dat verteld?

Benny Cunningham: Weet ik niet meer. Moet ophangen, etenstijd!

CallieVernon: Er klopt niets van.

CallieVernon: Echt niet.

CallieVernon: Ben je daar nog?

Als een Waverly Owl daarmee indruk op haar kamergenote maakt, mag ze haar eigen rotzooi opruimen

'Ik zoek Jennifer Humphrey.' Een mager meisje dat er als een vogeltje uitzag sprak met een Brits accent. Ze had slierterig blond haar en keek een beetje nerveus vanuit de deuropening van de woonkamer in Richards naar Brandon en Jenny. Ze droeg een effen wit coltruitje zonder mouwen met een driehoekig wapen op het borstzakje, en een kaki broek zoals moeders uit voorsteden die dragen, zo eentje die heel strak om je middel zit waardoor je achterste extra dik lijkt. 'Dat ben jij zeker.'

'Ja,' piepte Jenny, terwijl ze moeite deed niet te laten blijken hoe opgewonden ze was.

'Ik ben Yvonne Stidder.' Het meisje stak haar hand uit. Ze gaf Jenny een slap handje, en die zag dat ze puistjes op haar kin had. 'Ik ben van het steunpunt voor nieuwe leerlingen. We hebben een kamer voor je.'

Brandon keek Jenny met opgetrokken wenkbrauwen aan en stond op. 'Het was leuk je te leren kennen, Jenny.'

'Ik vond het ook leuk jou te leren kennen.' Jenny hing haar tas van L.L. Bean om haar schouder. 'Tot vanavond,' fluisterde ze toen Yvonne zich had omgedraaid.

'Het spijt me dat je zo lang moest wachten,' zei Yvonne terwijl ze Jenny voorging de trap af, door een gang vol mountainbikes, skateboards, lege PlayStation-dozen en een stuk of tien afgetrapte voetballen.

'Geeft niet, hoor.' Jenny vond het geweldig dat ze die twee sexy jongens had leren kennen, maar ze was ook wel opgelucht dat ze weg was, zodat ze even kon bijkomen.

'Normaal gesproken mogen we niet in het jongenshuis komen, behalve op het bezoekuur.' Tersluiks keek Yvonne Jenny eens aan, daarna hield ze de deur voor haar open. Zodra ze buiten stonden, moest ze niezen. 'Dat was de eerste keer dat ik in het jongenshuis was. Zeg, als je nog vragen hebt, ik weet heel veel over het Waverly. Vraag maar raak.'

'Oké, bedankt.' Als Yvonne niet zo'n sukkel was, zou Jenny nog gaan denken dat ze aan de coke was, zo snel praatte ze. 'Waar krijg ik een kamer?' vroeg ze terwijl ze over het gazon liepen. Haar hart ging sneller kloppen. Ze was op weg naar de kamer waar ze de rest van het schooljaar zou zijn! Waar van alles zou gebeuren. Hoopte ze.

'Dumbarton. Daar, zie je wel?' Yvonne wees naar een gebouw van twee verdiepingen met dakramen die uitkeken over het schoolterrein. Achter het huis zag ze de Hudson, die er hier veel mooier en glanzender uitzag dan in de stad. Jenny zag het jongensroeiteam al voor zich terwijl ze moeiteloos in hun slanke boten over het wateroppervlak scheerden, en hun armspieren die opzwollen tijdens het roeien. 'Er is vorig jaar een meisje van school getrapt – Tinsley Carmichael. Ze deelde een kamer met Callie Vernon en Brett Messerschmidt, en op die kamer is dus nog plaats. Mijn vriendin Storm Bathurst van het jazzensemble zit in de kamer ernaast...'

'Wacht eens, zei je: Tinsley?' vroeg Jenny. Die naam had ze eerder gehoord, maar ze had hier in korte tijd zoveel indrukken opgedaan dat ze zich niet meer kon herinneren waar ze over dat meisje had gehoord, of wie haar over Tinsley had verteld. 'Waarom is ze van school getrapt?'

Yvonne duwde haar ronde ziekenfondsbrilletje hoger op haar neus. Ze rook naar Vicks VapoRub. 'Dat weet ik niet,' antwoordde ze afgemeten. 'Ik wil liever niet roddelen.'

'Kun je me wel iets over mijn nieuwe kamergenoten vertellen?'

Yvonne bleef staan. 'Ik ken ze niet zo goed. Maar iedereen dromt altijd om ze heen.'

'Ja?' Jenny's hart sprong op.

'Je weet wel, ze geven feestjes en kennen de leukste jongens...' Giechelend draaide Yvonne zich naar Jenny om. 'Maar in het jazzensemble zitten ook leuke jongens, hoor! Speel jij een instrument? Het jazzensemble zoekt nog een paar mensen.'

'Eh... Nee, sorry. Maar die Callie en Brett, hè? Zijn die heel populair?'

'Nogal.' Yvonne knikte, en liep om een bordeauxrood hesje heen dat iemand in het gras had laten liggen. 'Het zijn lui die iedereen op school in de gaten houdt.'

Echt? Jenny werd er opgewonden van. Ze raakte even het krokodillenlogo op haar shirtje aan, blij dat ze zich zo goed had gekleed voor de kennismaking met haar kamergenoten. Toen zag ze een lange jongen met warrig bruin haar, of hij zojuist zijn pet had afgezet. Hij liep over het gras met een grote houten schildersezel over zijn schouder, en op zijn broek zaten klodders verf. De adem stokte in Jenny's keel.

'Wie is dat?' Ze wees.

'Dat?' mompelde Yvonne. 'Dat is Easy Walsh.'

'Easy. Wat een leuke naam,' zei Jenny peinzend. 'Is hij kunstenaar of zo?'

'Ik ken hem niet zo goed, ik weet alleen dat hij altijd in de problemen zit.' Yvonne trok haar neus op. 'Hij rookt,' fluisterde ze. Voor een meisje dat niet van roddelen hield, was ze aardig goed op de hoogte.

De jongen ging door de dubbele deuren de bibliotheek in. Ineens wilde Jenny maar wat graag dat ze zich kon ontdoen van haar bagage – en van Yvonne – om achter hem aan te gaan.

Maar dat kon nu eenmaal niet, dus liep ze braaf achter Yvonne aan Dumbarton binnen. Het was een schilderachtig bakstenen gebouw van twee verdiepingen, met de naam ingemetseld boven een brede witte deur zoals je dat bij boerderijen ziet. Ze liepen door een smalle gang en vervolgens een granieten trap op. Op een van de treden stond: 1832 RHINECLIFF, NY. Het huis was nog ouder dan het slecht onderhouden appartementsgebouw aan de Upper West Side waar Jenny's familie woonde.

Overal waren meisjes bezig hun spullen uit te pakken. Uit de ene kamer schalde Rooney, uit de andere No Doubt. Ze zag een klein, Aziatisch uitziend meisje met vlechtjes een enorme poster uitrollen van Jennifer Garner als Elektra die iemand een trap voor zijn hol gaf.

Ze kwamen bij kamer 303 waarvan de deur op een kier stond.

'...en ik lebber je helemaal af en... Wacht. Nee. Jezus, Jeremiah, je hebt je broek niet eens uit! Wacht even, hoor!'

'Eh... hallo?' zei Jenny terwijl ze de deur openduwde.

Een bijzonder mooi meisje met vlammend rood haar sprong op van een van de bedden. 'Ik moet ophangen,' zei ze snel in de telefoon voordat ze die dichtklikte. Even keek ze naar Yvonne, toen richtte ze haar doordringende blik op Jenny.

'Eh... Dit is Jenny Humphrey,' legde Yvonne uit. 'Jullie nieuwe kamergenote. Ze komt van het... Wat zei je ook weer?'

'Het Constance Billard,' antwoordde Jenny. Ze stak haar hand uit. 'New York City.'

'O. Leuk. Ik ben Brett Messerschmidt.' Het iets oudere meisje droeg een gesteven en getailleerd wit blousje met korte mouwen. Jenny had dat blousje de hele zomer in de etalage van Soho Scoop zien hangen, evenals die strakke broek tot op de knie die alleen de hipste jongeren in Williamsburg droegen.

Jenny liep de kamer in. Die was ruimer en eenvoudiger dan ze zich had voorgesteld. De ramen waren groot en boden een prachtig uitzicht over de rivier, maar de bedden en de andere meubels waren gewoon... oud. Vanuit haar ooghoek nam ze haar nieuwe kamergenote op. Haar knalrode haar was bot bij de kin afgeknipt. In haar ene oor had ze een stuk of zeven gouden oorringetjes, en aan haar linkerpols prijkte een gouden Cartier-horloge, bezet met diamantjes. Ze zag er sexy en werelds uit, en ook zo... bekend. Ineens wist Jenny het: een foto van dit meisje stond op de website van het Waverly. Ze was het meisje dat zo serieus over haar boeken gebogen zat. Tenminste, die indruk wekte ze.

'Waar is Callie?' Yvonne keek om zich heen. 'Is ze er al?'

'Douche,' bromde Brett kortaf.

Yvonne knipperde met haar ogen, mompelde iets over fluitles en maakte zich uit de voeten.

Jenny liep naar wat ze dacht dat het overgebleven bed was en wipte daar even op. 'Leuke kamer. Mooi uitzicht.'

'Ja, gaat wel.' Brett sloeg haar armen over elkaar.

'Wie ben jij?' Jenny hoorde achter zich een harde stem. Ze draaide zich om en zag een lang, opvallend mooi meisje met grote bruine ogen en donkerblond haar dat waarschijnlijk net was geföhnd. Ze leek sprekend op Assepoester uit de Disneyfilm. Nadat ze prinses was geworden, uiteraard.

'Hoi, ik ben Jenny. Ik... Ze hebben me deze kamer toegewezen.'

'Ze? Wie zijn "ze"?' vroeg Assepoester.

'Nou... Het Waverly,' stamelde Jenny. 'Ben jij Callie?'

'Ja. Onderbouw of bovenbouw?'

'Bovenbouw. En jullie?'

55

'Op één na hoogste klas.' Callie tuitte haar gestifte lippen en legde een enorme make-uptas van Gucci op haar bureau. 'Neem je dat bed?' Ze gebaarde naar het bed waar Jenny op zat.

'Ja. Ik bedoel, als jullie dat goedvinden.'

'Het moet maar.' Callie keek Brett eens aan. 'Dus Tinsley is echt weg.'

Brett snoof.

Jenny stond daar maar en wist niet wat ze moest zeggen. 'Wat... wat is er met Tinsley gebeurd?' vroeg ze uiteindelijk.

'Dat zit nogal ingewikkeld in elkaar,' antwoordde Brett snel. Ze ritste een koffer vol schoenen open. Jenny zag de labels: Jimmy Choo, Sigerson Morrison, Manolo Blahnik.

'Het was niets,' voegde Callie eraan toe. Ze keek uit het raam, weg van de anderen.

Jenny was geen echte roker, maar nu had ze heel veel zin in een sigaret, gewoon om iets te doen te hebben.

Uiteindelijk verbrak Callie de stilte. 'Op welke school zat je eerst?'

'Het Constance Billard, in...'

'New York City. Meisjesschool,' viel Callie haar met een zucht in de rede. Ze kwam iets dichter naar Jenny toe, een beetje zoals een kat die langs je kuiten strijkt. Ze wendde zich tot Brett. 'Zat Tinsley niet op het Constance?'

'Nee, op het Trinity. Tot de tweede klas. Daarna Zwitserland, en toen hier.'

'Ja, Tinsley zat bepaald niet op een meisjesschool nu ik erover nadenk.' Callie bestudeerde haar nagelriemen. 'Ik weet nog dat ze zei dat ze massa's vriendjes had.'

'Nou ja, Tinsley was wel erg mooi,' reageerde Brett nonchalant terwijl ze uit een andere koffer T-shirts haalde.

Jenny snoof. Beweerde Brett nu dat zíj niet mooi was? En wie was die Tinsley nou helemaal?

'Ze kon elke jongen krijgen die ze maar wilde,' ging Brett verder. 'Ook als ze al een vriendinnetje hadden.'

'Niet waar!' snauwde Callie. Daarna draaide ze zich naar Jenny om.

Jenny's ogen vlogen van de een naar de ander. Wat hadden ze toch?

'Tinsley vierde haar elfde verjaardag op Chelsea Piers. Ze hadden het hele ding afgehuurd en een trapeze opgesteld. Ben jij op dat feest geweest?'

Jenny haalde haar schouders op. 'Nee, sorry.' Maar ze herinnerde zich dat feest wel. Toen ze tien was, had haar vader vreselijk gefoeterd toen hij in de societyrubriek van de *New York Times* had gelezen over het feest op Chelsea Piers Sports Section dat voor een meisje werd gegeven dat maar een jaar ouder dan Jenny was. Haar vader had het verwennerij genoemd, en burgerlijk. Jenny echter vond dat het meisje verschrikkelijk bofte. En nu ging ze in het bed van dat meisje slapen! Dat móést een goed voorteken zijn.

Callie keek naar Jenny zoals een taxateur van Christie's naar een Ming-vaas kijkt, toen glimlachte ze. 'Nou, welkom op het Waverly. Ik denk dat het je hier wel zal bevallen.'

Jenny sloeg haar armen om zich heen. Het beviel haar nu al prima.

Owlnet instant message inbox	
TeagueWilliams:	Hoe zei je dat dat meisje voor 99 cent eruitzag?
HeathFerro:	Bruin krullend haar, een soort dwerg, enorme tieten.
TeagueWilliams:	Niet zeggen... Je neemt haar mee naar de kapel?
HeathFerro:	Als dat zou kunnen...

Owlnet instant message inbox

CelineColista:	Dus Callie en Brett zijn kwaad op elkaar. Ze gaan allebei naar de administratie om een andere kamer te vragen.
BennyCunningham:	En allemaal vanwege Tinsley? Waar is die eigenlijk? Weet iemand dat?
CelineColista:	Ik heb gehoord dat ze iets heeft met iemand van de Raves en dat ze op tournee zijn in Europa.
BennyCunningham:	Ik dacht dat dat nieuwe meisje uit de stad iets met de Raves had...
CelineColista:	Met welke?
BennyCunningham:	Met allemaal.
CelineColista:	Getsie. Van wie heb je dat?
BennyCunningham:	Ik heb zo mijn bronnen.

De kapel is geen geschikte ontmoetingsplek voor jonge Owls

'Kijk eens wie we daar hebben?'

Jenny stond voor de enorme café-achtige spiegel bij de woonkamer van Richards haar lippen met doorzichtige roze lipgloss bij te werken. Ze droeg een laag uitgesneden smaragdgroen topje van APC dat bij haar forse boezem ietsje te strak zat, en aan haar voeten had ze bruine schoenen met heel hoge hakken. Met een ruk draaide ze zich om en zag toen Heath Ferro, de jongen met de BlackBerry en het wasbordje. Hij stond in de deuropening met een niet-brandende sigaret in zijn hand. Het zweet parelde op zijn voorhoofd en hij had een glazige blik.

'Hoi,' begroette ze hem opgewekt. Ze veegde haar handen af aan de enige spijkerbroek van Seven die ze bezat, want in die broek leken haar benen net een beetje langer dan afgezaagde boomstronken. 'Is het feest hier?'

'Jazeker,' antwoordde Heath galant. Hij sloeg zijn arm om Jenny's middel.

Jenny glimlachte. Heath leek echt blij haar te zien. Zij was ook blij hem te zien. Hij droeg een lichtblauw overhemd over een korte legerbroek en liep op blote voeten. Ze vond zijn brede schouders geweldig, en ook de manier waarop zijn haar was geknipt, op en top een kakker. Zo zou Hamlet eruitzien als hij echt bestond, dacht Jenny. Met dat prinselijke Deense bloed, en toch met een beetje een woeste blik in zijn ogen.

Jenny hield wel van woest.

Heath duwde de zware houten deur naar de woonkamer voor haar open. Iedereen verstarde. 'Het is oké,' zei Heath terwijl zijn hand per ongeluk even Jenny's borst raakte. 'Wij zijn het maar.'

Jenny keek om zich heen. Haar eerste feest op het Waverly! Ze had wel op haar kamer kunnen zitten dammen met Yvonne, maar in plaats daarvan overtrad ze de eerste avond al de regels! Ze wist meteen dat het een ander soort feest was dan de feestjes in New York – niemand was aan het rommelen in de logeerkamer en ze hoefden zich niet druk te maken over ouders die een dagje eerder terugkwamen uit Parijs. De lichten waren gedimd en er brandden kaarsen. Iedereen zag eruit of ze uit een catalogus van J. Crew waren gestapt – ze waren allemaal zo móói, met een gave huid en gezonde, atletische lijven omdat ze het hele jaar door aan sport moesten doen. De een zag er nog beter uit dan de ander. Iedereen had een grote schoolmok vast, en dat bevreemdde Jenny tot het tot haar doordrong dat er geen koffie in zat, maar drank.

Aan de overkant van de kamer zat Brett met Callie op een oude leren bank, samen met Benny Cunningham en Sage Francis, die hen had vergast op verhalen over de geweldige safari in Afrika in de zomervakantie. Brett vond het niet zo geweldig. Vliegen, malaria en stinkende beesten. Wat was daar nou leuk aan? Ze keek naar de deuropening en zag daar haar nieuwe kamergenote gearmd met Heath Ferro binnenkomen. Meteen gaf ze Benny met haar elleboog in por in haar ribben.

Benny kwam uit Main Line Philadelphia en had recht op een erfdeel van tweehonderd miljoen dollar. Ze was mooi als een paard: groot en lenig, met lang en dik bruin haar en enorme bruine ogen. Ze was erg preuts en gaf daar haar opvoeding de schuld van, alsof Philadelphia op een andere planeet lag waar meisjes volle melk dronken en hun maagdelijkheid behielden tot het huwelijk. Benny citeerde altijd een uitspraak van Diane Keaton uit *Manhattan*, een oude film van Woody Allen: 'Ik kom uit Philadelphia en zulke dingen doen we daar niet.' Ze besefte niet goed dat het als grapje was bedoeld. Maar ook al was ze preuts, ze las alle roddelrubrieken en deed dan of ze alles zelf van iemand had gehoord.

'Zo te zien is Heath op jacht,' zei Benny's beste vriendin Sage Francis lachend. 'Hij weet wel waar hij een beurt kan krijgen.'

Brett haalde haar schouders op. Ze kon zich niet voorstellen dat haar nieuwe kamergenote een sletje was, maar Jenny straalde wel iets uit wat haar onweerstaanbaar zou kunnen maken voor bijvoorbeeld een rockband, zoals het gerucht wilde. En ze had ook iets geheimzinnigs wat Brett aan iemand deed denken. Aan Tinsley misschien?

'Gaan jullie echt vragen of jullie andere kamers mogen?' fluisterde Sage terwijl ze Bretts blote schouder even aanraakte.

'Een andere kamer?'

Sage knipperde met haar glitteroogleden. Ze deed altijd te veel glitteroogschaduw op omdat een sexy Franse jongen die ze vorig jaar in de voorjaarsvakantie in St. Barts had leren kennen, had gezegd dat ze daar grote, zwoele ogen van kreeg. 'Ik hoorde dat Callie en jij elkaar de ogen wel uit kunnen krabben.'

'Nou...' Bretts stem stierf weg. 'Ik ben niet echt van plan een andere kamer te vragen...' Ze keek naar haar kamergenote. Callie zat aan de andere kant met Celine Colista te praten, de andere aanvoerder van het hockeyelftal. Ze speelden al samen sinds hun eerste jaar op het Waverly, maar Brett had het nooit zo serieus genomen als de andere meisjes. Zou Callie stiekem een andere kamer vragen? Was het al zo ver gekomen? Ze draaide zich om naar haar nieuwe kamergenote, die met stralende blik in de deuropening stond, alsof ze nog nooit op een feestje was geweest.

Jenny was diep onder de indruk, op een prettige manier.

Heath kwam terug en hield een mok onder haar neus. Het rook nogal sterk. 'Voor jou,' zei hij.

'Wat zit erin?' vroeg ze terwijl ze de mok met beide handen aannam.

'Maakt dat wat uit?' Hij grijnsde en sloeg de halve inhoud van zijn mok in één teug achterover.

Jenny zette de mok aan haar lippen. Het smaakte zuur, net bier met rum. Toen ze een grote slok nam, sprongen de tranen in haar ogen.

'Hé, daar heb je Brandon!' bracht ze ademloos uit.

Brandon stond bij een van de grote ramen, omringd door drie kleine meisjes met dezelfde witblonde paardenstaartjes. Toen hij Jenny zag, klaarde zijn gezicht op en wuifde hij.

Ze wilde terug wuiven, maar Heath pakte haar hand.

'Het is tijd dat dit nieuwe meisje het inwijdingsritueel volbrengt,' zei hij met een ondeugende lach.

'Wat?' Jenny fronste. 'Ik weet niets van een inwijdingsritueel.'

'Dan heb je niet met de juiste personen gesproken.' Heath nam nog een fikse slok uit zijn mok en zette die toen op de oude zilverkleurige radiator. 'Kom mee.' Hij ging haar voor naar de deur.

Onderweg naar buiten deden een paar jongens een high five met hem. 'Waar ga je naartoe, Pony?' vroeg een van hen. Heath trok alleen maar zijn wenkbrauw op. De jongens lachten en maakten hinnikende geluiden.

'Wat moet dat betekenen?' vroeg Jenny terwijl ze omkeek naar de lachende jongens.

'Joost mag het weten,' mompelde Heath. Hij hield de deur voor Jenny open.

'Wie is Pony? Ben jij dat?'

'Sst,' onderbrak Heath haar.

Jenny kneep haar lippen op elkaar. Ze voelde zich niet op haar gemak. Maar ze was hier op kostschool, het betoverde land van het Waverly. Ze was hier toch zeker wel veilig?

Buiten was het pikkedonker en doodstil, afgezien van het tjirpen van een paar krekels die nog over waren van de zomer. Heath bleef voor de kapel staan, het gebouw meteen naast Richards. De kapel was plomp maar toch statig, met glas-in-loodramen en een zware, eikenhouten deur.

'Wat gaan we...' begon Jenny. Ze was nog niet in de kapel geweest. Daar zou ze morgen pas komen, voor het appèl, voor mededelingen en misschien een korte dienst.

Heath drukte zijn sigaret uit tegen het raam. 'Het is traditie dat nieuwe leerlingen naar de kapel gaan voordat de school echt is begonnen.'

'Je gaat me toch niet opsluiten of zoiets?' vroeg Jenny met bevende stem. Het kon haar niet meer schelen dat de Nieuwe Jenny nooit met bevende stem sprak.

'Tuurlijk niet.' Heath trok zijn wenkbrauwen op. 'Ik kom met je mee.'

'O.' Jenny's hart klopte sneller. 'Nou, goed dan.'

Heath trok aan de enorme deur tot die openzwaaide. De kapel werd slechts door enkele kaarsen verlicht. En het was er zo stil als... als in een kerk.

'Het is hier mooi,' fluisterde Jenny.

'Kom eens hier zitten.' Heath klopte op een van de donkergekeurde, houten banken.

Bij het schijnsel van de kaarsen, terwijl hij daar zo zat met zijn handen in zijn schoot en zijn haar keurig achterovergekamd, vroeg Jenny zich af of ze Heath misschien verkeerd had beoordeeld. Misschien was hij echt heel spiritueel en gevoelig.

Ze kwam naast hem zitten. 'Is dit het ritueel?'

'Ritueel?' Niet-begrijpend keek Heath haar aan.

'Je zei dat...' Ineens zweeg Jenny. Natuurlijk bestond er geen ritueel. Het was een trucje.

Een poosje bleven ze zwijgend zitten en luisterden naar de wind buiten. Toen legde Heath zijn hand op de hare.

'Je zag er vanmorgen zo mooi uit,' fluisterde hij hijgend. Hij sprak niet erg duidelijk, een beetje met dubbele tong. 'Vooral toen mijn vader je een lift gaf.'

'O,' reageerde Jenny stralend. Dat herinnerde hij zich dus toch! 'Nou, bedankt.'

'Je komt toch van een meisjesschool in New York?'

'Ja.' Had ze dat vanmorgen verteld? Ze dacht van niet.

'Ben je van school getrapt?'

'Niet echt.'

Ineens viel Heath tegen haar aan. Ze dacht dat hij gewoon zijn evenwicht had verloren, maar plotseling voelde ze zijn mond op haar gezicht, en zijn tong die hij tussen haar lippen door duwde. Eerst wilde Jenny hem van zich af duwen, maar toen voelde ze aangename rillingen langs haar rug. Heath kon geweldig zoenen, misschien nog wel beter dan ieder ander die haar had gezoend. Ze legde haar hand in zijn nek, deed haar ogen dicht en liet zich meeslepen. De houten bank kreunde en steunde. Hun gesmak weerkaatste tegen het plafond. Met zijn hand streelde hij haar vingers, maar algauw liet hij die hand via haar pols en arm naar haar borsten afdwalen.

Geschrokken schoof Jenny een eindje van hem weg.

'Tister?' Heath grijnsde en zijn blik vloog van de ene borst naar de andere. Hij zag er helemaal niet meer engelachtig uit.

'Eh... Dit gaat me allemaal te snel,' bracht Jenny ademloos uit.

'Kom op, zeg.' Heath klonk erg slaperig. 'Jenny uit New York. Maffe Jenny.'

'Zo maf ben ik nou ook weer niet,' sprak Jenny hem tegen. Ze had het angstige gevoel dat Heath de woorden van iemand anders herhaalde. Wat werd er over haar rondverteld? En waar hadden ze die informatie vandaan?

Opeens zakte Heath naar opzij. Hij legde zijn hoofd op de bank en begon zachtjes te snurken.

Jenny stond op. Aan Heath had ze niets meer. Ze keek om zich heen in de verder verlaten kapel en luisterde naar zijn gesnurk dat door het balkenplafond werd weerkaatst.

Ze voelde zich erg de Oude Jenny. Met een zucht keek ze nog eens om zich heen door de flauw verlichte kapel. De school zou pas echt de volgende dag beginnen, vond ze. De Nieuwe Jenny was zich nog maar aan het opwarmen.

Owlnet e-mail inbox

Aan: EasyWalsh@waverly.edu
Van: HeathFerro@waverly.edu
Datum: woensdag 4 september, 9:50
Onderwerp: Sukkel...

Easy,
Je hebt een gaaf feest gemist. Weet niet eens meer hoe het afliep, behalve dat ik het goed kon vinden met een tof nieuw meisje. Ik lig nog in bed en ik denk dat ik daar de hele verdere dag blijf. Ik durf te wedden dat je een goed excuus had om niet te komen. Tinsley misschien? Je hebt haar van de zomer toch gezien?

Hé, mail eens terug! Iedereen denkt dat je dood bent.

Tot straks,

H

Owlnet e-mail inbox

Aan: BrettMesserschmidt@waverly.edu
Van: JeremiahMortimer@st.lucius.edu
Datum: woensdag 4 september, 10:01
Onderwerp: Beter in het echt...

Hoi, B. Je hing zo snel op. Net toen het leuk werd! Ik wil je gauw in het echt zien. Ik weet dat je morgen les hebt, maar om vier uur ben je toch wel klaar? Zal ik morgenmiddag de trein nemen en bij je langskomen? Misschien kunnen we nog even onder je donzen dekbed kruipen...

Een Waverly Owl drinkt niet met haar
leraar – tenzij het Snapple is

'Oef!' Brett botste in de gang op de derde verdieping van Stansfield Hall tegen een lange jongen op. Ze had de tijd willen doden door de e-mails op het schermpje van haar mobieltje te lezen voordat ze een nieuwe leraar onder ogen moest komen. Die heette meneer Dalton en hij was ook de mentor van de disciplinaire commissie. Ineens was Jeremaiahs bericht op het schermpje verschenen. 'Sorry,' mompelde ze zonder op te kijken tegen de jongen met wie ze in aanvaring was gekomen.

'Je moet een beetje uitkijken waar je loopt met dat ding. Jij bent toch Brett?'

Ze keek op. Een ongelooflijk knappe jongen met warrig blond haar stond voor haar. Hij leek een beetje op prins William, maar dan langer, gebruinder en knapper. Hij droeg een lichtelijk gekreukt overhemd van Saville Row met kleine ruitjes waarvan de onderste twee knoopjes verkeerd dicht zaten. Brett stelde zich voor dat hij het overhemd haastig over zijn gespierde borst had getrokken toen hij uit bed was gestapt.

'Ik herken je van je foto in het dossier,' ging de jongen verder. 'Ik ben Eric Dalton, de nieuwe mentor van de disciplinaire commissie.'

Oeps. Dit was geen jongen. 'O... Eh, dag meneer Dalton,' stamelde Brett terwijl ze haar mobieltje in haar zak stopte. 'Eh... Sorry.' Ze stak haar hand uit.

Hij nam de mok koffie – dezelfde bordeauxrode en witte

mokken waaruit ze op hun feesten alcohol dronken – in zijn linkerhand over en schudde met de rechter haar hand. Ineens was Brett blij dat ze zo dol op vochtinbrengende crème was en haar hand dus zijdezacht moest aanvoelen.

'Mobieltjes zijn niet toegestaan.' Meneer Dalton trok vragend een wenkbrauw op. Even dacht Brett dat hij het meende en begon naar een smoesje te zoeken. Toen fluisterde hij: 'Ik zal het deze keer door de vingers zien. Ga maar naar mijn kantoor, ik kom zo.'

In verwarring gebracht knikte Brett, en het speet haar dat ze niets gevats wist te zeggen.

De deur van zijn kantoor stond open. Ze liep naar binnen en keek om zich heen. Voor iemand die net op het Waverly was aangekomen, had hij een boel spullen. Op de vloer stonden in bruin pakpapier opgerolde posters, een grote wereldbol waar nog USSR op stond, en overal lagen boeken en paperassen. Ze zag ook op de eiken tafel in de hoek een karaf met iets wat eruitzag als rode wijn staan, en meteen sloeg haar fantasie op hol.

Rustig, hield ze zichzelf voor. Je bent hier omdat hij nieuw is en alle leden van de disciplinaire commissie wil leren kennen. Waarschijnlijk is het Snapple met cranberry-frambozensmaak, geen wijn.

Ze liep naar een van de posters in een zwaarvergulde lijst die meneer Dalton al aan de muur had gehangen. Het was een antiek Grieks perkament. Ze keek er aandachtig naar en mompelde: '"Prijs elke god alsof ze aan het luisteren zijn."'

'Hoe weet je dat?' hoorde ze een stem achter zich.

Brett maakte een sprongetje van schrik. Meneer Dalton stond in de deuropening. Hij grijnsde, alsof hij een groot geheim kende en op het punt stond dat te vertellen.

'Ik ben in Griekenland geweest,' antwoordde ze niet op haar gemak.

'Ga zitten,' zei hij. 'Sorry voor de troep.' Snel pakte hij een stapel papieren van een stoel. Hij stond zo dicht bij Brett dat ze zijn lekkere geur kon ruiken. Acqua di Parma of zoiets. Dat was het enige luchtje voor mannen dat ze lekker vond.

'Wil je iets drinken?' Meneer Dalton ging in zijn bruinleren stoel met hoge rugleuning zitten. Er klonk een geluid als een scheet, maar ze waren allebei zo beleefd om te doen alsof ze het niet merkten. 'Ik heb een ijskast en glazen, maar verder ben ik bang dat ik eh... alleen pinot noir heb.' Hij fronste en knipperde toen met zijn ogen. 'Sorry. Pinot noir kunnen we niet drinken. Ik weet niet eens waarom die hier is, want ik was geen wijn aan het drinken of zo.'

Hij doet te erg zijn best, dacht Brett. Ze zag hem nerveus aan de kraag van zijn overhemd trekken. 'Ik hoef niets, hoor,' zei ze zedig, en ze ging op het puntje van haar stoel zitten.

Dalton zette de flatscreen Mac-G5 op zijn bureau aan. 'Goed, Brett. Ik moet alle oude zaken van de disciplinaire commissie in een database invoeren. Ik mag alle rotklusjes doen omdat ik hier nieuw ben.' Hij lachte nerveus, waarbij hij zijn parelwitte tanden ontblootte. Ze vroeg zich af of hij geweldige genen op gebitgebied had of dat hij een laagje op zijn tanden had laten aanbrengen. Moeilijk te zeggen, eigenlijk moest ze dat eens van dichtbij onderzoeken. Bijvoorbeeld met haar lippen.

Hij bladerde door zijn paperassen. 'Ik moet niet alleen kennismaken met alle leden van de commissie, maar ik zoek ook iemand die met me door de papieren gaat om de juiste informatie in de computer te krijgen. Het moet iemand zijn die vorig jaar ook al in de commissie zat omdat het heel vertrouwelijke informatie is. Zat jij vorig jaar in de commissie?'

Brett bevochtigde haar lippen. 'Eh, nee,' zei ze. Ze had liever gelogen.

'O.' Meneer Dalton klonk teleurgesteld. Hij zuchtte diep. 'Jammer.'

'Maar we hoeven het toch niemand te vertellen?' opperde Brett. 'Ik bedoel, ik wil graag helpen. Het... het zou goed staan op mijn cv.'

Ja hoor, dacht ze. Daarom wil ik het doen. Omdat het goed staat op mijn cv.

'Ik weet het niet...' Meneer Dalton schudde zijn hoofd. Vragend keek hij haar aan. Nerveus streek Brett het haar uit haar gezicht. 'Hoe oud ben je?' vroeg hij na een poosje.

'Zeventien.'

'Hm.' Hij hield zijn hoofd schuin en glimlachte.

'Wat?'

'Nou, je ziet er niet uit als zeventien.'

Dat hoorde Brett vaker van mannen. Ze stonden er altijd van versteld dat ze nog op school zat. 'Hoe oud bent u dan?'

Hij ging rechtop zitten. 'Drieëntwintig. Ik kom net van Brown.'

Zonder erbij na te denken knabbelde Brett de Hard Candy Vinyl nagellak van haar pinknagel.

'Ik wilde eigenlijk voor mijn doctoraal gaan, maar omdat ik zelf op het Waverly heb gezeten, dacht ik: laat ik eens iets terugdoen. Daarom blijf ik hier een paar jaar als leraar,' ging meneer Dalton verder.

'Ik wil ook naar Brown,' flapte Brett eruit.

'Dat lijkt me echt iets voor jou.' Hij knikte.

Ze keek haar knappe leraar van drieëntwintig jaar strak aan, en ze sloeg haar ogen niet neer toen hij terugkeek.

'Goed.' Eindelijk verbrak hij de stilte. 'Misschien weet ik wel wat je voor me kunt doen – ik bedoel, als je dat echt wilt.'

Dat wil ik, wilde Brett graag zeggen. Dat wil ik echt heel graag. Maar ze hield haar mond.

'Misschien kunnen we elkaar morgenochtend even spreken, voor de les? O, en ik vind het raar om meneer Dalton genoemd te worden. Misschien raak ik eraan gewend als ik vijftig ben en aan het hoofd sta van een familiebedrijf. Maar voorlopig...' Hij sloeg zijn ogen neer en keek haar toen vanonder zijn volle blonde wimpers aan. 'Wil je me Eric noemen?'

'Ja hoor.' Brett lachte. Ze kon nog wel andere namen bedenken die ze in zijn oor kon fluisteren of zo.

Net op dat moment gingen de paperassen schuiven die hij van de stoel had gepakt, ze dreigden in Bretts schoot te vallen. Hij sprong op en probeerde ze tegen te houden. Op hetzelfde moment boog Brett voorover om de papieren op te rapen die al op de grond waren gevallen. Hun hoofden knalden tegen elkaar.

Au. 'Godsamme!' riep Brett. Even zag ze een witte lichtflits. Meteen perste ze haar lippen op elkaar. De meeste leerlingen van het Waverly vloekten erop los, maar niet waar een leraar bij was. Waverly Owls gedroegen zich altijd keurig, en vloeken was een teken van slechte opvoeding.

Hij vertrok zijn gezicht en wreef over zijn voorhoofd. 'Gaat het?'

Brett slikte moeizaam. Stel dat meneer Dalton haar onbeschaafd en ordinair vond? Maar toen zag ze hoe bezorgd hij keek. Kennelijk vond hij een beetje vloeken niet zo erg.

'Ik overleef het wel,' antwoordde ze uiteindelijk.

'Mooi,' reageerde hij met een lach. 'Want ik zie je liever levend dan dood.'

Owlnet e-mail inbox

Aan:	BriannaMesserschmidt@elle.com
Van:	BrettMesserschmidt@waverly.edu
Datum:	woensdag 4 september, 10:53
Onderwerp:	sexy!!!!

Hoi zus,

Ik heb net de ideale man leren kennen. Hij is ontzettend knap, verlegen en lief, en veel sexyer dan de modellen in de reclame voor Romance van Ralph Lauren. Het enige is dat hij leraar is. Zo iemand die je huiswerk opgeeft. Zo iemand die in de aula op het toneel zit bij het appèl. Zo iemand die cijfers geeft en de leerlingen niet mag aanraken... Je snapt het vast wel. Wat moet ik doen?

xxxxxxx,

je kleine zusje

Een Waverly Owl heeft geen geheime
ontmoetingen. Je weet nooit wie er kijkt

Callie leunde tegen de stoffige houten deur van de oude stal en probeerde geen opgedroogde paardenmest op de hakken van haar gloednieuwe schoenen van zwart leer te krijgen, want het waren echte Stella McCartneys met ronde neuzen. De verweerde rode stal stond naast de paardenwei van anderhalve hectare, afgescheiden van de rest van het schoolterrein door een rij dicht bij elkaar staande pijnbomen. In de verte klonk een fluitje, en Callie herkende de rauwe stem van mevrouw Smail, de coach van het meisjeshockeyelftal. 'Op die manier komen jullie nooit in het eerste elftal, dames!' De eerste echte schooldag bestond uit acht afmattende uren van try-outs voor de sportteams, maar Callie hoefde niet mee te doen omdat ze aanvoerster van het hockeyelftal was.

De zon stond al laag en Easy kwam op haar toe lopen. Hij droeg een van de t-shirts die hij van haar huis had meegenomen: een slordig groen geval met een hoefijzer erop, natuurlijk. Daaroverheen had hij een aftandse bordeauxrode schoolblazer aan. Geen das. Zijn donkerbruine haar stond in piekjes overeind en naast zijn linkeroor had hij een inktvlek. Toen hij haar zag, verscheen er een brede, sexy lach op zijn gezicht. Ze verlangde verschrikkelijk naar hem. Misschien kwam het tussen hen toch nog allemaal goed.

'Je had op zijn minst een ander t-shirt kunnen aantrekken,' zei ze plagerig terwijl ze aan de zoom voelde.

'Dat had gekund, maar vergeleken bij jou voel ik me al-

76

tijd slecht gekleed,' zei hij plagerig terug.

'Zo netjes ben ik nou ook weer niet gekleed.'

'Toch wel. Kijk maar naar die schoenen.' Hij wees. 'Ik zie helemaal voor me dat je voor je klerenkast staat en niet weet welke leuke, sexy schoenen je nu weer moet uitkiezen. Heb ik gelijk?' Hij glimlachte. 'Ik heb toch gelijk, hè?'

'Nee, je hebt geen gelijk,' reageerde Callie bits. Natuurlijk had hij gelijk. Ze vond het verschrikkelijk dat Easy haar zó goed kende. En dat hij slimmer was dan zij. Waar het eigenlijk op neerkwam, was dat alles aan hem haar razend maakte en tegelijkertijd deed sidderen van opwinding.

Easy stak een sigaret op en bukte zodat ze hem vanuit Marymount's niet konden zien. Marymount's was een statig huis in tudorstijl aan de rand van het schoolterrein.

Callie sloeg haar lange rossige haar over haar schouder. Waarom bleef hij daar staan? Hier waren ze, bij de leegstaande stal, terwijl alle anderen aan het sporten waren. Ze kon niet wachten om zich in het hooi vol teken te vlijen en zijn kleren van zijn lijf te rukken.

'Ik heb je gisteren gemist op het feest,' fluisterde ze teder.

'Hm. Ja, ik was heel erg moe.'

Dit was om razend van te worden. Hij stond daar nog stééds!

'Kom je nog?' vroeg Callie uiteindelijk. Ze rukte aan zijn blazer.

'Wacht even.' Hij zette een stap naar achteren en nam een haal van zijn sigaret.

'Nou, laat dan ook maar.' Callie liep bij hem weg en haalde haar eigen pakje Marlboro Light tevoorschijn. Ze stopte er eentje tussen haar lippen en probeerde die aan te steken met haar knalgroene aansteker, maar ze kon niet goed met de kindveilige sluiting overweg.

'Hè, toe nou,' smeekte Easy zacht. Hij draaide zich naar

haar toe en smeet zijn sigaret op de grond. 'Doe nou niet zo...'

'Ik weet het niet meer, hoor,' begon Callie. 'Ik bedoel, je...'

Easy legde zijn hand in haar nek. 'Ik moet er gewoon weer even aan wennen.' Hij drukte een kus op Callies wang, toen zette hij haar tegen de staldeur en kuste haar stevig. Zijn bekwame handen vlogen over haar lichaam. Callie streek het verwarde haar uit haar gezicht.

'Heb ik al gezegd dat het fijn is je weer te zien?' mompelde Easy tussen twee zoenen door.

Callie zuchtte. Ineens was het allemaal weer goed. Waar had ze zich zo druk om gemaakt? Zij en Easy hoorden bij elkaar. Misschien had ze het zich niet zo moeten aantrekken, wat er in Spanje was gebeurd. Misschien had ze geen aandacht moeten besteden aan dat stomme sms'je van Heath waarin stond dat het uit was.

'Zullen we gaan liggen?' fluisterde ze.

Easy trok haar neer in het zachte gras van de wei en kuste haar zacht op haar sleutelbeen. Daarna kuste hij haar in haar hals.

Zo hoort het, dacht ze terwijl ze naar de ondergaande zon keek. De verlaten stal was prachtig en de zon gloeide rozerood in de hemel. Nee, er speelde geen John Mayer zachtjes op de achtergrond zoals toen die avond in Spanje, maar dit was ook best.

'Weet je nog waar we het in Spanje over hadden?' vroeg Callie zacht. Haar hart klopte sneller. Ze herinnerde zich die nacht nog goed. Ze hadden bijna naakt onder een laken op haar bed gelegen. Callie had al haar moed verzameld en tegen haar knappe, slordige, sexy, briljante en rebelse vriendje gezegd: 'Ik hou van je.' Ze was van plan echt met hem naar bed te gaan; ze zouden zeggen dat ze van elkaar hielden en dan voor de eerste keer echt vrijen. Alle roddels over Tinsley zouden de wereld uit zijn en Easy was voor eeuwig de hare.

In plaats van dat alles had hij haar stilletjes gezoend, en toen werden de zoenen minder heftig, en vervolgens was hij op het kussen naast haar in slaap gevallen. Ze had geluisterd naar zijn ademhaling die langzaam overging in snurken, terwijl ze zich afvroeg of hij haar wel had gehoord. Misschien had ze het te zacht gezegd? De hele zomer lang hoopte Callie dat dat de reden was waarom hij het niet ook tegen haar had gezegd.

Callie hield echt van hem, absoluut. Hield hij dan niet van haar? Ze zag zo'n nare dikke uil vanaf een boomtak naar hen kijken. Hij zag eruit als zo'n uil uit die stomme reclamefilmpjes voor Tootsie Rolls. Ze voelde zich niet op haar gemak; het was net of de uil een oordeel over haar velde.

'Weet je nog wat ik in bed zei?' vroeg ze aarzelend.

Plotseling hield Easy op haar sleutelbeen te zoenen en liet hij zich naast haar neerploffen.

Ze raakte zijn arm aan. 'Wat is er?'

'Niks.' Hij haalde diep adem en keek uit over de paardenwei. Vanaf het hockeyveld hoorden ze geschreeuw. 'Het is alleen... Ik weet het niet.'

'Wat bedoel je?' Het kwam eruit als een beschaamd gepiep. Ze schoof haar rechtervoet in haar Stella McCartney en ging rechtop zitten. Ze had een vieze veeg op haar been, ze hoopte maar dat het geen paardenpoep was.

Er verscheen een man op het pad naar de stal, hij duwde een kruiwagen voor zich uit.

'Shit.' Callie pakte Easy's handen en trok hem overeind. 'Ben komt eraan.'

Ben was de valse tuinman die de leerlingen altijd verlinkte. Hij had zelfs een digitale camera bij zich om bewijs te verzamelen. Vorig jaar had hij Heath Ferro betrapt toen die bij het zwembad een joint zat te roken, maar Heath had hem omgekocht om de foto's te deleten. Hij had Ben de platina manchetknopen van zijn vader gegeven, erfstukken van Harry Winston.

Ze slopen snel naar de andere kant van de stal en drukten zich plat tegen een houten deur. 'Ik kan beter naar mijn kamer gaan,' fluisterde Easy.

'Je doet maar.' Callie drukte haar hak in het vuil, ook al wist ze dat ze daarmee haar schoenen verpeste. Shit. Waarom was ze ook over Spanje begonnen?

'Luister.' Hij pakte haar handen. 'Het spijt me. Laten we het nog eens proberen. In jouw kamer, vanavond. Na het welkomstdiner.'

'Ja, laten we dat doen,' zei Callie schamper. 'Je staat al op de lijst van Angelica.'

'Ik verzin wel iets.' Easy trok haar tegen zich aan en hield haar even stevig vast. 'Ik beloof het,' fluisterde hij voordat hij wegstoof.

Owlnet instant message inbox

AlanStGirard:	Waar is Heath?
BrandonBuchanan:	In zijn bed. Hij heeft niet gedoucht. Stinkt een uur in de wind.
AlanStGirard:	De eikel, het is bijna tijd voor het diner!
BrandonBuchanan:	Weet ik. Ik denk dat hij nog dronken is.
AlanStGirard:	Gisteravond is hij er met dat nieuwe meisje tussenuit geknepen.
BrandonBuchanan:	Met wie?
AlanStGirard:	Donkere krullen? Grote tieten? Ze zeggen dat ze in New York stripper was.
BrandonBuchanan:	Nee. Die was niet eens op het feest.
AlanStGirard:	Jawel. Je zat zo naar Callie te kijken dat het je niet is opgevallen. Heath is met haar naar de kapel gegaan. Denk je dat ze een lapdance bij hem heeft uitgevoerd?

Owlnet instant message inbox

AlisonQuentin: Het stinkt hier in de kapel. Waarom duurt de welkomstspeech van Marymount altijd zo lang?

BennyCunningham: Je meent het. Waar is Je-weet-wel?

AlisonQuentin: Geen idee. Wist je dat Sage een pony heeft getekend op de prikborden van alle meisjes die met hem zijn meegegaan? Het zijn er zes, onder wie dat nieuwe meisje. Een hele verdieping van Dumbarton.

BennyCunningham: Waarom heb ik geen pony op mijn prikbord?

AlisonQuentin: Heb jij het ook met hem gedaan?

BennyCunningham: In het eerste jaar hebben we gezoend! Een beetje nat, maar qua techniek oké.

AlisonQuentin: En ik maar denken dat je mijn onschuldige vriendin was!

Sommige dingen eet een Waverly Owl
gewoon niet

'Jullie zijn onderdeel van een grootse traditie.' De zware, doordringende stem van het schoolhoofd, meneer Marymount, galmde door de kapel. Iedereen zei dat meneer Marymount in de jaren zeventig aan protestacties had meegedaan en dat hij lid was van Mensa, maar Jenny vond hem er meer uitzien als de coach van een junior honkbalteam die rondreed in een Dodge-busje, dan als rector van een prestigieuze kostschool. Hij had zijn dunner wordende haar over zijn bezwete schedel gekamd. Achter hem zaten de docenten van het Waverly, allemaal in schooluniform gestoken: bordeauxrode en blauwe das, bordeauxrode blazer, wit overhemd en een broek. Normaal gesproken mochten de leerlingen onder die bordeauxrode blazer dragen wat ze maar wilden, maar voor de eerste bijeenkomst van het schooljaar in de kapel moesten ze een das om, ook de meisjes. Het had Jenny veel moeite gekost die netjes te strikken. Ze zuchtte. Haar vader bezat maar één das, en die lag ergens tussen de spinnenwebben. Ze had er nooit naar gevraagd, maar waarschijnlijk stamde die nog uit de tijd dat hij zelf op school zat.

Ze waren bijeengekomen om te luisteren naar meneer Marymounts officiële welkomstspeech voordat het welkomstdiner begon. Het was overvol in de kapel en het rook er naar zweetvoeten.

De vorige avond had ze Heath net genoeg bij zijn positieven kunnen krijgen om hem naar de stoep voor Richards te krijgen. Daarna was ze uitgeput teruggegaan naar Dumbarton.

Midden in de nacht had Brett of Callie de stekker van Jenny's wekkerradio uit het stopcontact getrokken om dat te gebruiken om een mobieltje op te laden. Gelukkig was ze wakker geworden van de klok van de kapel, zodat ze op tijd was voor de hockeyselectie. Iedere leerling van het Waverly moest aan sport doen, en Jenny had voor hockey gekozen omdat ze dat een echte kostschoolsport vond. Om dezelfde reden wilde ze in de lente met lacrosse beginnen. Jenny bezat niet eens een hockeystick, maar de coach, Alice Smail, had haar een Cranberry gegeven die nog over was, en algauw was Jenny erachter gekomen dat ze talent had.

'En je weet zeker dat je op je oude school nooit hebt gehockeyd?' had coach Smail gevraagd. Alsof Jenny dat niet zeker wist. Kenleigh, een middenvelder die Jenny de vorige avond op het feest had gezien, had gemompeld: 'Goed gedaan,' toen Jenny naar de zijlijn dribbelde. Misschien haalde ze het eerste elftal wel!

'Dit jaar hebben we een paar nieuwe docenten die ik graag aan jullie wil voorstellen,' kondigde meneer Marymount aan.

Jenny keek op haar horloge. Ze waren hier al drie kwartier. Ze hadden het schoollied gezongen, een lied dat bij de sportevenementen hoorde, ze hadden het schoolgebed voor de Heilige Franciscus opgezegd, en ze hadden geklapt voor de prefecten, die een soort presidentiële status hadden. Jenny had een vreselijke honger.

'Ten eerste een oud-leerling van het Waverly die pas geleden aan Brown is afgestudeerd. Meneer Eric Dalton! Meneer Dalton doceert geschiedenis en is de mentor van de disciplinaire commissie. Hij zal ook optreden als coach van de herenroeiploeg. Welkom, meneer Dalton!'

Iedereen applaudisseerde braaf.

Jenny zag Brett. Ze had moeten gaan staan en naar haar klas zwaaien omdat ze tot prefect was gekozen. Jenny zag dat Brett de brunette naast haar een por gaf en iets in haar oor fluisterde.

'Ik wil ook graag alle nieuwe leerlingen hartelijk welkom heten. Het Waverly is jullie nieuwe thuis, en wij zijn jullie nieuwe familie,' ging meneer Marymount verder. 'En dan nu... smakelijk eten!'

De menigte applaudisseerde en juichte, daarna dromde iedereen de kapel uit en liep over het gazon naar de eetzaal.

De adem stokte in Jenny's keel toen ze binnenkwam. De eetzaal zag er vanbinnen uit als een Engelse kathedraal. Aan de muren hingen schoolfoto's die teruggingen tot 1903, en er hingen ook talloze portretten van Maximilian Waverly, de oprichter van de school.

Overal liepen leerlingen rond die elkaar omhelsden of op de rug sloegen. Jenny wist niet goed raad met zichzelf. Waar moest ze zitten?

'Druk hier, hè?'

Jenny draaide zich om in de hoop dat het Heath was. Maar naast haar stond de jongen die ze de vorige dag met een schildersezel over het gazon had zien lopen. Easy. Tenminste, ze meende zich te herinneren dat Yvonne had gezegd dat hij zo heette.

Zijn donkerbruine haar was bijna zwart, en hij had intens blauwe ogen. Hij droeg een afgedragen groen T-shirt met een geel hoefijzer erop onder zijn schoolblazer. Het was zo'n chic T-shirt dat ze bij Barneys voor vijfenzestig dollar verkochten, maar dat van hem zag er echt oud uit. Hij had een ruige stem met een accent dat ze niet goed kon thuisbrengen.

'Erg druk, ja,' antwoordde Jenny instemmend. Ze stapte

opzij zodat hij erlangs kon. Uit zijn schoudertas stak een schetsboek van Smythson op Bond Street. Op de omslag zaten schetsen van ogen, neuzen en monden gehecht. 'Hé, doe jij portrettekenen?'

'Ja. Jij ook?'

'Eh... Ja, ik ook.' Jenny probeerde tot zichzelf te komen. Ze moest zich voorhouden dat ze de Nieuwe Jenny was.

'Leuk.' Easy gaf een jongen die net was binnengekomen een high five. 'Tot ziens.' Hij lachte naar Jenny.

'Hé,' hoorde ze een bekende stem achter zich. Ze draaide zich om en lachte naar Brandon, die er in zijn bordeauxrode blazer en gestreepte das nog knapper en verzorgder uitzag dan de vorige dag – als dat al mogelijk was. 'Het is een formeel diner, ze hebben een tafelschikking gemaakt. Wij zitten bij elkaar aan tafel.'

'O. Bedankt.' Dankbaar lachte ze hem toe en liep vervolgens achter hem aan door de drukke eetzaal. 'Zeg, eh... Heeft het feest nog lang geduurd?'

'O, zoals altijd.' Brandon keek naar de grond. 'Ik had je helemaal niet meer gezien. Ben je vroeg weggegaan?'

Jenny beet op haar lip. 'Eh... Ja.'

Ze kwamen bij een tafel waaraan al twee andere leerlingen zaten: een erg lange jongen met een neuspiercing en een erg lang meisje met een deftig en hoekig gezicht, grote uit elkaar staande bruine ogen en vol bruin haar.

'Dit is Ryan Reynolds en dit is Benny Cunningham.'

'Ik heb jullie gisteren op het feest gezien. Ik ben Jenny.' Ze lachte naar Benny.

'Klopt.' Benny knikte en keek Ryan even veelbetekenend aan.

Jenny trok haar warme blazer uit en hing die over haar stoelleuning.

'Dat mag niet,' zei Benny snel. 'Daar krijg je problemen mee.'

'O.' Gejaagd trok Jenny de blazer weer aan. Ze keek om zich heen. De meeste leerlingen hadden al plaatsgenomen, en allemaal hadden ze hun blazer nog aan.

'Zoek je Heath soms?' flapte Benny eruit. Ryan gaf haar een por met zijn elleboog.

'O.' Jenny schudde haar smetteloos witte servet uit en hoopte dat ze zelf niet net zo wit zag. 'Ja. Hij... hij was gisteravond nogal moe. Ik moest hem naar huis brengen.'

'Stomdronken zeker.' Ryan lachte. 'Zeg Brandon, krijg je nog therapie voor Zwarte Zaterdag?' vroeg hij terwijl hij met zijn mes in de oude houten tafel prikte.

'Wat is Zwarte Zaterdag?' vroeg Jenny nieuwsgierig.

'Niks bijzonders,' antwoordde Brandon met een lach. 'Dan komt het St. Lucius hier en worden er wedstrijden gespeeld. Het gaat er hard aan toe. De teams nemen het heel serieus omdat we verondersteld worden een godsgruwelijke hekel aan het St. Lucius te hebben. Weer zo'n traditie. Jij gaat toch hockeyen?'

'Jawel.' Jenny glimlachte. Ze had nog nooit een teamsport gedaan. 'Vandaag waren de try-outs.'

'Nou, het dameshockeyelftal speelt een wedstrijd, en er wordt ook gevoetbald en football gespeeld. Daarna wordt er wild gefeest op een geheime locatie die pas op de dag zelf bekend wordt gemaakt.'

'Meestal organiseert Heath het feest,' vertelde Benny terwijl ze speelde met de zilveren bedelarmband van Tiffany om haar pols. 'Maar dat heeft hij je misschien al verteld?'

De leerlingen die aan tafel bedienden, waren gekleed in witte overhemden en geperste grijze broeken. Ze zetten grote borden neer met gegrilde zalm, gemarineerd in honing en wasabi. Beter dan de experimentele lasagne met lamsvlees en ananas, geflambeerd met wodka, die haar vader haar voorzette.

'Jezus, wat ruikt dat lekker.' Jenny pakte haar vork en nam een enorme hap. 'Mmm!'

'Mafkees, eet je die zalm?'

Een jongen zette zijn ellebogen op tafel. Heath. Eindelijk. 'Hoi.' Ze hield haar hand voor de mond.

'Niemand eet die zalm,' schamperde Heath. Hij leek totaal niet op de jongen van de vorige avond die had gedaan of ze een soort seksgodin was.

Jenny sperde haar ogen wijd open. Ze keek om zich heen, en ja hoor, niemand raakte de vis aan. 'Waarom niet? Is er soms iets mis mee?'

Brandon draaide zich naar haar toe. 'Nee, er is niets mis met de vis. Alleen... niemand eet ervan. Ik weet niet waarom, het is nu eenmaal zo.'

'Jenny?' Iemand tikte haar op de rug. Ze keek om en zag Yvonne, het meisje dat haar de vorige dag naar Dumbarton had gebracht. Haar fletsblonde haar zat met schildpadspeldjes uit haar gezicht en haar fletsblauwe ogen stonden nog net zo raar als de dag daarvoor.

'Kan ik je even spreken?' Nerveus keek Yvonne naar de anderen aan Jenny's tafel. 'In de gang?'

Ryan en Benny keken elkaar weer zo veelbetekenend aan. Jenny haalde haar schouders op en legde haar servet over haar bord. De Nieuwe Jenny laat zich niet van haar stuk brengen, dacht ze. Wat geeft het dat niemand van de vis eet? De Nieuwe Jenny doet gewoon wat ze wil!

Yvonne ging Jenny voor naar de ingang van de eetzaal.

'Ik hoop dat het niet over het jazzensemble gaat,' zei Jenny meteen. 'Want ik ben totaal niet geïnteresseerd. Ik ben absoluut niet muzikaal.'

'Nee, daar gaat het niet over. Ik eh... ik heb het een en ander over je gehoord, en ik vond dat je dat moest weten.'

'Wat dan?' Jenny hield haar adem in. Dit was haar al vaker overkomen, en het draaide er altijd op uit dat ze dingen over zichzelf hoorde die ze liever niet had gehoord.

'Iedereen stuurt elkaar mailtjes over jou.'

'Wat?' vroeg Jenny.

Yvonne haalde diep adem. 'Ze zeggen dat je vroeger stripper was, en dat je voor een dollar helemaal uit de kleren ging. En dat je in New York City een sekslegende bent. En-ne... dat je op het Waverly al met iemand naar bed bent geweest.'

'Wat?' vroeg Jenny. Plotseling vervaagde de gang om haar heen. 'Met wie dan? Ik bedoel, wie zegt dat?'

Yvonne keek naar de grond. 'Die jongen die naar je tafel kwam, Heath Ferro. Ik weet niet of je hem kent, maar hij...'

Jenny kreeg een rode waas voor ogen. Heath. 'Het is toch niet te geloven!'

'Ik geloof er niets van,' zei Yvonne, en ze zette haar woorden met een wegwuivend gebaar kracht bij.

'Dank je,' bracht Jenny er kleintjes uit.

'Ik moet weg. Sorry.' Yvonne draaide zich om en trippelde naar de deur.

Jenny leunde met een duizelig gevoel tegen de muur. Heath... Haar lichaam beefde van afgrijzen en woede. Had Heath haar carrière op het Waverly de grond in geboord voordat die goed en wel was begonnen?

Brandon verscheen in de deuropening en keek haar bezorgd aan.

'Gaat het?'

'Ik moet...' Met een ruk draaide Jenny zich om en vluchtte de eetzaal uit. Ze rende over het vochtige gras en wenste dat ze net als die grote, dikke uilen kon wegvliegen. Aan weerskanten rezen de oude gebouwen van het Waverly op, de ramen blikkerden. Het hapje vis lag haar zwaar op de maag, en Jenny vertraagde haar pas. Ze had op deze kostschool opnieuw willen beginnen, ze had het meisje willen worden dat ze altijd al had willen zijn, ze wilde een betere, nieuwe versie van zichzelf zijn. Dat zou nu een heel stuk moeilijker worden dan ze had gedacht.

Owlnet instant message inbox	
EasyWalsh:	Ik sta buiten. Kijk jij even of het veilig is?
CallieVernon:	Wacht even.
CallieVernon:	Ik heb net aan Angelica's deur geluisterd en de tv staat aan. Kom maar.
EasyWalsh:	Tot zo.

Een goede manier om een Waverly Owl te leren kennen is door te ontdekken welke kleur boxershort van J. Crew hij draagt

'Je stinkt.'

Jenny schrok wakker. Waar was ze?

O ja, op het Waverly. In haar kamer.

'Echt waar, je stinkt. Ben je soms dronken?' fluisterde iemand.

Was dat Callie die in haar slaap praatte? Jenny had haar horen binnenkomen, gelukkig nadat ze was opgehouden het in haar kussen uit te snikken. Callie had zich in het donker uitgekleed, had 'welterusten' gezegd en was in bed gekropen.

'Ik ben niet dronken,' hoorde Jenny een andere stem. Een jongensstem.

'Nou, maar je stinkt naar wodka. Getsie.'

'Ik vind het fijn als je zegt dat ik stink,' zei de jongen.

'Sst! Straks hoort Pardee ons nog.'

Jenny kroop dieper weg onder haar dekbed. Die stem klonk vagelijk bekend. En wie het ook was, hij stonk wel degelijk – Jenny rook alcoholdampen, ook al stond het raam wagenwijd open en kwam er frisse lucht naar binnen.

'Het zou fijner zijn als je niet stonk, Easy, want dan zou ik het niet ook proeven.'

Easy?

Jenny's hart sloeg over. Hoeveel Easy's zaten er op school?

'Weet je zeker dat er hier verder niemand is?' vroeg hij.

'Heb jij soms iemand gezien?' vroeg Callie bits.

Jenny bleef doodstil liggen. Callie had haar gezien, ze had haar zelfs welterusten gewenst! Jenny wilde hen best alleen laten, maar opstaan of een geluidje maken was nu een beetje raar. Stel dat Easy haar zag? Ze wist zeker dat hij aan haar zou kunnen zien dat ze hem leuk vond, het was van haar gezicht af te lezen! Waarom werd ze ook verliefd op het vriendje van haar kamergenote? Echt iets voor de Oude Jenny...

Haar ogen waren aan het donker gewend en ze keek even over de rand van het dekbed. Callies bed stond nog geen anderhalve meter van het hare vandaan. Ze zag bij het maanlicht een glimp van bloot. 'Condoom,' hoorde ze Callie fluisteren.

Een korte stilte. Toen Easy's stem: 'Echt? Waar?'

'Bovenste la.'

Jenny hoorde gerommel, toen geritsel van beddengoed en een plof. Easy lag half op de grond. Hij had zich willen vasthouden aan het nachtkastje, maar dat viel om. Het maakte ontzettend veel lawaai. Een verpakking Lifestyles Extra Lubricated condooms rolde over de vloer, samen met een grote fles Lubriderm-lotion voor de droge huid en een doosje Bic-fineliners.

Jenny schoot overeind en staarde naar de naakte Easy, die inmiddels op de grond lag.

'Hé,' zei Easy met een brede grijns. 'Jou ken ik.'

'Jezus!' Jenny kroop weg onder het dekbed.

'Callie, je zei dat er verder niemand was,' fluisterde Easy tamelijk hard.

Callie schopte tegen het matras. 'Dit is belachelijk,' verzuchtte ze. Ze stond op.

Jenny keek weer even over de rand van het dekbed en zag Callie daar halfnaakt staan. Ze droeg een beha met op het bandje de Lacoste-krokodil met de scherpe tanden. Waar was Brett eigenlijk?

Callie keek naar Jenny, een dikke bobbel onder het dekbed. 'Sorry, Jen.' Ze haalde haar schouders op en liep naar de deur, waarbij ze op Easy's hand trapte.

'Au!' riep hij uit. 'Waar ga je naartoe?'

'Badkamer.' Callie gooide de deur open en ineens stroomde neonlicht vanuit de gang naar binnen.

Jenny kroop nog dieper weg onder het dekbed. Ze schaamde zich dood. Laat ze ons alleen, vroeg ze zich angstig af.

Ze hoorde dat Easy ging zitten, zijn hoofd schudde en snoof. 'Zeg, is Jenny een afkorting voor Jennifer?'

'Eh... Ja,' piepte Jenny, nog steeds onder het dekbed verstopt.

'Het was niet de bedoeling je van streek te maken, Jenny,' zei hij.

'Het geeft niet,' mompelde ze in haar kussen. Dat rook warm en stoffig, naar haar appartement in Upper West Side. Ze was blij dat ze het had meegebracht, maar het maakte ook dat ze zo'n heimwee kreeg dat ze bijna in tranen uitbarstte.

'Je hoeft je niet meer te verstoppen, ik ben aangekleed.'

Jenny keek met één oog over de rand van het dekbed. Easy had alleen zijn ondergoed aangetrokken. Hij had een platte, gespierde buik. Hij droeg een boxershort van J. Crew met zeilbootjes erop, die herinnerde ze zich uit de catalogus. Snel keek ze weg.

Het was snikheet onder het dekbed. Ze ging een beetje zitten, in de hoop dat Callie gauw zou terugkomen en Easy weg zou halen, zodat hij Jenny's rode ogen en rare haar niet hoefde te zien. Ze kon zich goed voorstellen hoe ze eruit moest zien, vooral in vergelijking met Callie.

'Ik vroeg me al af wanneer ik je eens beter kon leren kennen,' mompelde hij zo zacht dat Jenny het maar nauwelijks kon verstaan.

'Wat?' vroeg Jenny, ook al had ze hem heel goed verstaan.

'Niks.' Easy keek op. 'O. Het Zevengesternte.'

'Wat?'

'De Plejaden, de sterrengroep.' Easy wees naar de gebarsten glow-in-the-dark-sterren die iemand jaren geleden op het plafond had geplakt. 'Maar met het blote oog kun je er maar zes van zien.'

'O.' Jenny wist niets te zeggen – niet op wat Easy had gezegd en niet op de situatie. De jongen van haar dromen zat op haar bed. De Oude Jenny was ontzet. De Nieuwe Jenny was opgetogen. Samen bleven de twee Jenny's stokstijf en met stomheid geslagen zitten.

Ze keek naar Easy's slanke en gespierde voeten. Zijn tweede teen was langer dan zijn grote teen. Wat betekende dat ook alweer? Wacht eens... Voelde ze daar zijn hand op haar rug?

Dit was helemaal verkeerd. Waar bleef Callie trouwens? Dit was echt helemaal verkeerd. Jenny wist dat ze hem moest wegduwen. Maar dat kon ze gewoon niet.

'Eh... Weet je veel van sterren?' vroeg ze dus maar.

Easy bewoog zijn hand, zijn duim streek over haar ruggengraat. Echt helemaal verkeerd! 'In Lexington valt 's avonds verder weinig te doen.' Hij zuchtte. 'Tenzij je de watertoren wilt beklimmen, of rotzooi op de rails wilt gooien.'

'Ik kom uit New York,' fluisterde Jenny. Ze beet op een lok haar om maar niet van de zenuwen te gaan klappertanden. 'Maar dat weet je waarschijnlijk al.'

'Hè?'

'Je weet wel.' Haar wangen voelden erg warm. Het was vreselijk om te denken aan de dingen die hij over haar had gehoord, over haar sletterige gedrag.

'Ik weet van niets. Ben je dan zo beroemd?'

'Ik...' Ze schraapte haar keel. Waarom kende Yvonne eigenlijk wel die roddels over haar, en deze knappe jongen niet? 'Nee. Helemaal niet.'

'Jammer.' Easy glimlachte. 'En ik maar denken dat ik me in de aanwezigheid van een beroemdheid bevond.'

Weer voelde Jenny zijn hand in het holletje van haar rug. Door het dekbed heen voelde ze zijn warmte.

'Godallemachtig!'

Met een ruk draaiden Jenny en Easy zich om. Het was meneer Pardee, de echtgenoot van het hoofd van dit huis. Meneer Pardee was ook de vreselijkste Franse leraar van het Waverly. Hij had de deur helemaal opengeduwd, en Jenny zag op hun witte mededelingenbord staan: Ik ben in Benny's kamer huiswerk aan het maken. Brett.

Meneer Pardee droeg de schooltrui met capuchon en een schotsgeruite pyjamabroek. Zijn warrige bruine haar stond alle kanten op door de Brillo, en zijn zilveren oorringetje fonkelde in het felle ganglicht.

Haastig sprong Easy van Jenny's bed af, trok zijn spijkerbroek aan en griste zijn trui van de vloer.

'Sukkel.' Hij liep recht op meneer Pardee af. 'Ik ben hier niet geweest.'

'Je bent... Wat?' vroeg meneer Pardee terwijl hij met zijn ogen knipperde.

'U hebt me niet gezien.'

'Easy, ik zie je heel goed.' Het klonk of meneer Pardee zichzelf moest overtuigen. 'Zo heb je nog nooit tegen me gesproken.'

'Nee,' reageerde Easy. 'Ik ben hier niet geweest.' Hij rende de gang op.

'Wacht... Waar ga je naartoe?' riep meneer Pardee. Maar het was al te laat. Hoofdschuddend draaide hij zich om naar Jenny.

Omdat Jenny niet goed wist wat ze moest doen, was ze blijven zitten waar ze was. Meneer Pardee kon dan wel de echtgenoot van het hoofd zijn, Jenny had ook gehoord dat hij aan de drugs was. Er werd gezegd dat hij alleen maar zijn tentamens Frans had gehaald omdat hij eerst een paar jointjes had gerookt.

Misschien was hij nu ook te stoned om te beseffen wat er aan de hand was.

'Dat was niet best.' Meneer Pardee boerde zacht. 'Geen jongens op de kamer buiten het bezoekuur.'

'Dat weet ik, maar...' begon Jenny.

'Jezus.' Meneer Pardee staarde naar de condooms die nog op de grond lagen. 'Dat ziet er niet best uit.'

'Wat gebeurt hier?' Callie stond pal achter hem in de deuropening.

'Hier moet ik toch verslag van uitbrengen,' zei de leraar geeuwend. 'Ik bedoel, Angelica moet dit...'

'Nee, wacht!' riep Jenny uit. Hoe was het mogelijk dat ze op de eerste dag op school al zoveel problemen had?

'Jezus,' zei Callie, 'wat gebeurt hier?'

Het viel Jenny op dat meneer Pardee zijn blik gericht hield op het stukje bloot tussen Callies laag op de heupen hangende korte broekje van American Apparel en haar dunne, mouwloze topje van Only Hearts. De krokodil op haar beha was door de stof heen te zien.

'Easy is hier geweest,' zei meneer Pardee.

'Easy?' herhaalde Callie geschokt, alsof meneer Pardee haar had verteld dat hij aapjes bier had zien drinken.

'Waar was jij?' vroeg hij.

Callie fronste en keek naar het plafond. 'In de bibliotheek. Ik kom net terug.'

Vol ongeloof keek Jenny naar Callie. Meneer Pardee scheen erin te trappen, ook al was het midden in de nacht en had Callie bijna niets aan, zelfs geen schoenen, en bovendien had ze geen rugzak of boeken bij zich.

'Wat moest Easy hier?' Callie keek Jenny kwaad aan, alsof ze haar wilde waarschuwen haar niet te verlinken.

Meneer Pardee trok een wenkbrauw op. 'Nou?'

Er verscheen een achterdochtige en gekwetste uitdrukking op Callies gezicht. Ze had er een Oscar mee kunnen winnen. 'Waren ze... waren ze aan het...'

Meneer Pardee schuifelde met zijn voeten. 'Ik trof ze in bed aan.'

'Maar we deden helemaal niks!' riep Jenny uit.

'Waarom ziet het er hier dan uit alsof er een voordeelverpakking condooms is ontploft?' vroeg meneer Pardee.

Callie gilde: 'Jij klein kreng!' Ze trok uit ergernis haar topje een beetje op, waardoor ze nog meer blote buik liet zien. Meneer Pardee keek hongerig naar haar door al het hockeyen zo strakke buik. Callie fronste naar Jenny. Toe dan...

Jenny sperde haar ogen wijd open. Ze ging heus niet de schuld op zich nemen voor iets wat Callie had gedaan.

'Meneer Pardee, u begrijpt het verkeerd,' zei ze, en deze keer kon het haar niet schelen dat ze met een piepstemmetje praatte. 'Ik deed echt helemaal niets!'

Meneer Pardee haalde zijn schouders op. 'Dat merken we dan wel bij de disciplinaire commissie.'

'Wat?' vroeg Jenny.

'De disciplinaire commissie, hoer die je bent,' snauwde Callie.

'Callie, zo is het wel genoeg geweest,' wees meneer Pardee haar terecht. 'Jenny, weet je wie je mentor is?'

'Eh... Meneer Dalton?' Dat had in de brief gestaan waarmee 'meneer' Jennifer Humphrey werd welkom geheten op het Waverly.

'Oké. Hij is hier nieuw. Nou, meld je morgenochtend om halftien op het kantoor van meneer Dalton in Stansfield Hall. Ik weet niet zeker welk kantoor het zijne is. Kijk maar even op de plattegrond op de eerste verdieping. Hij zal alles evalueren voordat het aan de disciplinaire commissie wordt voorgelegd.' Hij friemelde aan zijn oorring. 'Begrepen? Mooi. Dan ga ik nu Easy zoeken...'

Zodra hij weg was, sloot Callie de deur en slaakte een zucht van verlichting. 'Jezus, dat scheelde maar een haartje...'

'Hoer, zei je?' Jenny's stem trilde.

'Sorry, hoor.' Callie ging met een zucht op bed zitten en keek Jenny met haar grote bruine ogen aan. 'Ik moest meneer Pardee echt laten geloven dat ik kwaad was...'

'Nou, dat is je dan goed gelukt.'

Callie haalde haar schouders op. 'Wat doet het er nou toe?'

Jenny vertrok haar gezicht. 'Wat het ertoe doet? Ik moet voor een hele commissie verschijnen! Wat gebeurt er dan eigenlijk?'

Callie leunde naar achteren en pakte een van de ingepakte condooms op. 'Je bent nieuw, je bent een meisje, en ik heb gehoord dat je slim bent. Ze maken het je heus niet moeilijk.' Ze rolde het pakje tussen haar vingers. 'Misschien moet je er gebruik van maken dat je de Raves zo goed kent.'

'Waar heb je het over?' Bedoelde Callie dat spottend? Jenny had het met Callie niet over de Raves gehad. En wat zou de disciplinaire commissie haar voor straf opleggen? In de Hudson naar vuilnis laten snorkelen? Stel dat het op haar cv kwam te staan?

'Luister,' begon Callie. 'Brett is lid van die commissie. Zij zorgt er wel voor dat je er makkelijk vanaf komt. Als ík met Easy was betrapt, zou ik van school worden gestuurd. Ik heb namelijk al eerder iets aan de hand gehad.'

'O?' vroeg Jenny nieuwsgierig.

'Ja, ik ben twee keer betrapt. Bij de derde keer vlieg je eruit.'

'O,' zei Jenny opgelucht. Dit was haar eerste keer. Dat viel dus wel mee.

'Het zou vreselijk zijn als ik van school werd getrapt.' Callie scheurde met haar nagels de verpakking van het condoom open. 'Mijn ouders zouden me naar een openbare school in Atlanta sturen. Daar smokkelen de leerlingen pistolen en blikjes Miller Lite door de detectiepoortjes. En iedereen is gek op stockcars! Zelfs de meisjes!' Ze keek Jenny wanhopig aan. 'Kun je je mij voorstellen bij een stockcarrace?'

Callie was veel te mooi voor een openbare school. Ineens riep Jenny zichzelf tot de orde: ze moest niet proberen bij een ouder meisje in een goed blaadje te komen, zoals de Oude Jenny bij Serena van der Woodsen had gedaan, vroeger op het Constance. Ze sloot haar ogen en probeerde ermee op te houden: de Nieuwe Jenny, de Nieuwe Jenny, de Nieuwe Jenny, dacht ze.

Callie trok het gelige condoom uit de verpakking en stopte haar wijsvinger erin. 'Ik mag dit hele jaar niet betrapt worden.'

Jenny zuchtte gelaten. Ze vond alles aan het Waverly geweldig – het beboste landschap, de bakstenen gebouwen in de stijl van New England, het feit dat de leraren blazers droegen en vaak dr. voor hun naam hadden staan, zelfs de heerlijke wasabi-zalm waarvan niemand had willen eten. Ze wilde op de rivier roeien en naar het lentebal gaan, ze wilde jongens van andere dure kostscholen leren kennen en in triomf in Manhattan terugkeren omdat ze een echt kostschoolmeisje was. Ze wilde het niet op zo'n rottige manier al in het begin verpesten, en toch was ze daar hard mee bezig; iedereen roddelde over haar en ze zat al in de problemen nog voor de school echt was begonnen.

Callie liet het condoom rondzwieren. 'Het komt allemaal goed,' stelde ze Jenny gerust. 'Heus. Je krijgt gewoon strafwerk, of je mag een tijdje geen bezoek ontvangen. Maar maak je niet druk, Brett is lid van de commissie.' Ze lachte liefjes naar Jenny, als om te zeggen dat ze altijd Jenny's hartsvriendin zou zijn als die haar nu even wilde helpen.

'Ik weet het niet, hoor.' Jenny klemde haar handen in haar schoot ineen. Ze wilde graag vriendinnen zijn met Callie, maar aan de andere kant wilde ze geen problemen. Absoluut niet. 'Ik moet erover nadenken.'

'O, dat begrijp ik heus wel. Neem alle tijd. Denk er maar goed over na. Maar je krijgt er echt geen problemen mee, hoor. Zo erg was het nou ook weer niet.'

'Jawel...' zei Jenny. 'Maar ik weet het niet, hoor...'

Callie sprong op, rende naar de kast en trok de deur open. 'Hier. Omdat je morgen bij je mentor moet komen, wil je er vast op je best uitzien. Wil je iets van me lenen? Ik meen het: zoek maar iets uit.' Ze liet haar hand over het rek met prachtige, keurig gevouwen merkkleding gaan.

'Meen je dat echt?' Jenny stond op en keek naar Callies kleren. Plotseling drong de ernst van de situatie tot haar door. Zou Callie haar ook maar iets uit haar kast te leen hebben aangeboden als meneer Pardee Easy niet in hun kamer had gesnapt? Geen sprake van. Jenny voelde zich opeens heel machtig. Het was zo'n sterk gevoel van macht dat ze er bijna gek van werd.

'Echt, ik doe alles voor je. Ik zorg ervoor dat dit een supergaaf jaar voor je wordt,' bood Callie enthousiast aan.

Jenny trok een zwart jurkje van DKNY van het witsatijnen hangertje en hield het voor zich. Een supergaaf jaar? Zo'n jaar had ze nou net nodig...

Een goede Waverly Owl kijkt haar
meerderen recht aan

De volgende morgen stond Jenny bij de kasten en keek rond in de nu rustige kamer terwijl het zonnetje naar binnen scheen. Het was nog maar donderdag, de eerste echte schooldag, en toch zag de kamer er al helemaal doorleefd uit: overal slingerden boeken en vellen papier, er lagen stapels kleren op de grond, op de bureaus stonden make-upspulletjes, shampooflessen en potjes nagellak naast de flatscreen monitors, bergen schriften en ongeopende pakjes markeerstiften, en op de smalle vensterbank stond een enorme aloë die daar elk moment vanaf kon vallen. Jenny was hier nu twee dagen, maar ze had nog niet het gevoel dat het háár kamer was omdat ze er nauwelijks een moment alleen in was geweest. Bretts bed was leeg, die was na al dat gedoe van die avond naar binnen geslopen, en ze was zeker vroeg opgestaan. De lakens van haar bed waren gekreukt. Callie lag nog opgekruld in haar bed te slapen.

Jenny liet haar hand over een stapel van Callies zachte truien van kasjmier glijden. Callie had alleen maar mooie kleren, maar ineens voelde Jenny zich niet op haar gemak. Zou ze ze wel lenen? Ze trok toch liever haar eigen soepel vallende kaki rok van Banana Republic aan, maar die zag eruit of hij van Theory was. Daarbij koos ze haar enige buttondown blouseje van Thomas Pink en roze ballerina's van Cynthia Rowley. Vervolgens trok ze haar schoolblazer aan en bekeek zichzelf kritisch: ze zag er heel onschuldig uit.

Jenny liep op haar tenen de gang in en deed de kamer-

deur achter zich dicht. Op het bord bij de deur, naast de me-
dedeling dat Brett bij Benny huiswerk zat te maken, had iemand met grote rode letters geschreven: RED TINSLEY! In
de benedenhoek stond ook iets getekend wat eruitzag als
een pony. Toen ze door de gang liep, viel het haar op dat er
meer borden waren met zo'n pony erop. Kostschool leek
wel een beetje op een schilderij van Chagall: grapjes, raad-
sels en geheimzinnige dingen.

Jenny liep over het slingerende, met keitjes bestrate pad
naar Stansfield Hall, een enorm gebouw waarin zich de administratie en een paar klaslokalen bevonden. Er waren
nog maar weinig leerlingen wakker, maar de onderhouds-
ploeg was al bezig op het voetbalveld. Het rook naar vers ge-
maaid gras.

In Stansfield Hall waren de muren versierd met ingewikkelde gipsen klimpranken en bloemen, in het trappenhuis
waren glas-in-loodramen, en er hingen overal gravures.
Jenny liep de trap op naar de derde verdieping en vervolgens door een statige gang met een mahoniehouten vloer.
Op een van de laatste deuren was een koperen naambordje
bevestigd waarop stond: ERIC DALTON. Binnen hoorde
Jenny gegiechel, en ze deinsde achteruit.

'Die ken ik,' hoorde ze een meisjesstem. 'Iedere leraar Engels die ik heb gehad zegt dat ik dezelfde naam heb als de
vrouw uit The Sun Also Rises.'

'Lady Brett Ashley,' hoorde ze een mannenstem. 'Een
lastpost.'

'Nou, dan ligt het zeker aan de naam.' Jenny herkende
Bretts stem; die klonk erg flirterig.

'Zeg, luister eens. We krijgen zo een leerling hier, we hebben dus geen tijd om het over die administratieve romp-
slomp te hebben. Kun je vandaag met me lunchen? Dan
kunnen we het rustig bespreken.'

'Ik geloof van wel,' reageerde Brett. 'Zal ik weer hiernaartoe komen?'

Jenny klopte aan. Ze hoorde geritsel van papieren, en glazen die tegen elkaar stootten.

'Binnen,' zei meneer Dalton.

Jenny liep het kantoor in, dat erg klein en rommelig was. Brett zat op het puntje van een bruinleren bank, haar handen in haar schoot gevouwen. Ze zag er veel te zedig en onschuldig uit.

Meneer Dalton ging achter zijn bureau zitten en bladerde door zijn paperassen. 'Jenny? Ga zitten.' Hij gebaarde naar de bank. Jenny nam zo ver mogelijk van Brett vandaan plaats. 'Dit is Brett,' ging meneer Dalton verder. 'Ze is lid van de disciplinaire commissie, en ze helpt me met een paar administratieve dingen.'

'Ja, ze is mijn...'

Brett onderbrak haar en zei tegen meneer Dalton: 'Jenny en ik kennen elkaar. We wonen allebei in Dumbarton.'

Ja, in dezelfde kamer, dacht Jenny. Ze vroeg zich af waarom Brett niet had verteld dat ze kamergenoten waren.

Meneer Dalton glimlachte. 'Dat is dan in orde. Brett helpt me met een paar dingetjes van de disciplinaire commissie, weet je, en als lid van die commissie is ze aanwezig om naar jouw zaak te luisteren.' Hij schraapte zijn keel. 'Nou, Jenny, ik ben je mentor, en ik hou me ook bezig met de disciplinaire commissie in het algemeen, dus dat zijn twee vliegen in één klap.' Hij bladerde door nog meer vellen papier, alsof hij alleen maar door ze aan te raken wist wat er allemaal op stond.

Het viel Jenny op dat Brett geen schoolblazer droeg, maar een prachtig aubergine topje van zijde, en een zwartwollen rok tot op de knie. Aan haar voeten zaten sandalen met dunne bandjes van Marc Jacobs. Ze had haar lange benen sexy over elkaar geslagen en zat naar meneer Dalton toe gekeerd.

Meneer Dalton ging op de rand van zijn bureau zitten. Hij had een blocnote in zijn hand. 'Goed. Wat is er gister-avond gebeurd? Hier staat dat je met een jongen in je kamer werd aangetroffen, ene Easy Walsh. Meneer Pardee zegt dat jullie in bed lagen.'

'Nou, dat is het hem nou net,' reageerde Jenny bedeesd. Ze had de hele nacht wakker gelegen terwijl ze overdacht wat ze het beste kon doen: bevestigen wat iedereen op het Waverly al dacht, namelijk dat ze een slettenbak was, of van haar kamergenote een vijand voor het leven maken. 'Ik... ik kan u nog niet goed vertellen wat er precies is gbeurd.'

Meneer Dalton trok een wenkbrauw op. 'O?'

'Ik bedoel, moet ik nu een verklaring geven? Of kan dat wachten totdat de voltallige commissie bij elkaar komt? Omdat ik het er liever nog niet over wil hebben.'

'Nou, technisch gezien hoef je me helemaal niets te ver-tellen,' gaf meneer Dalton toe. Hij hield zijn pen boven het papier. 'Maar als mentor vind ik dat je het mij toch zou moeten vertellen.'

'Maar ik...'

'Wat bedoel je met dat je het nog niet kunt vertellen?' viel Brett haar in de rede. Ze haalde haar benen van elkaar en keek Jenny kwaad aan. Haar haar leek nog roder nu ze kwaad was.

Jenny sloot haar mond en haalde haar schouders op. Ze durfde niks te zeggen.

Brett nam Jenny kritisch op. Haar roze en wit gestreepte blouseje zat te strak over haar boezem, en ze had rode wan-gen, alsof ze had hardgelopen.

Brett was de afgelopen avond laat thuisgekomen toen meneer Pardee allang weer weg was, maar Eric had haar erover ingelicht toen ze zich 's ochtends in zijn kantoor kwam melden – niet dat Brett meneer Pardees versie van het verhaal geloofde. Het was echt stom van Jenny om niets te zeggen om Easy en zichzelf te redden. Arme Jenny. Callie zou haar genadeloos gebruiken. Jezus, wat was Callie een kreng.

Het viel Jenny op dat Brett haar inspecteerde alsof ze iets onder een microscoop was bij de biologieles. Ze voelde dat ze steeds dieper ging blozen. Ik ben de Nieuwe Jenny, ik ben de Nieuwe Jenny, ik ben de Nieuwe Jenny, herhaalde ze stilletjes in zichzelf.

'Nou.' Meneer Dalton wreef in zijn handen. 'Als je nu nog niets wilt zeggen, is dat prima. Misschien is er een leraar aan wie je het liever vertelt?'

Hulpeloos haalde Jenny haar schouders op. Dit was de eerste echte schooldag, ze kende nog geen van de leraren.

'Goed,' ging meneer Dalton verder. 'Dank je dat je gekomen bent, Jenny. Volgende week is de hoorzitting. Schikt maandag?'

'Ja, best,' antwoordde ze toonloos. 'Bedankt.' Even keek ze naar Brett, toen liep ze het kantoor van meneer Dalton uit. Ze hoopte op een bemoedigend lachje, maar Brett controleerde haar brandweerwagenrode haar op gespleten punten, en keek alleen verveeld.

Jenny trok de zware eiken deur achter zich dicht. Ze vroeg zich af of het stom was geweest om te zeggen dat ze er nu nog niets over wilde vertellen. Wat was dit eigenlijk? *Law & Order: Boarding School?*

Plotseling stond ze tegenover Easy Walsh. Hij wachtte voor de deur van meneer Daltons kantoor tot hij binnen werd geroepen. Zodra ze zijn blik ontmoette, ging haar hart sneller slaan.

Ze was zo bezig met het in de problemen raken en misschien beschouwd te worden als de grootste slettenbak die ooit het Waverly had bezocht, dat ze niet meer aan zijn rug-strelende aandacht had gedacht. Nu herinnerde ze zich weer hoe warm Easy's lichaam naast het hare was geweest.

'Hoi.' Ze slikte moeizaam.

'Hè?' Met een lege blik keek Easy haar aan. Zijn ogen stonden lodderig. Hij droeg een rafelig, goudsbloemgeel t-shirt met LEXINGTON ALL-STARS erop. 'O!' Hij sperde zijn ogen wijd open.

'Eh, hoe gaat het?' vroeg Jenny verlegen.

'Ik...' Nog steeds met die wijd open ogen wankelde hij naar links. Uit al zijn poriën stegen wodkadampen op. 'Ik... Ben jij net binnen geweest?'

'Ja.' Jenny voelde zich aangeschoten, gewoon doordat ze dezelfde lucht inademde als Easy.

Hij wilde nog iets zeggen, maar toen ging de deur open en stak meneer Dalton zijn blonde hoofd naar buiten. 'Meneer Walsh, jij bent aan de beurt.'

Zonder dag te zeggen strompelde Easy het kantoor in.

Jenny draaide zich om en liep de trap af en het zonlicht in. Op een laaghangende tak vlak boven het pad zat een van die dikke uilen. Ze verstarde. Was dit hetzelfde beest dat haar twee dagen geleden had geprobeerd te vermoorden? Ze kneep haar ogen tot spleetjes.

Langzaam liet de uil een ooglid zakken, net alsof het dier stoned was. Vervolgens keek de uil weg.

Haastig liep Jenny onder de uil door, op weg naar haar eerste les. Het was het eerste en waarschijnlijk enige moment van triomf die dag. Ze had gewonnen van een uil bij een wedstrijdje elkaar zonder te knipperen aankijken.

In emotioneel moeilijke tijden luistert een Waverly Owl naar haar innerlijke uil

'Ik ben blij dat je kon komen,' zei meneer Dalton tegen Easy.

Na het nuttigen van heel veel Ketel One voelde Easy zich als iets wat hij weleens uit Credo's hoeven peuterde. Hij plofte op een zwartleren bureaustoel van Eames en keek Callies kamergenote Brett met een lege blik aan. Brett zat tegenover hem in een zeer doorzichtig paars blouseje. Zijn nieuwe mentor zag eruit of hij achttien was; een hele vooruitgang, want zijn vorige mentor, meneer Kelley, was zo oud dat hij zich zijn eigen naam nauwelijks meer kon herinneren. Vorig jaar was hij op een leeftijd van ongeveer honderd met pensioen gegaan.

'Hoi, Easy,' begroette Brett hem. Ze deed overdreven haar best om gezag uit te stralen en maakte een aantekening op een gele blocnote. 'Prettige vakantie gehad?'

'Hm,' mompelde Easy. Hij staarde naar het plafond. Brett mocht denken dat ze als prefect over macht beschikte, maar Easy geloofde er niets van. Vroeger had hij uitstekend met Brett kunnen opschieten. In hun eerste jaar hier zaten ze in hetzelfde cluster Frans, en voor hun laatste presentatie hadden ze niet een onnozel babbeltje voor de klas gehouden, maar had Brett voorgesteld om een Franse film met een stokoude super-8-camera te draaien à la Godard. Easy was natuurlijk de existentiële held van de film. Hij mocht rare dingen in het Frans zeggen, zoals: '*Mon omelette du jambon est mort*,' en: '*Les yeux* – de ogen zijn gekweld.' Monsieur Grimm vond het geweldig en gaf hun allebei een tien.

'E. Francis Walsh,' zei meneer Dalton terwijl hij in het dossier keek. 'Wil je me vertellen wat er gisteravond is gebeurd?'

'Met haar erbij?' Easy gebaarde naar Brett. 'Ik dacht dat zulke dingen vertrouwelijk werden behandeld.'

'Ik ben zijn assistent,' zei Brett snel terwijl ze rechtop ging zitten.

'Ze helpt me met de procedures van de disciplinaire commissie,' legde meneer Dalton uit. 'Dat houdt in dat ze hierbij aanwezig mag zijn.'

Easy keek van de een naar de ander. Goh, die Dalton zat bij Brett Messerschmidt onder de plak!

'Er staat hier dat je de afgelopen jaren wel vaker moeite had je aan de regels te houden, Easy.' Meneer Dalton schraapte zijn keel. 'Drie voorwaardelijke straffen. Twee keer geschorst. Vorig jaar ben je bijna van school verwijderd omdat je na de voorjaarsvakantie niet terug naar school bent gekomen. Veel botsingen met docenten. Brutaal gedrag.' Hij zweeg even terwijl hij door het dossier bladerde. 'Je verstoort de lessen. Je presteert onder je niveau. Je doet nauwelijks mee aan naschoolse activiteiten. Vier keer betrapt met alcohol. Je spijbelt bij gymnastiek. Geen teamgeest...' Hij sloeg de bladzij om.

Brett grijnsde breed.

'Maar...' Meneer Dalton zette zijn wijsvinger op het papier en trok zijn wenkbrauwen op. Hij liet het aan Brett zien en die hield haar hoofd sceptisch scheef.

Easy zuchtte geërgerd. Vast weer die verdomde testresultaten. Goed, hij had op drie onderdelen bijna de hoogst mogelijke score gehaald, maar wat zou dat? Dat was iets waar zijn ouders van gingen kwijlen, maar het kon hemzelf niet schelen. Uit huis glippen om op het sportveld om twee uur 's nachts vallende sterren te zien, of bij zonsopgang op blote voeten door de beek achter het tekenlokaal waden, dat vond hij belangrijk, dat waren de dingen waaraan hij kon terugdenken wanneer hij oud en beverig was geworden. Niet het een of andere testresultaat. Helaas stonden allerlei belachelijke regeltjes Easy in de weg om ten volle van zijn tijd op het Waverly te genieten.

'Je hebt familiebanden met het Waverly,' ging meneer Dalton verder terwijl hij naar zijn manchetknopen keek. 'Maar dat wil niets zeggen. Ik bedoel, mijn familie heeft ook een band met het Waverly.'

'Echt waar?' kirde Brett. 'Mijn familie ook!'

'Mijn vader zat hier op school en mijn grootvader ook. En diens broer.' Dalton keek Brett aan. 'De Daltons zaten in de eerste examenklas van de Waverly Academy.'

'Wat heb ik daaraan?' mompelde Easy spottend. Probeerde die leraar soms indruk op Brett te maken?

Meneer Dalton kneep zijn ogen tot spleetjes. 'Nou, ik heb nooit verwacht beter behandeld te worden dan anderen. Ik denk eerder dat ik harder werd aangepakt, juist vanwege die familieband. Ze verwachtten van mij dat ik de andere leerlingen tot voorbeeld zou zijn.'

'Ja, hoor.' Wat een onzin. Easy knarsetandde. Zijn familie had banden met de school en dat werd als iets heel bijzonders beschouwd, maar hij wist hoe het echt in elkaar zat: als je familie genoeg geld had om hun kinderen naar het Waverly te sturen, was de directie van het Waverly je eeuwig dankbaar. De hielenlikkers. Het ging helemaal niet om morele standaarden, het draaide allemaal om geld. Heath Ferro's familie had verdomme ook banden met de school, en kijk eens wat die jongen allemaal flikte!

Dalton boog zich naar hem toe. 'Ja, spot er maar mee, maar je had gisteravond niet in Dumbarton mogen zijn, en zeker niet eh... met dat nieuwe meisje, Jennifer Humphrey.'

'Was je met Jenny?' Brett boog zich geïnteresseerd naar hem toe.

'Wat zei Jenny erover?' vroeg Easy.

'Ze zei helemaal niets.' Meneer Dalton fronste. 'Ze zei dat ze er nog niets over wilde vertellen.'

'O.' Easy krabde aan zijn neus. Hij wist niet goed wat hij van Jenny moest vinden, en ook niet van wat er de vorige avond was gebeurd. Nadat hij in de eetzaal even met haar had gesproken, had hij zichzelf ervan weten te overtuigen dat ze een hersenschim was geweest. Ze had niet veel make-up op en ze was klein, terwijl Callie juist lang was. Ze had piepkleine handjes en voetjes, en lange wimpers, en ze had een tas zonder die grote G's van Gucci erop. En ze had hem iets over tekenen gevraagd. Callie vroeg nooit iets over tekenen. En gisteravond – nou ja, dat was ook een hersenschim geweest, een dronken droom. Hij had bij Callie willen scoren, maar in plaats daarvan was hij halfnaakt van Jenny's bed gesprongen, en Pardee had hem betrapt.

En nu zat Jenny – mooie, kleine Jenny – in de problemen en dat kwam door hem. Maar hij had bij haar willen zijn. Ze zag er zo roze en fris uit, net als dat schilderij van Botticelli dat hij vorig jaar in Rome had gezien: *De geboorte van Venus*. Daar stond een sexy meid op een schelp op. Hij wilde niet dat ze in de problemen zat. Maar hij wilde ook niet dat Callie erachter kwam dat hij Jenny had aangeraakt. Easy drukte zijn handen tegen zijn hoofd om te voorkomen dat zijn in alcohol gedrenkte hersens uit zijn oren dropen.

'Luister, ik weet niet wat er aan de hand is, maar als je mentor moet ik je waarschuwen: dit soort schendingen van de regels, boven op al je andere overtredingen, kunnen ertoe leiden dat je van school wordt gestuurd.'

Brett floot zachtjes en schudde haar hoofd, alsof ze dat heel erg zou vinden.

Easy knipperde niet eens met zijn ogen. 'Oké.'

'Hoorde je wel wat ik zei?' vroeg meneer Dalton. 'Je kunt van school worden gestuurd.'

'Ja, dat hoorde ik.'

'Als ik jou was, zou ik eens ernstig nadenken over waarom ik hier was,' stelde meneer Dalton streng voor. 'En ik zou ervoor zorgen dat ik niet weer in de problemen raakte.'

Dat was iets wat een van Easy's stomme broers had kunnen zeggen. Easy was de jongste van vier, en zijn drie broers hadden allemaal op het Waverly gezeten. Wanneer Easy over het Waverly klaagde, zeiden ze dat hij later zou begrijpen waarom het Waverly zo belangrijk voor hem was. Dat soort stupide uitspraken deden mensen wanneer ze ouder werden en flink waren gehersenspoeld. Zijn broers waren na het eindexamen rechten gaan studeren; twee waren er getrouwd en de derde was verloofd. Ze zaten onder de plak van hun vrouwen of verloofde, het waren saaie volwassenen die niets over het échte leven wisten.

'Oké,' zei Easy met opeengeklemde kaken. 'Klaar met goede raad geven?' Zonder op antwoord te wachten stond hij abrupt op, trok de deur open en stormde weg.

Buiten Stansfield Hall voelde hij zich ineens duizelig. Hij kon van school worden gestuurd... En als hij van school werd getrapt, kon hij dat jaar in Parijs wel vergeten. Hij zou gedwongen worden om thuis te wonen bij zijn truttige ouders, hij zou privéles krijgen van de een of andere tutor, en zijn enige contact met de buitenwereld zou die enge geblondeerde vrouwelijke postbode zijn die een oogje op hem had. Easy wilde gaan zitten. Misschien lag het aan de wodka van de afgelopen nacht, maar hij proefde braaksel in zijn mond.

Oehoe, oehoe.

Easy keek omhoog naar de bomen. Zo'n grote uil zat met

die ronde gele ogen naar hem te kijken. Easy maakte een koerend geluid, hetzelfde geluid dat hij maakte als hij Credo wilde geruststellen, en haalde een flesje Sprite uit zijn rugzak. Hij nam een slok Ketel One. Iedereen was op weg naar zijn of haar eerste les van dit schooljaar, maar Easy moest nadenken.

Hij liep over het stenen pad naar de stal. Hij wilde maar dat Callie daar zou zijn zodat ze in het vochtige gras konden liggen, en hij de dreigementen van meneer Dalton kon vergeten. Ze zouden op een oude paardendeken liggen en daar de hele dag blijven zonder zich druk te maken over de eerste lessen die ze misten. Maar toen hij zich Callie naakt voorstelde, werd hij niet opgewonden – hij hoorde haar zeuren over hooi in haar haar en insecten op de deken.

Easy sloot zich op in een box en kneep zijn ogen dicht. Maar het was niet het beeld van Callie op de paardendeken dat voor hem oprees.

Het was het beeld van Jenny.

Owlnet e-mail inbox

Aan: Leerlingen van het Waverly
Van: RectorMarymount@waverly.edu
Datum: donderdag 5 september, 9:01
Onderwerp: Vernielingen

Beste leerlingen,

Het is me opgevallen dat er op het schoolterrein
afbeeldingen van pony's zijn verschenen – langs de
paden, op mededelingenborden en op de muren van de
meisjeskleedkamer.

Ik wil jullie onder de aandacht brengen dat bekladding als
vernieling van schoolbezit wordt aangemerkt, en dat is
een zwaar vergrijp. Er zijn anonieme meldingen gekomen
van leerlingen die er erg overstuur van zijn, daarom is het
centrum voor geestelijke gezondheid vierentwintig uur
per dag geopend. Leerlingen die worden betrapt bij het
aanbrengen van graffiti zullen zwaar worden gestraft.

Ik wens jullie een plezierig eerste schooldag toe.

Rector Marymount

Een Waverly Owl laat zich niet ondervragen – ook al is ze de dochter van een gouverneur

Callie schrok zich dood toen tijdens het eerste lesuur Latijn mevrouw Tullington van de administratie binnenkwam. 'Mevrouw Vernon,' zei de leraar, meneer Gaston, tegen Callie. 'Je mentor wil je spreken.'

Het kantoor van Callies mentor lag een verdieping lager dan het lokaal voor Latijn. Nerveus wreef Callie in haar handen. Mevrouw Emory en zij waren niet bepaald vriendinnen. Mevrouw Emory was een soort lesbo van middelbare leeftijd met kort haar. Ze kwam uit Connecticut en had Callies moeder op Vassar leren kennen. De twee vrouwen waren destijds rivalen geweest, ze streden om de hoogste cijfers en het lidmaatschap van de meest prestigieuze studentenvereniging. Ze hadden ook gestreden voor een plaatsje op Harvard. Callies moeder was als winnaar uit de strijd gekomen. Verbitterd was mevrouw Emory maar geen rechten gaan studeren en had in plaats daarvan in New York een lerarenopleiding gevolgd. Ze had Callie duidelijk gemaakt dat haar leven verpest was doordat ze niet naar Harvard had kunnen gaan, en Callie vermoedde dat ze haar moeder daar de schuld van gaf. De administratie had alweer een leerling de best mogelijke mentor toegewezen.

Mevrouw Emory had een buitenissig ingericht kantoor. Er stonden geen boeken of persoonlijke bezittingen op de planken, en op het mededelingenbord hing alleen een lijst met alle telefoonnummers van docenten van het Waverly. Een flatscreen Sony Vaio stond op het bureau van een donkere houtsoort, en een boodschappentas met RHINECLIFF WOLWINKELTJE stond tegen een lege tafel achter haar geleund. Er staken breinaalden en bruine wol uit. Breide mevrouw Emory? Wat een giller!

Snel ging Callie op de zwarte bureaustoel van Aeron zitten. Vergeleken bij de spartaanse zwarte coltrui en zwarte broek van de mentor leken Callies sluikvallende rokje van Diane von Furstenberg en haar roze, met diamantjes bezette Chopard-horloge nogal belachelijk.

'U wilde me spreken?'

Mevrouw Emory keek op van het toetsenbord. Ze kneep haar ogen tot spleetjes en grijnsde met haar brede mond. Ze zag eruit als een krankzinnig geworden vrouwelijke Popeye. Waarom had Callie toch geen aardige mentor, iemand als mevrouw Swan die haar leerlingen drie keer per jaar trakteerde op een voorstelling van de Metropolitan Opera, of meneer Bungey, die tegen Kerstmis feestjes gaf waar de whisky rijkelijk vloeide, en die naar al hun probleempjes op relatiegebied luisterde? Nee, zij kreeg die waanzinnige vrouwelijke Popeye, die waarschijnlijk haar leerlingen met breinaalden doorboorde wanneer die iets hadden uitgehaald.

'Meneer Pardee vond dat ik eens met je moest praten,' zei mevrouw Emory toonloos. 'Hij zei dat je vriendje vannacht in je kamer is betrapt.'

Callie haalde diep adem. Ze had jarenlang haar moeder voorgelogen, en toch maakte liegen haar altijd zenuwachtig. 'Ja, dat klopt,' begon ze. 'Mijn vriendje was op onze kamer. Maar hij kwam niet voor mij, hij kwam voor mijn kamergenote Jenny.'

'Hoe weet je dat?'

Callie fronste haar voorhoofd. 'Omdat... omdat ik er niet was.'

Ongelovig keek mevrouw Emory haar aan. 'Hm...' Ze tikte iets in op haar toetsenbord. Het viel Callie op dat ze afgekloven nagels had.

Shit. Betekende dat 'hm' dat Jenny haar had verraden? Dat leek Callie niet erg waarschijnlijk; ze had die hongerige blik in Jenny's ogen gezien. Waarom anders zou ze, nauwelijks uitgenodigd, op het feest in Richards zijn verschenen? Als ze geen belang aan status hechtte, zou ze wel vriendinnen zijn geworden met die sullige Yvonne. Nee, Jenny mikte hoger, daar was Callie van overtuigd.

'Kijk.' Callie haalde haar schouders op. 'Ik weet niet wat er aan de hand was. Ik was aan het leren. Ik kwam net op tijd binnen en toen was alleen Jenny er. Easy was al weg. Meneer Pardee praatte met Jenny.'

'Hm. Dus het is niet meer aan tussen Easy en jou?'

Callie vertrok haar gezicht. Ze hoorde zichzelf nog zeggen dat ze van hem hield, en ze bemerkte de stilte die daarop volgde. Ze voelde zich echt belachelijk. Als ze niet snel een potje gingen vrijen en elkaar vertellen hoeveel ze wel niet van elkaar hielden, zou Callie nog naar het centrum voor geestelijke gezondheid moeten, samen met de meisjes die waren getraumatiseerd omdat er een pony op hun mededelingenbord was getekend.

'Ja,' loog Callie. 'Het is uit.'

'Zo...' Mevrouw Emory keek haar over de rand van haar vierkante zwarte bril aan. 'Iemand heeft je gisteren anders wel met meneer Walsh bij de stal gezien.'

'Dat... dat was toen we het uitmaakten,' stamelde Callie toonloos. 'Ik... ik wil het er liever niet over hebben, als u het niet erg vindt.' Die verdomde Ben! Waarom woonden de docenten en het personeel ook op het schoolterrein zodat ze alles van de leerlingen wisten, elk onnozel detail?

'Hm...' reageerde mevrouw Emory. Ze keek of ze er geen

woord van geloofde. 'Nou, gedraag je een beetje. We zijn nog niet vergeten wat er vorig jaar is gebeurd.'

'Oké,' piepte Callie.

Daarna begon mevrouw Emory razendsnel te tikken. Meestal was dat een teken dat je kon vertrekken. Maar Callie had liever willen zien wat mevrouw Emory intikte – waarschijnlijk een driestappenplan om Callies leven te verpesten.

Ze rende weer naar het lokaal, blij om terug te zijn in de wereld van Latijnse werkwoordvervoegingen. Eenmaal aan haar tafeltje gezeten wreef ze in haar handen. Als mevrouw Emory erachter kwam dat ze had gelogen, dat Easy wel degelijk voor háár was gekomen, werd ze absoluut van school getrapt, vooral na dat akkefietje met die xtc van vorig jaar. Haar moeder zou haar niet meer willen zien, en dan moest ze bij haar naar vis stinkende tante Brenda gaan wonen, in de saaiste buitenwijk van Atlanta. Ze zou naar een katholieke school worden gestuurd met slome, bleke meisjes die het al geweldig vonden om Smirnoff Ice op een parkeerterrein te drinken en het over stockcarraces te hebben. Callies maag draaide zich om.

Ze had twee uitdagingen voor de boeg: ten eerste zorgen dat Jenny haar mond hield, en ten tweede mevrouw Emory ervan overtuigen dat het uit was met Easy. Daar hing haar leven op het Waverly van af.

Owlnet e-mail inbox

Aan:	JennyHumphrey@waverly.edu
Van:	KissKiss! Online
Datum:	donderdag 5 september, 12:50
Onderwerp:	Verrassing!

Beste Jenny Humphrey,

Het geluk lacht je toe! Je vriendin Callie Vernon heeft een mandje met beautyproducten ter waarde van $50 voor je uitgezocht. Je krijgt er een gratis tas van Le Sportsac bij! Bezoek onze website om een kleur uit te kiezen.

Kiss kiss,

De staf van KissKiss!

Owlnet instant message inbox

CallieVernon:	Twaalf uur, Pimpernel.
EasyWalsh:	Shoppen? O nee!
CallieVernon:	Het is belangrijk. Ik wil met je praten.
EasyWalsh:	Kunnen we niet op school praten?
CallieVernon:	Je mag met me mee het pashokje in...
EasyWalsh:	Alsof we niet al genoeg in de problemen zitten...

Een Waverly Owl kiest altijd de moreel juiste weg

Easy zag Callie tegen de etalageruit leunen. Ze speelde nerveus met het bamboe handvat van haar Gucci-tas en had een sigaret in de andere hand, al brandde die niet. Het was een warme middag, en ze droeg een kleurig niemendalletje van een blouseje met een bijpassende rok. Op straat liepen de inwoners van Rhinecliff, over het algemeen hippies met onverzorgd lang haar, die met aardbeienijsjes in de hand bleven staan om even met Hank te praten, de straatverkoper van *tie-dye*-t-shirts en wierook. Easy betwijfelde of de hippies Hank aanschoten om het over wierook te hebben. Hank verkocht ook hasj aan de leerlingen van het Waverly, onder wie Easy. Hij zwaaide al naar hem.

'Kijk wie we daar hebben,' merkte Callie spottend op.

Easy gaf geen antwoord. Ze stonden voor Pimpernel, een boetiekje waar Callie zich verwaardigde af en toe iets te kopen. Het was de enige winkel in Rhinecliff die geen *tie-dye*-t-shirts verkocht – of, als ze die hadden, dan waren ze van zijde en met pailletten bestikt, en kostten driehonderd dollar. De laatste keer dat Easy hier was geweest, werd zijn blik de hele tijd getrokken naar een soort sokje waar een prijskaartje van driehonderdzestig dollar aan hing. Hij begreep maar niet wat het was. Een neuswarmer? Een tasje om hasj in te doen? Een lekker zacht condoom? Callie had hem uiteindelijk weten te vertellen dat het een hondenlaarsje van kasjmier was.

Maar het was van het grootste belang dat hij Callie even

sprak, daarom was hij gekomen. 'We zitten in de problemen,' viel hij met de deur in huis.

Callie keek naar haar pas gemanicuurde nagels. 'Wij?'

Easy fronste. 'Natuurlijk, wij. En waarom zag ik Jenny uit het kantoor van meneer Dalton komen? Was dat vanwege vannacht? Zij heeft er niks mee te maken.'

'Nou ja, ik werd bij mevrouw Emory geroepen. En als je het wilt weten, ja, Jenny was daar vanwege vannacht. Ik kan me geen gedoe veroorloven. Weet je nog, met die xtc? Mijn ouders zouden me niet meer willen kennen en naar een school sturen waar ze aan stockcarracen doen!'

'Waar heb je het over?' vroeg Easy terwijl hij zijn ongeschoren wang krabde.

Callie schudde haar lange blonde haar naar achteren. 'Ik wil niet van school worden getrapt. Daarom zei ik dat je voor Jenny was gekomen, en dat het uit is tussen ons.'

'Wat?' vroeg Easy ontzet.

Callie haalde haar schouders op en duwde de winkeldeur open. En klonk een klokkenspel om hun komst aan te kondigen.

'Lieverd! Welkom terug!' riep een bijzonder lange en magere vrouw met blond haar dat strak achterover was gekamd.

'Hoi, Tracey,' kirde Callie. Ze kusten elkaar routinematig op de wang.

Easy keek weg. Hij wilde naar buiten, nu meteen. Shoppen, kirrende meiden, hondenlaarsjes van kasjmier... Niets voor hem. Waarom was hij hier? Hij moest genieten van zijn laatste dagen op het Waverly!

'Ik heb een paar dingetjes voor je achtergehouden.' Tracey gebaarde Callie en Easy met haar mee te komen naar een kleine ruimte achter de winkel. Daar stond een rek vol flitsende jurkjes, rokjes en blousejes. Ze hield een ivoorkleurige jurk van Donna Karan op. 'Mooi, hè?'

Easy keek naar het prijskaartje: $2250.

'O, geweldig,' fluisterde Callie. Ze leek zich helemaal niet druk te maken over haar kamergenote die door haar toedoen in de problemen was gekomen, of over het feit dat ze tegen haar mentor had gelogen. Niets van dat al. Het enige waar ze zich druk over maakte, was of die jurk de goede maat was.

'Dit zou je op je bruiloft kunnen dragen!' Tracey hield de jurk tegen Callie aan.

'Als je een tippelaarster was,' voegde Easy eraan toe. Hij plofte neer op de lavendelkleurige bank en trok een roze kussen met kantwerk onder zich vandaan.

Callie zuchtte geërgerd. 'Jongens...' zei ze tegen Tracey. 'Wat weten zij er nou van?' Daarna streek ze met haar hand over Easy's arm. 'Heeft meneer Dalton rot tegen je gedaan?'

'Hij zei dat ik van school kon worden getrapt.'

'O, maar dat gebeurt niet. Jouw familie heeft banden met de school. Zulke leerlingen trappen ze nooit van school.' Easy zag dat ze even bezorgd keek toen ze de jurken oppakte die Tracey voor haar had achtergehouden.

'Kweenie,' zei hij terwijl ze in de paskamer verdween. 'Stel dat ze een voorbeeld willen stellen?'

'Dat doen ze niet,' reageerde Callie vastberaden. Ze gooide haar beha van La Perla over de deur van de paskamer. Die hing daar een beetje verloren. 'Maak je maar geen zorgen.'

'Dus Jenny moet dan maar voor de gevolgen opdraaien?'

'Waarom niet? Meneer Pardee heeft haar immers betrapt? Ze wil het best doen, we hebben het erover gehad.'

Easy slaakte een zucht. 'Weet je, Dalton zei dat ze niet wilde vertellen wat er nou precies aan de hand was. Stel dat ze je verklikt?'

'Dat doet ze niet,' riep Callie terug. Haar stem sloeg over, zoveel vastberadenheid legde ze erin.

Easy zakte onderuit. Tracey keek naar Easy's hoge Converse-gympen die hij op de lavendelkleurige poef had gelegd. Wat nou? Mocht hij zijn voeten daar niet op leggen? Pech gehad.

Plotseling stak Callie haar hoofd om de deur van de paskamer.

'Lieverd? Kun je even iets voor me doen?'

'Wat?' Als hij haar string uit de rits moest halen... Nou, daarvoor was hij niet in de stemming.

Callie keek hem strak aan. 'Nou...' Ze draaide een lok om haar vinger. 'Als Jenny overal voor opdraait – en dat doet ze – dan moeten we zorgen dat het allemaal geloofwaardig lijkt.'

'Geloofwaardig?'

'Je weet wel. Alsof er echt iets tussen jullie is gebeurd.'

Easy staarde haar verbaasd aan.

'Misschien klinkt het raar,' ging Callie luchtigjes verder, 'maar ik vroeg me af of je niet een beetje met haar zou kunnen flirten. Je weet wel, net of jullie elkaar leuk vinden. Gewoon een klein beetje.'

'Vraag je me om met een ander meisje te flirten?' Easy lachte en haalde zijn voeten van de fluwelen poef. 'Ben je soms vergeten dat je de meest jaloerse mens op aarde bent?'

Callie deed de deur weer dicht en hing haar rokje eroverheen. 'Ik ben niet jaloers,' zei ze.

'Wat wil je dan dat ik doe?'

'Weet ik het. Beetje flirten, aardig tegen haar doen.'

Nu de paskamerdeur dicht was, kon Callie Easy niet meer zien. Maar als ze hem wel had kunnen zien, zou ze verbaasd hebben gestaan van de brede grijns op zijn gezicht, en de blos die zich helemaal tot in zijn hals verspreidde.

Toen ze haar hoofd weer om de deur stak, had hij zich gelukkig helemaal in de hand.

'Dat is toch niet zo erg? Je wordt heus niet van school getrapt. Dat zou te gek voor woorden zijn. Omdat meneer Pardee je heeft betrapt, zit je immers al in de problemen? Het is toch niet zo erg om het een beetje geloofwaardig te maken?'

'Nou, ze hebben gelijk!' Easy stak zijn handen met een hulpeloos gebaar omhoog.

Ze sprong van ergernis van de ene voet op de andere, en Easy keek naar haar borsten. 'Toe, schat? Het zou toch echt heel erg zijn als ík van school werd getrapt?'

'En als ik van school word getrapt?'

Callie fronste diep. 'Dat gebeurt niet,' zei ze zelfverzekerd. 'Dat heb ik al gezegd.'

Easy aarzelde. Was het mogelijk dat Callie hem op Jenny's bed had zien zitten, dat ze had gezien dat hij haar rug streelde? Was dit soms een soort test? Dan kon hij beter doen of hij het niet zo zag zitten – hoewel hij zich voelde alsof hij door de bliksem was getroffen. Vroeg zijn vriendinnetje echt of hij dat meisje beter wilde leren kennen, dat meisje op wie hij viel? 'Klinkt niet helemaal moreel juist,' reageerde hij stoïcijns, en het lukte hem niet te grijnzen.

'Moreel juist?' Ze sloeg de deur weer dicht. 'Ben je soms vergeten dat je me vorig jaar van Brandon Buchanan hebt afgepikt? Onder zijn neus vandaan?'

'Nou en?'

'Dat was toch ook niet moreel juist?'

Easy haalde zijn schouders op.

'Trouwens,' ging Callie verder, 'ik ga het Jenny ook vertellen. Ik vraag je toch niet met haar te gaan zoenen of zo? Wil je dit alsjeblieft voor me doen?'

'Ik...' bracht Easy gesmoord uit. Het was geen test. Ze

meende het echt. Hij was de grootste bofkont ter wereld.

Callie deed de deur open. Ze had de witte jurk van Donna Karan aan. Ze zag eruit als een Barbie op haar trouwdag. 'Dus je doet het?' vroeg ze. Hij knikte langzaam, en ze lachte opgetogen. 'Dank je, lieverd. Het is echt tof van je.'

Nee, dacht Easy, ik moet jóú bedanken.

Aan:	RufusHumphrey@poetryonline.com
Van:	JennyHumphrey@waverly.edu
Datum:	donderdag 5 september, 12:15
Onderwerp:	Ik mis je

Hoi pap,

Ik heb net mijn eerste Engelse les gehad. De leraar las een stuk voor uit Howl en toen moest ik denken aan die keer dat je die heerlijke koekjes had gebakken die er walgelijk uitzagen, en dat we die in die rare bioscoop opaten waar een documentaire van Allen Ginsberg draaide. Dat was hartstikke leuk.

Gisteren heb ik meegedaan aan de try-out voor het hockeyelftal, en je gelooft het vast niet, maar ik heb talent. Heb je soms stiekem een hockeyelftal van existentiële dichters getraind? Want anders weet ik niet van wie ik dat talent heb...

Ik moet nog erg aan alles wennen hier. Het is allemaal heel anders dan in de stad of op het Constance. Het ruikt lekkerder en er zijn geen kakkerlakken, maar wel erg veel regeltjes. Ik ken ze nog lang niet allemaal... Laten we maar hopen dat ik ze snel oppik.

Heb je nog iets van Dan gehoord?? Ik mis zelfs hem af en toe.

Liefs,

Jenny

PS Kun je me mijn mobieltje sturen? Ik dacht dat je hier geen mobieltjes mocht hebben, maar iedereen heeft er eentje. Het ligt op mijn bureau. En als je het per ongeluk kunt omtoveren in een Treo 650, stuur ik het zeker niet terug... Bedankt, pap. Nog meer liefs.

'Vertel eens over die sexy leraar?' kirde Bretts zuster. 'Ga je met hem lunchen?'

Brett was achter Stansfield Hall gaan staan om hopelijk ongezien even met haar mobieltje naar *Elle* te bellen voordat ze met Eric ging lunchen.

'Het is een werklunch,' zei Brett. 'We hadden vanmorgen niet genoeg tijd. Het betekent niets.'

'Tuurlijk wel! Hoe heet hij eigenlijk?'

'Eric Dalton.'

'Wat? De verbinding viel even weg.'

'Eric Dalton,' zei Brett hard. Toen keek ze naar het schermpje. VERBINDING VERBROKEN stond er. Ze stopte de Nokia terug in haar tas.

Brett was nerveus. Sinds ze Eric de vorige dag had leren kennen, moest ze steeds aan hem denken. Hij was een beetje onhandig en afstandelijk, en dat maakte hem tot een uitdaging. Brett had het idee dat hij haar wel leuk vond, maar hij wist natuurlijk dat het onmogelijk was. En ook dat was een uitdaging. Brett was gek op uitdagingen.

Deze ochtend, toen meneer Farnsworth bij wiskunde bezig was het concept 'oneindig' uit te leggen, had Brett zich voorgesteld dat zij en meneer Dalton stiekem de benen namen naar New York City en daar de presidentiële suite in het Sherry-Neverland afhuurden, bij de roomservice Veuve Clicquot-champagne bestelden met kaviaar erbij, en uren en uren vrijden, met de gordijnen open zodat ze de rijtuigjes in het park konden zien.

De enige keer dat ze met Jeremiah naar de stad was geweest, had ze een martini bij Harry Cipriani willen drinken, en dat was in het Sherry-Neverland Hotel. Maar Jeremiah wilde naar Smith & Wollensky omdat hij daar op de plasma-tv's naar de wedstrijd tussen de Yankees en de Sox kon kijken. Haar maag draaide zich om bij de gedachte dat Jeremiah die middag bij haar langs zou komen. Ze was totaal niet in de stemming voor Jeremiah.

Met opeengeklemde kaken liep Brett de trap op naar Erics kantoor. Eigenlijk wilde ze op Callies bed zitten en verse bananen-daiquirishake drinken, en Callie vertellen over de sproetjes op Erics perfecte gezicht. Maar Callie en zij wisselden nauwelijks meer een woord. Ze had geprobeerd Callie naar dat gedoe met Jenny en Easy te vragen toen ze na haar ochtendbespreking even op haar kamer was, maar Callie was zonder iets te zeggen naar de doucheruimte gerend. Waren ze ineens geen vriendinnen meer? Of was Callie soms bang dat ze op een onbewaakt moment zou loslaten wat er met Tinsley was gebeurd? Waarschijnlijk.

Brett klopte op de deur van Erics kantoor en rook dat hij binnen kamillethee aan het zetten was. Hij gooide de deur open en lachte aanbiddelijk.

'Hoi,' zei hij, en hij deed een stap opzij zodat ze naar binnen kon.

Brett lachte terug en weerhield zich ervan haar armen om zijn gebruinde, sexy nek te slaan. Hij zag er geweldig uit, van zijn keurig gestrikte das tot zijn... schotsgeruite sokken. Geen schoenen, alleen schotsgeruite sokken met als hoofdkleur groen. Ze werd helemaal warm vanbinnen. Want onder die laag van wat vast en zeker kasjmier van Brooks Brothers was, zaten zijn voeten. Eigenlijk was hij op één enkel laagje na naakt.

'Bedankt,' zei ze. Ze kwam weer een beetje tot zichzelf.

Maar toen zag ze een enorme schaal op een hoek van het lage dressoir staan, beladen met kaas, kaviaar, olijven, gerookte zalm, crackers en cakejes. Het was precies het soort delicatessen dat de cliënten van haar vader in een mand naar hun huis lieten sturen, als dank voor hun nieuwe slanke lijn na de liposuctie.

'Hou je van kaas? Manchego? Coach Triple Cream?'

Alsof ze iets door haar strot zou kunnen krijgen... 'Ja hoor, heerlijk.'

'Olijven ook?' Hij wees. 'Ik houd wel van een kleine picknick.'

Bescheiden pakte Brett een flintertje kaas en stopte dat tussen haar volle lippen. Het was heerlijk zoutig en ze slikte het hapje luidruchtig door.

'Ik heb van mijn familie zo leren eten.' Eric krabde over zijn slanke, gladgeschoren hals. 'Jezus, die zijn gek op kaas.'

'Ja,' zei Brett, gefascineerd door zijn klassieke accent van New England. Ze had geen flauw benul waar hij vandaan kwam, maar het moest ergens aan de oostkust zijn. Boston misschien, maar zijn accent was zeker niet stads. 'Wat doen je ouders?' vroeg ze uiteindelijk.

Het duurde even voordat hij antwoord gaf. 'Eh... Nou, mijn vader zit in de tijdschriften. En mijn moeder... Die heeft allerlei projecten. En die van jou?'

Dat was erg vaag. 'Mijn vader is dokter.' Brett haalde haar schouders op. Ze ging meneer Dalton niet vertellen wat voor patiënten haar vader had. 'En mijn moeder... Tja, die heeft ook allerlei projecten.' Een van die projecten was merktruitjes voor haar zeven chihuahua's kopen.

'Eh, ik hoorde dat je in Italië bent geweest,' zei Eric terwijl hij een stukje brie op een dunne cracker legde en op zijn stoel ging zitten.

Brett keek hem aan. 'Hoe weet je dat?'

Hij boog verlegen zijn hoofd. 'Ik eh... ik zag het in je dossier.'

Ze voelde dat ze bloosde. Duh. Tuurlijk had hij haar dossier gelezen. Daarom wist hij die eerste keer ook wie ze was. Hield dat in dat hij het wist van haar ouders?

'Het spijt me,' zei hij snel. 'Het was niet mijn bedoeling...'

'Nee!' zei ze. 'Jezus, het maakt me echt niet uit, hoor. Ik ben heel vaak in Europa geweest. En in Zuid-Amerika ook, bij familie.' Ze vertelde er niet bij dat haar ouders het grootste en opzichtigste huis van Buzios, in Brazilië, hadden gekocht, en alle chihuahua's voor de zomer per eersteklas hadden laten overvliegen.

Hij keek haar ernstig aan. 'Je bent te bescheiden. Je bent als onderbouwer met de Franse klas voor gevorderden naar Frankrijk gegaan, en dat waren over het algemeen leerlingen uit de bovenbouw. En je bent met de besten uit de verschillende klassen op Kreta geweest.'

Ze haalde haar schouders op. Het was heel raar als iemand al je prestaties opdreunde. Best leuk. Jeremiah wist waarschijnlijk niet eens waar Kreta lag.

'Je bent slim.' Hij glimlachte. 'Ik heb een slimme vrouw nodig die me door dit eerste jaar heen helpt.'

'Nou, je hebt mij toch?' reageerde ze schaapachtig. Ze vond het raar dat hij haar vrouw noemde en niet meisje. Ze zag hem een olijfpit netjes op de rand van de waarschijnlijk uit Italië afkomstige blauwgeglazuurde schaal leggen. Jeremiah zou de pit hebben uitgespuugd.

'Nou, laten we maar eens beginnen.' Hij sloeg een map open waarin allerlei paperassen lagen. 'Ik wil je dit laten zien, een paar gevallen uit het archief. Het zijn er iets van negenduizend. En denk erom dat dit onder ons blijft. Eigenlijk zou je me niet mogen helpen omdat je vorig jaar geen lid van de disciplinaire commissie was. Dit is allemaal strikt vertrouwelijk. Kun je je mond houden?'

'Natuurlijk,' stelde Brett hem gerust. Ze lachte. 'Ik kan heel goed geheimen bewaren.'

'Ja?' Hij keek haar aan en er verscheen langzaam een lach op zijn gezicht.

Brett voelde zich smelten. Hij gaf haar een stapel papieren, en daarbij beroerden zijn vingers haar hand. Brett verslikte zich bijna in de Manchego. En hij trok zijn hand ook niet snel terug. De tijd leek stil te staan. Brett begon te tellen: een, twee...

Drie seconden. En nog steeds raakten hun handen elkaar. Ze kreeg er kippenvel van en haar hand voelde of ze schrikdraad had aangeraakt.

'Dat hoopte ik al,' fluisterde hij, en daarmee verbrak hij de stilte.

Brett keek naar beneden en moest haar uiterste best doen om niet breed te grijnzen.

Waverly Owls zijn voorzichtig met aan wie ze hun geheimen toevertrouwen

Brandon zag Jenny in de verte over het bedauwde gras van de heuvel voor Hunter Hall komen, het gebouw waar Engels werd gegeven. Ze had haar haar in twee pittige vlechtjes en droeg een roze en wit buttondown blouseje, haar schoolblazer en een leuk kaki rokje. Brandon kon haar zich bijna voorstellen als boerenmeisje, op weg om een koe te melken of om op een heuveltop te gaan zingen.

Twee blonde meisjes met paardenstaartjes hielden hun boeken tegen de borst gedrukt en lachten naar hem toen ze langsliepen. 'Hoi, Brandon,' kirde Sage Francis, een heel blond typetje in een bijzonder kort duifgrijs rokje en zilverkleurige sandalen.

Brandon lachte afwezig terug.

'Ik zag je gisteren met die Jenny eten. Is ze echt naar bed geweest met iemand van White Stripes?' zei Sage.

'Wat?' vroeg Brandon. Hij krabde zijn kunstig geplukte wenkbrauw.

'Ik heb gehoord dat ze met de zanger van de Raves naar bed is geweest, die Jack White, en ook met Easy Walsh – allemaal in één week!'

'Ze heeft een pony verdiend!' gilde Sages vriendin, een meisje dat Helena heette en dat altijd de hoofdrol had in de schooltoneelstukken. Ze zoende op de afterparty's ook altijd heftig met de regisseur.

Brandon had zijn buik vol van pony's. Alle meisjes hadden het erover en stelden zich verschrikkelijk aan. Het ergste was nog wel dat Heath het prachtig vond. De vorige avond, voordat ze naar de eetzaal gingen, had Heath Brandon in zijn strakke yogabuik gepord en gezegd: 'Wedden dat ik iemand tussen de eerste en de tweede gang een pony kan bezorgen?'

'Ze zei dat er tussen Easy en haar niets was gebeurd,' reageerde Brandon vlak. Hij probeerde kalm te blijven.

'Ze is nog erger dan Tinsley!' Giechelend liepen Sage en Helena weg, hand in hand.

'Nee, ze...' begon Brandon. Maar ze waren al weg. Persoonlijk vond Brandon die roddels over Jenny walgelijk. Hij had gehoord dat ze de vorige avond luidruchtig met Easy Walsh had gevrijd, op het dak van haar 'huis' met niets anders aan dan een kanten push-upbeha – iedereen op het Waverly had het erover. Maar Brandon geloofde er niets van; Jenny was veel te lief om zoiets te doen. Vooral niet met zo'n klojo als Easy Walsh.

Jenny liep nog steeds op hem af. Ze zag er nog onschuldiger en liever uit dan Brandon zich herinnerde. Toen ze langs hem liep, greep hij haar bij de elleboog. 'Hoi.'

Diep in gedachten bleef Jenny staan. 'O!' riep ze uit.

Nu hij haar van dichtbij kon zien, zag hij dat ze donkere kringen onder haar ogen had. Hij had graag een beetje van zijn L'Occitane Open Eyes Magic Balm op haar tere huidje aangebracht.

'Hoi,' zei ze.

'Gaat het?'

'Ja, hoor.'

'Ik heb iets voor je.' Hij zocht in zijn suède tas van John Varvatos totdat hij het in een servetje gewikkelde broodje kalkoen met brie uit de kantine had gevonden. 'Ik zag je niet in de pauze, en toen dacht ik dat je misschien honger zou hebben.'

'Ik was een e-mail naar mijn vader aan het sturen.' Jenny kneep haar lippen op elkaar en keek hem recht in de ogen. 'Weet je... De druk wordt me een beetje te veel,' gaf ze toe. Haar lippen trilden. 'Ik weet niet wat ik moet doen.'

'Wat is er dan gebeurd?'

'Laat maar.' Jenny schudde haar hoofd. Haar kin beefde. 'Het gaat wel. Ik moet alleen even nadenken, snap je?'

Brandon vroeg zich af waar ze het over had. Betekende dit dat ze echt iets met Easy had gedaan? Of dat iemand ongegronde roddels over haar verspreidde? Dat zou Easy dan wel zijn. Jezus, wat had hij een hekel aan die Easy.

'Trek het je niet aan,' zei Brandon terwijl hij in Jenny's grote bruine ogen probeerde te kijken.

'Wat?'

'Je weet wel, Easy.'

'Easy? Maar Easy kan er toch niks aan doen?' Jenny wroette met de neus van haar schoen in het keurig onderhouden gazon.

'O. Heeft het iets met die pony's te maken? Weet je, ieder meisje hier heeft weleens iets met Heath gehad.' Brandon glimlachte. 'Echt hoor, straks roddelen ze wel weer over iemand anders.'

Jenny schudde haar hoofd en keek hem van onder haar lange zwarte wimpers aan. 'Ik wist niet eens dat hij Pony werd genoemd,' bekende ze verslagen. 'Maar in elk geval weet ik nu wat al die pony-plaatjes te betekenen hebben. Trouwens, het is niet alleen Heath. Daar begon het alleen mee.'

'Wat is er dan?'

'Ik heb het gevoel...' Jenny slikte. Ze schaamde zich nogal om dit te moeten toegeven aan iemand die ze nauwelijks kende, maar ze had het gevoel dat ze Brandon kon vertrouwen. 'Ik heb het gevoel dat het klikt tussen Easy en mij. Het is heel raar... Ik kan het niet uitleggen.'

Brandons keel leek dichtgeschroefd. Verdomme... 'O,' zei hij uiteindelijk. 'Dus eh... je vindt hem leuk?'

'Ik...' Haar stem stierf weg.

Brandon schudde zijn hoofd. 'Je kunt Easy niet leuk vinden.'

Jenny haalde haar schouders op. 'Nee... Hij is het vriendje van mijn kamergenote.'

Ja, daarvan was hij op de hoogte, dank u. Maar je kunt hem niet leuk vinden omdat hij een rotzak is, dacht hij. Vorig jaar had Easy Callie van hem afgepikt en daarna was alles anders geworden. Het ene moment stond ze op een feest in de bibliotheek naast hem en vroeg om een Grey Goose met tonic. Het volgende liep ze de trap af met Easy's tong zowat in haar strot, waar iedereen het kon zien.

En nu klikte het tussen Jenny en Easy? Kom nou toch.

'Het doet er ook niet toe.' Ze keek naar de neuzen van haar schoenen en kneep vervolgens haar ogen dicht. 'Dat had ik niet moeten zeggen.'

'Nee...' zei Brandon toonloos. 'Ik ben blij dat je het wel hebt gezegd.'

'Ik moet gaan,' zei ze tegen de grond. 'Ik hoop dat je een fijne dag hebt.' Weer trilde haar stem, alsof ze op het punt stond te gaan huilen.

Voor de eerste keer in zijn leven had Brandon wel iets willen sláán. Waarom pikte Easy alle leuke meisjes in? En wilde dit zeggen dat er tussen hen iets was gebeurd?

Brandons volgende les ging over moleculaire biologie, en hij kwam daar twee minuten te laat binnen. Snel ging hij zitten en keek kwaad naar het meisje met lang blond haar dat voor hem zat. Ze had een fonkelende diamanten ring aan haar rechterhand en rook naar sigaretten en parfum: Joy van Jean Patou.

Ze draaide zich om en vertrok haar met Chanel-lipgloss bewerkte pruillippen tot een glimlach. 'Hoi Brandon,' kirde Callie. 'Nog leuke meisjes leren kennen in de vakantie?'

Brandon haalde zijn schouders op en wendde zijn blik af. Door het raam zag hij een zwerm ganzen naar het zuiden vliegen, ze gakten luid. Hij had in de vakantie geen leuke meisjes leren kennen, maar wel op de eerste schooldag. Hoe kon hij voorkomen dat Jenny op het Waverly net zo verpest werd als Callie?

Owlnet instant message inbox

BennyCunningham: Ze praten niet eens meer met elkaar.

CelineColista: Heb je gezien wat er op hun mededelingenbord staat? Red Tinsley.

BennyCunningham: Ze wilden allebei dat ze wegging. Je weet toch dat Easy Tinsley leuk vond?

CelineColista: Nu doet C heel aardig tegen die sletterige Jenny, ook al is ze zowat met haar vriendje naar bed geweest. Alleen maar om B te pesten.

BennyCunningham: Jezus, wat een kreng!

Owlnet instant message inbox

SageFrancis: Er staat een pony op het mededelingenbord van Angelica Pardee! Wat denk jij?

BennyCunningham: Ze is getrouwd. En oud.

SageFrancis: Misschien heeft ze stiekem een oogje op Heath...

BennyCunningham: Zal ik het haar vanavond vragen???

SageFrancis: Ja!!!!

Een Waverly Owl hangt niet aan het verleden – vooral niet als dat vol ex-vriendinnetjes is

Tijdens de biologieles voelde Callie ogen in haar rug branden. Niet die van de uitgemergelde dode katten die in roestvrijstalen bakjes lagen te wachten om ontleed te worden, het waren de ogen van Brandon Buchanan. Hij bleef maar naar haar kijken.

Het was al bijna een jaar uit. Ze was naar een feestje gegaan van *Absinthe*, het literaire tijdschrift van het Waverly. Het feest werd in de bibliotheek gegeven, en ze was helemaal niet van plan geweest om het uit te maken. Maar het was een romantisch feest, met gedimde lichten en de muren versierd met gaas. Er klonk opgewekte muziek uit de jaren twintig, en de jongens waren in smoking. Easy was er. Natuurlijk kende ze Easy al, de kern van het elitaire kringetje van het Waverly was maar klein. Maar ze kende hem niet goed. Ze had hem altijd al sexy en mysterieus gevonden, op een soort gevoelige en artistieke manier, en in de kapel had ze hem een paar keer betrapt toen hij naar haar keek. Toen Brandon drankjes ging halen, ontmoette ze Easy's blik. Ze dacht dat ze even onschuldig met hem flirtte, maar hij kwam naar haar toe. En toen was het net zo'n natuurdocumentaire over een leeuw die een gazelle bespringt. Het ging allemaal zo snel dat ze het nauwelijks doorhad.

Ze had kunnen zeggen dat Easy stiekem iets in haar glas had gedaan, maar ze had nog niets te drinken gekregen. Even later waren ze de ruimte in geglipt waar de bijzondere boeken werden bewaard, alsof ze wanhopig op zoek waren naar een stoffig boek met sonnetten van John Donne. Ze waren neergeploft op een van de fauteuils en hadden urenlang gezoend; ze communiceerden als door telepathie terwijl hun tongen zich verstrengelden. De volgende dag wist Brandon net als iedereen dat het uit was tussen hem en Callie.

'Aan het eind van dit semester moeten jullie elk orgaan van de kat kunnen benoemen en weten hoe het lichaam werkt.' Meneer Shea, de leraar met het knappe, doorgroefde gezicht, liep voor de klas heen en weer. 'In december krijgt iedereen een beurt bij het mondeling examen, jullie moeten dan elk orgaan kunnen aanwijzen.'

Achter in de klas gniffelde Heath Ferro vanwege dat 'een beurt krijgen'.

Meneer Shea klikte de projector aan en wees de organen op een getekende doorsnede van een kat aan.

Callie keek stiekem weer even naar Brandon. Zijn blik was nog steeds op haar gericht, en snel wendde ze haar ogen af. Ze schreef met grote, krullerige letters op een hoekje van haar schrift: kijk niet zo naar me, idioot. Zodra ze klaar was, streepte ze het door.

Plotseling trilde het mobieltje in haar achterzak. Voorzichtig haalde ze het uit haar zak en legde het onder de tafel op schoot. Het was een sms'je van Benny, die maar drie plaatsen van haar af zat: heb je al aan een yell gedacht?

Nee, stuurde Callie terug.

Elk jaar op Zwarte Zaterdag waren de meisjes van het hockeyteam de cheerleaders. Eerst deden ze een doodgewone en saaie yell. Daarna was het traditie dat de oudere meisjes één jonger meisje uitkozen om een rare, beschamende yell te doen. Ze maakten het meisje wijs dat het een gezamenlijke yell was, waar ze allemaal aan mee deden. Begrijpelijkerwijs schaamde het meisje zich dood zodra het tot haar doordrong dat ze daar in haar eentje liep te springen en te roepen, en dus enorm voor schut stond. Soms duurde het weken voordat ze weer met de andere meisjes wilde praten. Later kon ze er wel om lachen, blij dat ze bij de oudere meisjes hoorde, die veel meer status hadden. Het was een ritueel dat in de jaren vijftig was ontstaan, en als aanvoerder van het hockeyelftal was Callie er nu verantwoordelijk voor.

Weer trilde haar mobieltje. Ik vind dat je nieuwe kamergenote het moet doen, had Benny geschreven.

Callie verstarde en haar maag draaide zich om. Geen sprake van. Het zou Jenny razend maken, en Callie moest Jenny te vriend houden. Nou nee, schreef ze terug, ze zit niet eens in het eerste elftal.

Benny sms'te snel terug. Jawel, dat is vandaag bekendgemaakt. Heb je haar al zien spelen? Ze is onhandig, maar goed.

Nee, schreef Callie terug.

Callie zag Benny snel iets op haar kleine Nokia tikken: ben je dan niet kwaad vanwege Easy? We kunnen haar lekker voor schut zetten.

Callie leunde naar achteren. De hele school had het over Jenny en Easy, iedereen begon te fluisteren wanneer ze over de paden op het schoolterrein liep. Ze had niemand verteld wat er echt tussen Jenny en Easy was gebeurd, dat was te riskant. Callie wilde Jenny echt niet voor schut zetten. Kweenie, tikte ze terug.

Sage, Celine en ik vinden haar allemaal de aangewezen persoon. Wat vindt Brett?

Alsof Brett en zij het erover hadden gehad... Of over iets anders, trouwens. Met een zucht stopte ze haar mobieltje in haar zachtgele Coach-tas, ten teken dat het gesprek was beëindigd.

Eindelijk ging de bel. Callie sprong op en pakte haar schrift. Ze hoopte dat haar haar niet naar formaldehyde rook.

Toen ze een hand op haar schouder voelde, draaide ze zich om.

Het was Brandon, gekleed in een keurig opgeperste olijfgroene broek en met blote voeten in Prada-instappers. Zijn haar had een goudachtige glans, en ze vroeg zich af of hij er de vorige avond highlights in had aangebracht.

'Hoi,' zei ze.

'Nou, zo gewonnen, zo geronnen, hè?' Hij keek haar met een kille blik aan.

'Pardon?' vroeg ze op haar hoede.

'Hoe voelt het als degene op wie je verliefd bent onder je neus wordt weggekaapt?'

Callie staarde hem even aan, toen maakte haar hart een sprongetje. Goed zo, Easy! Hij moest dus al met Jenny hebben geflirt waar iedereen het kon zien. Nog zelfs voordat ze het Jenny had kunnen vertellen.

'Nou?' drong Brandon aan.

'Rot.' Callie slikte en probeerde eruit te zien of haar hart was gebroken.

'Je gelooft me niet.' Brandon haalde zijn schouders op. 'Maar ik weet lekker iets wat jij niet weet,' voegde hij er plagerig aan toe.

'Zeg, zijn we soms kleuters geworden?' snauwde ze. Het viel haar op dat Brandons wenkbrauwen perfect waren geplukt. 'Ik moet weg.'

Ze drong zich door een stelletje onderbouwers heen en bleef bij de trap staan.

Terwijl de leerlingen langs haar heen dromden, drukte ze zich met haar rug tegen de muur. Hoopte Brandon nog steeds dat het tussen hen weer goed kwam? Nou, dat kon hij wel vergeten. Net zo belachelijk als het idee dat Easy echt op die kleine Jenny Humphrey verliefd zou worden. Echt belachelijk.

145

Owlnet instant message inbox

RyanReynolds:	Weet jij al waar het feest na Zwarte Zaterdag is? Ik hoorde dat Tinsley het ging regelen.
CelineColista:	Echt? Ik hoorde dat ze bij het Comomeer was met die gozer van Entourage.
RyanReynolds:	Jezus, laten we hopen van niet! Ik zou een moord voor die meid kunnen doen, zo sexy is ze.
CelineColista:	Dat geldt voor alle jongens van school.
RyanReynolds:	De hele wereld, bedoel je.

Wanneer iemand een Waverly Owl het hof maakt door rozenblaadjes te strooien, bedankt ze hem daar beleefd voor

'Hé!' schreeuwde Jeremiah. Hij rende vanaf de sportvelden de heuvel op. Brett kneep haar ogen tot spleetjes. Hij droeg een vaal geworden zwart T-shirt, een kreukelige beige corduroy broek en snotgroene Puma's. Hij lachte zo breed dat Brett zijn onregelmatige ondergebit kon zien. Waarschijnlijk vonden alle andere meisjes van school hem geweldig, maar Brett vond hem onvolwassen en slordig.

'Hoi,' zei ze. Het viel haar op dat haar stem beefde.

Jeremiah vloog op haar af, zijn warrige rode haar wapperde. Hij botste tegen haar op en sloeg zijn armen om haar middel.

'Schat,' mompelde hij. 'Het lijkt wel jaren geleden dat ik je voor het laatst heb gezien. We groeien nog uit elkaar.'

Getver. 'Doe niet zo mal.' Blozend pakte Brett zijn hand. 'Ik heb je gisteren nog gesproken.'

'Alles in orde?' Jeremiah kneep in haar hand. 'Je lijkt nogal... Kweenie. Een beetje zenuwachtig.'

'Nee, hoor.' Brett forceerde een lachje. 'Gewoon een beetje duizelig.'

Ze was inderdaad een beetje duizelig. Niet omdat ze Jeremiah weer zag. Ze was duizelig van de betoverende lunch met meneer Dalton. Voordat ze uit zijn kantoor was vertrokken, had hij zijn hand op haar schouder gelegd en haar uitgenodigd een keer met hem uit eten te gaan. Zijn lippen trilden toen hij dat vroeg, en zijn ogen straalden toen ze ja zei. Uit eten! Uit eten met Eric! Vanavond al!

'We gaan toch naar het koepeltje?'

Brett kwam terug in de werkelijkheid. 'Jawel,' bracht ze met moeite uit.

Het oude witte koepeltje stond tussen een paar treurwilgen aan de oever van de Hudson. De leerlingen gingen er vaak naartoe om een potje te vrijen. Het was zelfs zo populair dat de leerlingen in het voorjaar een intekenlijst hadden gemaakt zodat iedereen ongestoord zijn gang kon gaan. Er hing een gemakkelijke tweepersoons schommelbank, en boven in het koepeltje zat een gat zodat je 's nachts de sterren kon zien.

'Maar we kunnen niet te lang blijven, want ik moet me zometeen klaarmaken voor het eten,' zei ze.

'Prima.'

Ze liepen hand in hand over de keitjes van het pad, met aan weerskanten meters en meters groen gazon, en oude bakstenen gebouwen met witte hoekstenen. De lucht betrok, en Brett wist niet of het van het drukkende weer kwam of van de zenuwen, maar het zweet brak haar uit.

Plotseling bleef Jeremiah staan en nam haar handen in de zijne. Overal liepen leerlingen rond, op weg naar de verschillende huizen voor het bezoekuur, en allemaal keken ze naar Brett en haar sexy vriendje met het warrige haar.

'Ik heb je echt gemist.' Hij drukte een kus op haar voorhoofd. 'Jammer dat onze scholen niet dichter bij elkaar staan, hè?'

'Het is maar vijftien kilometer, hoor.' Gejaagd keek ze om zich heen. Ze stonden midden op het gazon, goed zichtbaar vanuit Stansfield Hall. Als Eric op dit moment uit het raam keek, zou hij hen kunnen zien. 'Zo ver is dat niet.'

'Nou, ik vind het wel ver.'

'Laten we naar het koepeltje gaan.' Snel pakte ze hem bij zijn arm. 'Daar kunnen we praten.'

'Oké.' Jeremiah sloeg zijn gespierde arm om haar heen. 'En, hoe is het hier? Heb je nog rare nieuwe leraren?'

'Eh...'

'Ik hoorde dat jullie een nieuwe hadden. Die ontzaglijk rijke kerel.'

'Ik weet het niet...' Brett dacht dat alle leraren of stinkend rijk waren en dus geen goedbetaald werk nodig hadden, of dat ze arm en wanhopig waren.

'Eric Dalton. Ken je hem?'

Haar hart stond stil. Ze keek Jeremiah aan. Wist hij het? Had hij haar door?

'Eh...'

'Je zou het wel weten als je hem kende. Hij is een Dalton.'

'Hoe bedoel je: hij is een Dalton?'

Jeremiah keek haar aan alsof er wormen uit haar neus kwamen. 'Zijn ze dan alleen in Massachusetts bekend? Je weet wel, een Dalton. Zijn grootvader was Reginald Dalton. In Boston staat een gigantisch gebouw dat naar hem is vernoemd. Je weet wel, met die enorme kerstboom.'

Bij de Messerschmidts thuis in Rumson hing een foto van de vierjarige Brett in een roodfluwelen jurkje met een knuffelchihuahua onder de Dalton-kerstboom. Duh. Mijn grootvader deed iets met spoorwegen, mijn familie komt uit Newport; ze hoorde het Eric nog zeggen. Het was nooit bij haar opgekomen dat hij zó'n Dalton kon zijn.

Brett had documentaires over die familie op tv gezien, van historische biografieën tot roddelprogramma's waarin werd gesuggereerd dat ze nog erger waren dan de Kennedy's. Ze wist dat de grootvader, Reginald Dalton, de grondlegger was van een fortuin dat aan de spoorwegen was verdiend. De familie had Lindisfarne in bezit, het grootste huis van Newport, en in dat huis woonden ze al meer dan een eeuw. De vader, Morris Dalton, was eigenaar van een internationale uitgeverij die miljoenen dollars verdiende met mooie boekuitgaven en glossy tijdschriften. En ja, ze wist dat er een zoon was, maar die trad niet graag in de openbaarheid. Brett had aangenomen dat hij of heel lelijk was of sociaal bijzonder onhandig, of misschien wel allebei, en dat de familie hem daarom uit de schijnwerpers hield. Ze had het helemaal mis gehad.

'Ik geloof dat hij in de kapel aan ons is voorgesteld,' mompelde ze uiteindelijk.

'O. Nou, in elk geval komt Zwarte Zaterdag eraan.' Jeremiah veranderde zomaar ineens van onderwerp. 'Het wordt vast leuk, denk je niet? We zijn nog nooit samen op een feest geweest, niet op school.'

'Nee.' Brett trok haar hand los en deed of ze jeuk aan haar arm had.

'Zeg, doe je ogen eens dicht.' Ze waren bij het koepeltje gekomen. Jeremiahs van het lacrosse spelen eeltig geworden hand bedekte haar ogen. 'Ik heb een verrassing.'

Hij trok haar een eindje met zich mee over het gras en hijgde daar opgewonden bij. Met iedere stap werd Brett angstiger. Eigenlijk wilde ze dat Jeremiah wegging, zodat ze kon gaan zitten en nadenken. Eric was Eric Dálton? Echt waar?

'Oké, doe je ogen maar weer open.' Jeremiah trok zijn hand weg van haar gezicht.

De adem stokte Brett in haar keel. In het midden van het witte koepeltje stond een enorm boeket zwarte tulpen, omringd door dieprode rozenblaadjes. Ze had nog nooit zoveel bloemen bij elkaar gezien. Het moesten er honderden zijn.

'Die zwarte zijn prachtig,' piepte ze. Prachtig? Ze werd erdoor betoverd.

'Je zei een keer dat je die mooi vond, toen we in Manhattan langs die bloemenwinkel kwamen.' Stralend sprong hij op en neer, net een klein kind dat voor zijn ouders ontbijt op bed heeft gemaakt.

'Ik...' begon Brett. Dit was precies wat Callie altijd hoopte dat Easy voor haar zou doen, maar nooit deed.

'En hier...' Jeremiah stak haar een witte envelop van United Airlines toe.

Brett scheurde die open en zag toen dat het eersteklastickets waren voor een retourtje San Francisco. Vragend keek ze hem aan.

'Mijn vader opent een restaurant aan Newbury Street in Boston, en hij gaat naar Sonoma voor een wijnproeverij. Hij zei dat jij mee mocht. Hij heeft beloofd ons met rust te laten. Het is het weekend van Thanksgiving.'

Brett deed haar mond open, maar er kwam geen geluid uit. Het zou geweldig zijn om rond te rijden door de streek waar de Californische wijnen vandaan kwamen, hoewel Jeremiah altijd bier dronk. Ze sloot haar ogen en probeerde zich hen voor te stellen in een wijnlokaal. Ze wist dat je de wijn na het proeven moest uitspugen, maar Jeremiah was meer iemand die alles zou doorslikken en stomdronken worden. Hij moest altijd stoer doen. Bovendien was Thanksgiving nog zo ver weg. Stel dat... stel dat ze het weekend van Thanksgiving iets met Eric ging doen?

Hou eens op, ze hadden nog niet eens gezoend. Maar ze mocht toch wel dromen?

'Geweldig.' Ze forceerde een lach en keek verwonderd naar de bloemenzee.

Jeremiah ging achter haar staan en sloeg zijn armen om haar heen. Zachtjes kuste hij haar in haar hals. 'Dit is mijn manier om je te vertellen dat ik je heb gemist, schat.'

'Nou, het is... het is... Ik weet niet wat ik moet zeggen.'

'Wat dacht je van: dankjewel?' Ineens klonk Jeremiah nogal gespannen, net een moeder die je terechtwijst.

Brett lachte nerveus. 'Oké. Dankjewel,' reageerde ze, en ze tuitte haar lippen om hem een kusje op de wang te drukken. Hij draaide zijn hoofd en de kus kwam op zijn mond terecht. 'Graag gedaan.'

Owlnet instant message inbox

SageFrancis:	Ik zag Brett en haar sexy vriendje van het St. Lucius naar het koepeltje lopen, maar ze zag er niet blij uit. Benny zei dat ze denkt dat Brett op iemand anders is. Weet jij wie dat kan zijn?
CallieVernon:	Eh...
SageFrancis:	Ik heb gehoord dat ze in de pauze met een gozer heeft gezoend.
CallieVernon:	Iemand van school? Wie?
SageFrancis:	Kweenie, maar waarschijnlijk is hij een stuk ouder dan zij. Iemand uit de hoogste klas. Dat denkt Benny tenminste.
CallieVernon:	Huh.
SageFrancis:	Wist je dat niet? Hebben jullie ruzie of zo?
CallieVernon:	Zoiets.

Owlnet e-mail inbox

Aan: Alle nieuwe leerlingen
Van: RectorMarymount@waverly.edu
Datum: donderdag 5 september, 17:01
Onderwerp: Welkom!

Beste nieuwe leerlingen,

Welkom op het Waverly! Ik hoop dat jullie eerste
schooldag goed is verlopen.

Jullie zijn allemaal uitgenodigd voor een gezellige
bijeenkomst vrijdag na het avondeten. Om acht uur
worden er ijsjes geserveerd. Dit is een goede gelegenheid
om vrienden te maken!

Denk erom, jullie aanwezigheid is verplicht.

En maak je geen zorgen, ik neem spikkels mee!

Rector Marymount

Een Waverly Owl geeft niet toe aan verleidingen – vooral niet wanneer die verleiding bestaat uit het ex-vriendje van haar kamergenote

Later die avond, voor het avondeten, begon het te plenzen. Jenny kroop onder de sprei van lichtblauw mohair die haar oma voor Jenny's vader had gebreid toen hij nog op Berkeley zat, en sloeg *Madame Bovary* open, het boek dat ze voor de les wereldliteratuur moesten lezen. *De nieuwe jongen hield zich op de achtergrond, in een hoekje bij de deur, bijna uit het zicht,* stond er op de eerste bladzij. De tranen sprongen in Jenny's ogen. Ze had het boek vorig jaar op het Constance Billard gelezen en wist dat het niet over deze jongen ging; het ging over madame Bovary die snakte naar feesten en die met andere mannen dan haar echtgenoot naar bed wilde. Toch leefde ze mee met deze boerenjongen die op zijn dure school door de andere jongens werd gepest. Ze vroeg zich af of deze jongen ook onterecht was beschuldigd en had moeten kiezen tussen populair zijn of een slechte aantekening achter zijn naam.

Een sleutel knarste in het slot, en Callie kwam binnen, met grote boodschappentassen bij zich. Snel droogde Jenny haar ogen aan de kriebelige wol van de sprei, en daardoor werden ze alleen nog maar roder.

'Verrassing!' juichte Callie. Ze haalde een leren make-uptasje van Luis Vuitton uit een van de tassen. 'En ik heb ook nieuwe nagellak en nog veel meer make-upspulletjes. Blijf je nog hier?'

'Eh... ja.' In verwarring gebracht zweeg Jenny. Had Callie het tegen haar omdat Brett er niet was, of was ze bezig Jenny in te palmen? Jenny had die middag via de e-mail nog een cadeautje gekregen: voor vijftig dollar aan iTunes. Het voelde of ze jarig was.

'Fijn.' Callie zette de cd-speler uit – Jenny had naar een treurig nummer van Yo La Tengo geluisterd – en zette vervolgens iets van Modest Mouse op. 'En, hoe was de eerste echte schooldag?'

'Eh... oké,' antwoordde Jenny werktuiglijk. Ze leunde achterover tegen de muur naast haar bed.

'Kijk, ik wil je gewoon bedanken omdat je me voor een school behoedt waar iedereen van stockcarraces houdt.' Giechelend overhandigde Callie Jenny een grote beker Phish Food van Ben & Jerry, haar lievelingssmaak. Hoe wist Callie dat?

'Nou ja, ik bedoel...' zei Jenny. 'Ik heb eigenlijk niks gezegd.'

'Weet ik,' reageerde Callie opgewekt. 'En dat is prima. Tegen meneer Dalton hoef je niets te zeggen. Wanneer moet je trouwens voor de disciplinaire commissie verschijnen?'

'Maandag.'

Callie opende haar eigen beker Phish Food en tastte met een plastic lepel gretig toe. Ze hield haar hoofd schuin en keek Jenny aandachtig aan. 'Weet je, dat staat je leuk, je haar zo,' zei ze uiteindelijk.

'Ben je nou helemaal gek geworden?' Jenny voelde aan haar hoofd. Door de regen was haar haar gaan kroezen. Daarom had ze vlechtjes gemaakt, maar daar staken allemaal plukjes uit die langs haar gezicht dansten.

'Nee, ik meen het. Het ziet er... ongetemd uit,' zei Callie. 'Dus je gesprek met meneer Dalton is goed verlopen?'

Jenny kreunde. 'Ik geloof van wel.'

Callie probeerde een groot stuk ijs op haar lepel te krijgen, maar het ijs was nog te hard en het lepeltje boog door. 'Dus je gaat me niet verklikken?'

'Nou,' zei Jenny, 'ik...'

'Zie je wel,' viel Callie haar in de rede. 'Trouwens, zou je nog iets voor me willen doen? Het is niet echt iets dóén, maar het is wel leuk.'

Jenny staarde haar aan. Wat nu weer? Callie moest haar toch eeuwig dankbaar zijn? Oké, ze had het mandje met schoonheidsproducten of de iTunes niet geweigerd, maar zeg nou zelf, er stond heel wat op het spel!

Eindelijk had Callie een flinke hap ijs uitgegraven. 'Misschien klinkt het raar, maar ik vroeg me af of je een beetje met mijn vriendje zou willen flirten.'

De adem stokte in Jenny's keel. 'Je bedoelt... met Easy?'

'Ja. Gewoon om het geloofwaardig te maken, snap je, dat jullie elkaar leuk vinden.'

'Je wilt dat ik met Easy flirt?' vroeg Jenny voor de zekerheid.

'Ja. Met hem eten in de pauze en zo. Elkaar tussen de lessen even opzoeken, zoiets. Niks bijzonders, hoor, als de docenten het maar kunnen zien.'

Jenny staarde haar aan. Ze zou woedend moeten zijn, want als ze met Easy flirtte, zou het er echt op lijken dat ze schuldig was. Maar ze was niet woedend, haar hart ging alleen maar als een razende tekeer.

'Wil je dat niet doen?' Callie liet verslagen haar schouders hangen. 'Goed, hij had een beetje te veel gedronken, maar als je hem beter kende, zou je weten hoe lief hij eigenlijk is.'

'Ik...'

Er werd op de deur geklopt. 'Hallooo?' riep Benny Cunningham terwijl ze naar binnen huppelde. 'Ik stoor toch niet?'

'We zaten ijs te eten,' legde Callie rustig uit. 'Ik zou je ook wel wat willen aanbieden, maar het is nog te koud.'

'Daar is het meisje voor wie ik kom,' zei Benny, en ze wees naar Jenny.

'Kom je voor mij?' vroeg Jenny, en ze wees naar zichzelf.

'Ja.' Benny stroopte de mouwen van haar Kermitgroene trui van kasjmier op. 'Je speelt toch in het eerste hockeyelftal?'

'Ja.' Jenny kon nog steeds niet geloven dat ze voor het Waverly zou spelen. Het leek allemaal erg onwerkelijk.

'Mooi zo!' kirde Benny. 'We vroegen ons af of je ook cheerleader wilde zijn, op Zwarte Zaterdag. Meestal zijn alleen de meisjes uit de hoogste klas dat, maar er zijn ook een paar jongere bij. Je bent toch bovenbouwer?'

'Jawel.' Jenny keek Callie eens aan. 'Cheerleader?'

Callie vertrok haar gezicht, en toen Jenny zich had omgedraaid, gebaarde Callie naar Benny dat ze Jenny niet moesten kiezen.

Maar Benny sloeg daar geen acht op. 'Ja, het is echt heel leuk. Elk jaar verzinnen we iets nieuws en daar maken we het St. Lucius helemaal gek mee. Maar alleen een páár meisjes, snap je?'

'Mieters.' Jenny's gezicht klaarde op. 'Dat klinkt leuk.'

'Mieters?' vroeg Benny. 'Zei je daar: "mieters"?' Ze lachte, maar Jenny vond dat het niet echt vriendelijk klonk.

'Eh, ik bedoel: gaaf,' verbeterde Jenny zich. Mieters? Dat was echt iets wat de Oude Jenny zou zeggen.

'Ja?' Benny keek Callie met opgetrokken wenkbrauw aan. Callie keek fronsend terug. 'Geweldig!'

'Doe jij ook mee?' vroeg Jenny aan Callie.

'Nou, omdat Callie aanvoerder is, schrijft ze de yell,' legde Benny uit.

'O ja?' vroeg Jenny nieuwsgierig. Plotseling drong het tot haar door dat in het eerste elftal spelen net zoiets was als bij een bepaald clubje horen. Ze had een hele sliert nieuwe vriendinnen. Dat was eigenlijk best gaaf.

Callie slikte. 'Ik ben er nog mee bezig.'

'Zorg dat je er zaterdag mee klaar bent,' zei Benny. 'Goed, maar ik moet nu naar de redactievergadering van het literaire tijdschrift. Ik wilde alleen maar even weten of Jenny meedeed. Doei!' Ze smeet de deur achter zich dicht.

Jenny draaide zich om naar Callie. 'Jullie doen hier veel leuke dingen.'

'Ja,' reageerde Callie zacht. 'Maar ik zou het allemaal niet zo serieus nemen, hoor. Het is gewoon een stomme yell.'

Jenny haalde haar schouders op en likte een beetje van het te koude ijs van haar lepeltje. Er deden dan wel roddels over haar de ronde dat ze een sletje was, maar toch was ze gevraagd om cheerleader te zijn. Dat was toch geweldig?

Weer vloog de deur open. Deze keer kwam Brett binnen, met een doorweekt hoedje van blauwe tweed van Eugenia Kim op. Haar rode haar plakte in slierten tegen haar wangen. Zodra ze hen zag, verscheen er een geërgerde uitdrukking op haar scherpe gezicht. 'Ik dacht dat jullie moesten leren.'

'Nee,' zei Callie. 'We hebben een ijsfeestje.'

'O.' Brett gooide het hoedje op de grond.

'Hoe kom je zo nat?' vroeg Callie, bitser dan nodig was.

Brett trok haar natte Burberry-regenjas uit en gooide die ook op de grond. 'Jeremiah was hier. We moesten schuilen voor de regen.'

'Jeremiah?' Callie ging rechtop zitten en dacht aan het sms'je dat ze van Sage had gekregen. 'Hebben jullie het uitgemaakt?'

Niet-begrijpend keek Brett haar aan. 'Uitgemaakt? We... we hebben gepraat en zo.'

Met een vreemd lachje keek Callie naar haar op. Laat me niet lachen, betekende dat. Ze waren elkaars beste vriendin.

Als Brett op iemand anders verliefd was, zou ze dat Callie toch zeker vertellen? Er zaten stapels leuke jongens in de hoogste klas; Parker DuBois bijvoorbeeld. Parker was gedeeltelijk van Franse afkomst, hij had grote, doordringende blauwe ogen en kon verrassend goed fotograferen. In de vakantie had hij foto's van nerveuze, veelbelovende kunstenaars gemaakt voor de zondagbijlage van de *New York Times*. Callie kon zich best voorstellen dat Brett Parker leuk vond. Ze wachtte, haar bruine ogen strak op Bretts groene ogen gericht, net zolang tot Brett wegkeek.

'Wie is Jeremiah?' verbrak Jenny de stilte.

'Jeremiah is Bretts vriendje.' Callie probeerde Bretts blik te vangen, maar dat lukte haar niet. Ze zuchtte. 'Hij is knap en sportief, en heel lief. En hij geeft de tofste feesten van heel het St. Lucius.'

'Mieters!' zei Jenny per ongeluk weer. Ze was een beetje in de war. Brett had zo kwijlend naar meneer Dalton gekeken in zijn kantoor dat Jenny ervan uit was gegaan dat ze geen vriendje had.

'Waarom heb je hem niet mee naar onze kamer genomen?' vroeg Callie. 'Of hebben jullie het in de stromende regen op het sportveld gedaan?'

Jenny keek Callie onderzoekend aan. Callie deed zoals mensen doen die voorwenden aardig en geïnteresseerd te zijn, maar ondertussen valse dingen over je denken. En je kunt er niets van zeggen omdat ze je dan gewoon voor paranoïde uitmaken.

Brett sloeg haar ogen ten hemel. 'Nee, we hebben het niet gedaan. Waarom zou je het buiten willen doen? Walgelijk. Doe jij het buiten met Easy? Deed jij het buiten met Brandon?' Brett beende naar haar kast en hing haar jas op.

'Nou nou, volgens mij heb je last van pms,' schamperde Callie terwijl ze haar nagels bestudeerde.

Jenny dacht nog aan Brett die zo opvallend met meneer Dalton had geflirt, toen ze Brandons naam hoorde vallen. 'Brandon?' vroeg ze. 'Brandon Buchanan?'

'Ja. We hebben bijna een jaar verkering gehad. Heeft hij je dat niet verteld?' zei Callie.

'Nee.'

'Goh, ik dacht dat hij dat aan iedereen vertelde die het maar wilde horen. Vorig jaar winter zijn we met een heel stel naar Park City gegaan om te snowboarden, en toen liep Brandon een groepje Zwitserse toeristen tegen het lijf. Hij heeft hun onze hele ingewikkelde verhouding uit de doeken gedaan, ook al was het toen allang uit. Daarna zeurde hij de hele avond of ik met hem naar de sauna wilde.'

Jenny trok haar neus op. Dat klonk niet erg als iets wat Brandon zou doen.

Callie schudde haar hoofd. 'Vreselijk, hè? In sauna's zit het vol bacillen. Niemand gaat naar de sauna, alleen vieze oude homo's.'

'Een sauna is best oké,' wierp Brett vanuit de kast tegen. 'Easy is toen ook naar de sauna geweest.'

Callie beet blozend op haar lip. 'Laat ook maar,' zei ze tegen Jenny. 'Zeg, waar waren we? O ja, Easy. En, wat vind je ervan?'

'Nou, ik...' begon Jenny. Ze had willen vragen: vindt Easy het niet raar als ik met hem ga flirten? Maar dat was misschien meer iets voor de Oude Jenny. En Easy had de rug van de Nieuwe Jenny gestreeld...

'Waar hebben jullie het over?' vroeg Brett terwijl ze de kast dichtdeed.

'O, niets,' zeiden Callie en Jenny tegelijkertijd.

'Geweldig,' zei Callie tegen Jenny. 'Je vindt het vast enig. Easy is een lieverd. En het duurt niet lang.'

Jenny beet op haar lip. Als het maar niet te kórt duurde.

Een Waverly Owl verloochent haar afkomst nooit

Een paar minuten later, toen het was gestopt met regenen en de late namiddaglucht oranjerood kleurde, liepen de leerlingen in groepjes van hun huizen naar de eetzaal, en Brett liep vastberaden over het pad naar het administratiegebouw. Een fris windje liet haar duifgrijze, zuiver zijden Hermès-sjaal wapperen, en dat deed haar aan de winter denken. De meeste leerlingen hadden een hekel aan de winter op het Waverly, omdat je dan werd gedwongen binnen te blijven en er niets anders te doen was dan de lessen te volgen of in de bibliotheek naar oude films te kijken. Maar Brett was dol op de winter. In de huiskamers brandden vuren in de open haarden, en op de eerste dag dat het sneeuwde werden de lessen afgelast. Tegen vieren was het al donker, en dan dronken Callie en zij warme chocolademelk vermengd met pepermuntjenever en roddelden over de jongens die ze leuk vonden. Maar Brett wist zeker dat chocolademelk drinken met Callie er deze winter niet in zat; ze wisselden nauwelijks nog een woord met elkaar. Misschien was er echter wel iemand anders om chocolademelk mee te drinken. Naakt.

Terwijl ze om een paar eekhoorns heen liep die ruzie hadden over een Cheeto, piepte Bretts mobieltje. Ze had een sms'je ontvangen: Sorry dat de verbinding werd verbroken, liefs, je zuster.

Snel belde Brett haar zuster Bree terug. Ze werd verbonden met de voicemail. 'Ik ga met een Dalton uit eten,' fluisterde ze opgewonden. 'Word maar flink jaloers.' Daarna hing ze op.

Brett liep het gebouw binnen en voelde zich een beetje misselijk worden. De lobby was verlaten, en *The New Yorker, The Economist* en de *National Geographic* lagen keurig op de enorme teakhouten salontafel. Er klonk een concerto van Vivaldi. De vloer van antiek kersenhout kraakte onder haar zwarte Jimmy Choo-laarzen met extreem hoge hakken terwijl ze naar de balie liep, waar mevrouw Tullington achter zat.

'Ik wil graag een pasje voor vanavond,' zei Brett onverschillig. En omdat je altijd een reden moest opgeven, zei ze ook nog: 'Ik ga met mijn oom naar een veiling in Hudson. Ze veilen kunstvoorwerpen uit Rusland, waaronder eieren van Fabergé.'

Brett wist dat een leugen overtuigender klonk als je er een paar onzinnige details in verwerkte.

Van over haar schildpadmontuur keek mevrouw Tullington Brett eens aan. Afkeurend vertrok ze haar mond. Brett droeg een krijtstreep rokje van Armani met diepe splitten aan de zijkant. Op haar lippen zat knalrode lippenstift van Vincent Longo, en haar armen waren bloot. De v-hals van haar zwartzijden topje was zo laag uitgesneden dat je bijna haar zwarte Eres-beha met kant kon zien.

Uiteindelijk schreef Mevrouw T. het pasje uit. 'Veel plezier met de eieren,' zei ze stijfjes. 'En met je oom. Leuk dat jullie meisjes zo'n goede band met jullie familie hebben.'

Maar als mevrouw T. uit het raam had gekeken, had ze Brett in een groene '57 Jaguar kunnen zien stappen – een auto die absoluut niet van Bretts oom was, een werkloze acteur en privétrainer in het Body Electric fitnesscentrum van Paramus voor nieuwbakken moeders met kwabjes.

Eric droeg een donkerblauwe spijkerbroek van True Religion en een smetteloos wit buttondown overhemd.

Brett trok haar rokje over de knieën. Ze voelde zich iets te chic gekleed.

'Je ziet er mooi uit.' Eric grijnsde en legde zijn hand sexy op de versnellingspook.

'O. Dank je.'

De Bose cd-speler liet een nummer van Sigur Rós horen. De raampjes stonden open, een fris briesje waaide naar binnen. Terwijl ze langs de sportvelden de heuvel af reden, kreeg Brett een spannend, onwerkelijk gevoel. Misschien lieten ze de school wel voorgoed achter zich, misschien kwamen ze hier nooit meer terug. De sukkels. Ze stelde zich iedereen voor terwijl ze in de eetzaal zaten te eten. Op donderdag kregen ze altijd pasta met een waterige tomatensaus en vieze gebakken kip.

Tersluiks wierp ze een blik op Erics profiel. Zijn neus wipte een beetje op en er stonden kleine stoppeltjes op zijn kin. Daarna keek ze naar de platina schakelarmband om zijn rechterpols, met een naamplaatje. Misschien had een meisje hem die gegeven.

'Die is nog van mijn betovergrootvader geweest,' legde hij uit toen hij zag dat ze ernaar keek. Hij bewoog zijn pols. 'Vind je hem mooi?'

'O ja,' antwoordde ze ademloos. Die armband was bijna een museumstuk. 'Hij is prachtig.'

Ze reden het schoolterrein af richting de stad. Die bestond uit een hoofdstraat met schilderachtige gietijzeren straatlantaarns, een kunstwinkeltje, een bloemenwinkel, een kapper met een draaiende kapperspaal, en een paar huizen in een stijl die dateerde uit de tijd van de Burgeroorlog.

Brett verwachtte dat ze naar Le Petit Coq zouden gaan. Dat was de tent waar je ouders je altijd mee naartoe namen omdat het daar deftig was en het een Franse keuken had. Het was de enige plek in de wijde omtrek waar ze foie gras serveerden. Maar de Jaguar snorde erlangs zonder ook maar enige vaart te minderen. Ze reden de stad uit, langs de McDonald's en het bioscoopcomplex.

'Ik had het eigenlijk moeten vragen,' zei Eric en hij keek Brett even aan. 'Hoe laat moet je terug zijn?'

'Twaalf uur,' antwoordde Brett. Het was nu zes uur.

Eric glimlachte. 'Dan hebben we nog zes hele uren.'

Hij reed een ruim parkeerterrein op en vervolgens door een steegje naar een laag betonnen gebouw. Het was het plaatselijke vliegveld, waar ze een paar dagen geleden met het vliegtuigje van haar ouders was aangekomen. Op de startbaan stond een kittige kleine Piper Cub klaar. Een man in een groen bomberjack en met een honkbalpet van de Boston Red Sox op stond naast het vliegtuigje op een sigaar te kauwen. Hij zwaaide en Eric zwaaide terug.

'Waar gaan we naartoe?' vroeg Brett. Haar hart klopte wild. Ze wist niet wat ze moest verwachten, maar vond het allemaal wel heel opwindend. Als er bij dit uitje een vliegtuig kwam kijken... Wie weet waar ze heen zouden gaan? Allemachtig nog aan toe!

Eric zette de motor van de auto af. 'Ik dacht dat we misschien iets beters konden krijgen dat het vroege-vogelmenu van de Kleine Haan.'

'Lindisfarne?' vroeg de man in het bomberjack.

'Ja, graag,' zei Eric.

Natuurlijk. Ze gingen naar het huis van zijn familie in Newport. Brett barstte bijna van opwinding. Dit leek op die suffe film *The Princess Diaries*. Alleen was zijzelf heel wat sexyer dan die grijze muis van een Anne Hathaway, en ze ging met een echte Dalton mee!

Brett had Lindisfarne een keer gezien in een speciale editie van *E! True Hollywood*, dus toen de Piper Cub op de landingsbaan bij het huis landde, werd ze overspoeld door een vreemd onwerkelijk gevoel. Het huis stond aan het strand en zag eruit als een met klimop begroeid kasteel, met torenspitsen en een slotgracht. Ze herinnerde zich van het tv-programma dat er in plaats van alligators zwanen in de slotgracht zwommen, maar die zag ze nu niet. Misschien sliepen ze. En toen ze uitstapte en over het veerkrachtige gazon liep, rook zelfs de zilte zeelucht vorstelijk. Ze werden begroet door de vriendelijke en dikke labrador van de beheerder voordat Mouse werd teruggeroepen door zijn baasje, die verderop naar Eric stond te zwaaien.

Eerst gaf Eric haar een rondleiding. Ze gingen het huis binnen door een voordeur van zwaar eikenhout en liepen de serre in. Die was rond en had een hoog plafond vol ingewikkelde schulpranden. Brett hield haar adem in. Wat er verder nog in haar leven zou gebeuren – zoals bijvoorbeeld naar een van de topuniversiteiten gaan, een penthouse in Tribeca betrekken, of kennismaken met de Franse president – zou in het niet vallen bij het zich bevinden in dit statige vertrek en de grote, wazige Monets aan de wanden bewonderen.

Brett was zo onder de indruk dat ze nauwelijks iets in zich kon opnemen terwijl ze van kamer naar kamer gingen. Vervolgens ging hij haar voor naar buiten, naar een verweerd groen huisje met een enorm terras en een houten trap naar het strand. De meeste van zulke strandhuizen bestonden uit een slaapkamer en een kleine woonkamer. Het strandhuis bij Lindisfarne was bijna zo groot als het huis van Bretts ouders, dat toch bepaald niet klein was. Binnen ging Brett op een enorme bank zitten die was overtrokken met chintz, en ze keek naar de witte muren waaraan Warhols hingen terwijl Eric in de keuken rommelde. Als de Daltons personeel in dienst hadden – en dat hadden ze natuurlijk – dan wisten ze heel goed wanneer ze de familie alleen moesten laten.

Eric schonk een L'Evangile Bordeaux uit 1980 in de grote wijnglazen. Hij scheen er zich niets van aan te trekken dat Brett minderjarig was. 'Wanneer ik hier ben, verblijf ik meestal in dit strandhuis,' vertelde hij terwijl hij de wijn in zijn glas liet ronddraaien.

Samen wandelden ze het terras op dat helemaal om het huis heen liep, en gingen daar zitten.

Een paar meter verderop braken de golven tegen de rotsen. Brett nam een grote slok wijn. Wat een leven...

'Zo,' begon Eric. 'Brett Messerschmidt. Vertel eens iets over jezelf?'

Hij keek haar helemaal niet aan op die manier van volwassenen die je maar een stomme tiener vinden die misschien ooit verstandig wordt en het leven ernstig gaat nemen. Nee, hij keek haar heel doordringend aan, alsof het hem kon schelen wat ze dacht. Brett nam nog een slokje en probeerde wanhopig iets briljants te bedenken om te zeggen. Wat moest ze over Brett Messerschmidt vertellen?

'Nou, ik ben gek op Dorothy Parker,' zei ze, en meteen kon ze zich wel voor de kop slaan omdat het zo schóóls klonk.

'Echt?' vroeg hij. Hij beet op zijn lip als om te zeggen: dat was niet wat ik wilde weten. 'En verder? Vertel eens iets over je familie?'

'Mijn familie?' vroeg ze geschokt. De woorden bleven bijna in haar keel steken. Eric had niets ergers kunnen vragen. Ze voelde dat ze bloosde. 'Ik heb het liever niet over hen.'

'Hoezo?' Hij nam een slokje wijn. 'Mag ik raden?'

Ze haalde haar schouders op. 'Best.' Ze hoopte dat ze een beheerste indruk maakte, hoewel ze vanbinnen bijna kookte.

'Aardige ouders die je als een prinsesje behandelen. Je bent door en door verwend.'

Brett nam een grote slok. 'Zou best kunnen,' zei ze op haar hoede. 'En jij?'

Eric glimlachte. 'Ik waarschijnlijk ook.'

'Goed, ik ben inderdaad verwend,' zei Brett. Het verhaal over wonen op een biologische boerderij in East Hampton en zich inzetten voor bedreigde vogelsoorten lag op het puntje van haar tong, maar ze hield zich in. Er was iets in de manier waarop Eric naar haar keek wat haar het gevoel gaf dat ze hem wel de waarheid kon vertellen, hoe gênant die ook was. Ineens voelde ze zich rustig worden. 'Mijn ouders hebben een huis... mijn moeder liet zich inspireren door Versailles,' zei ze langzaam. 'Alleen staat het in... in Rumson, New Jersey.'

'Rumson ken ik,' reageerde Eric. 'Ik ben daar met mijn zeilboot een paar keer langsgekomen. Lijkt me een fijne plek om op te groeien.'

Achterdochtig keek Brett hem aan. Hij leek haar niet uit te lachen. Ze nam nog een slokje wijn en haalde vervolgens diep adem.

'Waarschijnlijk heb je het huis van mijn ouders dan weleens gezien,' ging ze verder. 'Het is het grootste huis aan het strand. Mijn ouders lijken wel een beetje op de *Sopranos*. Je weet wel, ze bulken van het geld, maar doen er stomme dingen mee. Maar mijn ouders doen niets wat tegen de wet is. En hun smaak is minder verfijnd.'

'Dus je moeder is gek op stofjes met een pantermotief?' vroeg Eric.

'O, het is nog veel erger. Zebra. Overal. Stretchbroeken,

kousen, barkrukken. Echt monsterlijk. Mijn zuster – ze is moderedacteur – heeft vaak gedreigd zichzelf te onterven.'

Eric grinnikte. 'Mijn moeder is gek op paisley. Net spermatozoïden.'

'Jasses!' gilde Brett.

Ze voelde zich licht in het hoofd, al had ze haar wijn nog niet op. Met Eric over haar ouders praten was helemaal niet ongemakkelijk. Ze vroeg zich af waarom ze al die jaren had gedacht dat het beter zou zijn als haar ouders een normaal houten huis op Cape Cod hadden en een paar Toyota's in plaats van twee identieke Hummers met leren bekleding met zebramotief en grote gouden M-en op de hoofdsteunen (de M van Messerschmidt, natuurlijk). Het was zo bevrijdend er eindelijk over te kunnen praten dat ze niet meer kon ophouden.

'Mijn moeder wil alleen roze diamanten dragen en ze eet uitsluitend truffels van Lindt. Ze heeft zeven piepkleine chihuahua's en die hebben allemaal halsbanden met een zebramotief. Ze neemt ze overal mee naartoe. En mijn vader is plastisch chirurg.' Het kwam er allemaal in een grote golf uit. Ongelooflijk, de dingen die ze Eric allemaal vertelde.

'Zo.' Eric steunde zijn hoofd met een hand onder zijn kin. 'Ga door.'

'Oké,' reageerde ze gretig. 'Soms komen er beroemde patiënten van mijn vader eten en dan hebben ze het over de meest walgelijke dingen. Zoals hoe hun borsten er voor en na de operatie uitzagen. En wat er gebeurt met al dat vet dat ze uit mensen zuigen.' Het was echt een bevrijding. Net als naaktzwemmen.

Eric boog zich naar haar toe. 'Wat dóén ze er dan mee?'

'Ze gebruiken de cellen ervan,' fluisterde ze. 'Voor onderzoek.'

'Dat vet?' fluisterde hij ontzet terug.

Ze knikte. 'Nou ja, soms gooien ze het ook gewoon weg.'

Hij leunde naar achteren en keek haar met een brede grijns aan. 'Jezus, dat is verfrissend!'

Hij verschoof en keek uit over het water. Een sierlijk wit zeilbootje dobberde op een afstand van ongeveer tweehonderd meter van het strandhuis. 'Iedereen probeert zich altijd beter voor te doen dan hij is. Niet alleen de leerlingen van het Waverly, die het toch al beter hebben dan de meesten. Ik bedoel, niemand is echt eerlijk over zichzelf of zijn of haar familie. Wat maakt het uit of je vader de Nobelprijs heeft gewonnen of dat hij vet uit het achterste van een vrouw uit New Jersey zuigt? Wat heeft dat met jóú te maken?'

Ze staarde hem aan. 'Je hebt helemaal gelijk,' zei ze.

Hij staarde terug. 'Jij bent anders,' zei hij.

Brett ontmoette zijn blik en ineens leek het of ze op ontploffen stond. 'Wil je me even excuseren?' Ze schraapte haar keel. 'Ik moet iemand bellen.'

'Oké.' Eric schoof zijn stoel naar achteren, en toen ze opstond, raakte hij lichtjes haar linkerheup aan. Ze bleef staan en haar haar viel in zijn gezicht. Zijn hand bleef waar die was. Toen sloeg ergens in het huis een staande klok en trok hij zijn hand terug.

Ze stapte op het bedauwde gras, stak een sigaret op en trippelde de treden op van een koepeltje dat door seringen werd omringd. Ze ademde de zoete geur diep in en sprak zichzelf streng toe dat ze moest doorzetten. Ze toetste het nummer in, en na één keer overgaan werd ze verbonden met Jeremiahs voicemail. 'Hoi, ik ben er effe niet, hoor. Spreek maar een bericht in, loser.' Pie-iep.

'Met Brett,' flapte ze er hees uit, kwaad over zijn onbeschofte boodschap. 'Ik vind dat we het beter kunnen uitmaken. Dus eh... je hoeft niet te blijven voor het feest na Zwarte

Zaterdag. Ik kan het nu niet uitleggen, maar ik wil het nu eenmaal zo. Sorry. Doei.'

Ze stapte het gazon weer op.

Eric was het huis uit gelopen en draaide afwezig de wijn rond in zijn glas. Hij had de pijpen van zijn donkere spijkerbroek tot de knie opgerold. De hemel was donkerpaars geworden en op het water flonkerden lichtjes. Ze hoorde de golfjes tegen de rotsen klotsen en ver weg het geluid van een misthoorn.

'Gaat het?' vroeg hij terwijl hij haar sigaret pakte om daar een trekje van te nemen.

Ze knikte.

Zonder iets te zeggen wees hij naar het groene knipperlicht in het midden van de baai.

'Daar ligt mijn boot. Ik heb vrijdag geen les, ik was van plan de boot naar het Waverly te brengen.'

'Dat groene licht is leuk,' zei Brett peinzend. 'Het doet me denken aan *The Great Gatsby*. Je weet wel, wanneer Gatsby keek of hij het licht van Daisy's boot kon zien.'

'O ja,' zei hij. 'Misschien laat ik het licht ook wel branden wanneer ik aanmeer bij het Waverly.'

Brett probeerde niet te grijnzen. 'Wie denk je dat er dan gaat kijken of het brandt?' vroeg ze. Aan de uitdrukking op zijn gezicht te zien dacht Brett dat hij het liet branden voor een heel bijzonder meisje uit Rumson, New Jersey.

De tekenles is voor Waverly Owls de beste gelegenheid om geheimen te vertellen

Twee keer per week werd er portrettekenen gegeven, op dinsdag en op vrijdag. Jenny had reikhalzend uitgekeken naar de eerste les. Het kunstonderwijs op het Waverly was uitzonderlijk goed en in de galerie aan het water werden tentoonstellingen van het werk van de leerlingen gehouden. Vaak ging dat voor verrassend hoge bedragen van de hand. Normaal gesproken werd je werk eerst gekeurd voordat je tot de lessen portrettekenen werd toegelaten, maar Jenny was aan de hand van haar map op het Waverly aangenomen, en dus mocht ze het eerste semester de lessen volgen. Ze was dol op tekenen en kon niet wachten om de geur van verf op te snuiven en helemaal op te gaan in het creëren van iets nieuws.

En ja, het was een opwindend vooruitzicht dat ze Easy weer zou zien. Vooral nu ze toestemming had met hem te flirten!

Het tekenlokaal bevond zich in Jameson House, een groot landelijk huis van blauwgeverfd hout, met een stenen schoorsteen en een waslijn van Amerikaanse vlaggen die waren overgebleven van een project waarbij de leerlingen de techniek van *tie-dye* hadden geleerd. Binnen kraakte de vloer, en op de witte muren zaten tekeningen en schilderijen geprikt, sommige nog niet eens helemaal af. In de vier enorme lokalen rook het naar terpentijn, fixeer, vochtige klei en de ouderwetse houtgestookte oven. Jenny stond alles in zich op te nemen.

'Welkom,' riep mevrouw Silver, de tekenlerares. Ze was dik en gezellig, met bleke, mollige armen en grijs haar dat ze opgestoken had. Aan haar linkerpols had ze een heleboel armbanden, en ze droeg een veel te grote groen-geel gestreepte tuinbroek met daaronder een *tie-dye* T-shirt in alle kleuren van de regenboog. Dat moest ze zelf hebben gemaakt.

Het lokaal had een aflopend plafond. Er stonden tekentafels en door de gotische ramen stroomde het licht naar binnen. Op de tafel van mevrouw Silver stonden kwasten in potten, oude flessen, flesjes voor aromatherapie, dikke kunstboeken, yogakaarten en een tweeliterfles Mountain Dew. Mevrouw Silver was een nog grotere sloddervos dan Jenny's vader. Jenny vermoedde dat die twee het goed met elkaar zouden kunnen vinden.

'O, Easy!' riep mevrouw Silver. 'Ik ben zo blij je te zien! Heb je een fijne vakantie gehad?'

Jenny draaide zich om.

Easy Walsh liep naar mevrouw Silver toe en gaf haar op beide wangen een zoen. Hij had zijn schoolblazer over de arm, en hij droeg een mosterdgeel T-shirt met rafels en een grijze Levi's die strak om zijn gespierde kont zat. Zijn golvende haar stond alle kanten op, en het viel Jenny op dat hij een klein geel blaadje achter zijn oor had.

Easy keek om zich heen en liet zijn blik even op Jenny rusten. Het drong tot Jenny door dat er nog maar één tekentafel niet bezet was, en dat was die naast de hare.

'Goed, jongens,' zei mevrouw Silver. 'Laten we er eens flink tegenaan gaan. Ik weet dat jullie er zin in hebben. Ik deel schetspapier en spiegels uit, we beginnen met een ruwe schets voor een zelfportret.'

Iedereen kreunde. Zelfportretten waren het allerergst.

Langzaam liep Easy naar de tafel naast die van Jenny, en

ondertussen hield hij zijn blik strak op haar gericht. Hij gooide zijn rugzak van gebarsten leer onder de tekentafel en ging op de metalen kruk zitten. Vervolgens haalde hij de snoertjes van zijn Bose-oortjes van zijn nek en wond ze om zijn dunne witte iPod. Hij boog zich naar Jenny toe en schreef met houtskool op haar tafel: hoi. Hij had een kinderlijk en spits handschrift.

Hallo, schreef Jenny er in haar kalligrafische handschrift onder.

Mevrouw Silver deelde houtskool uit, viltstiften, spiegels en rollen papier.

Jenny keek naar zichzelf in de spiegel. Aan haar ogen kon je niet zien dat ze zenuwachtig was. Het is in orde, dacht ze bij zichzelf, Callie zei dat je met hem moest flirten. Maar Callie had niet gezegd dat ze ook hartkloppingen moest hebben.

'En, was Dalton vervelend tegen je?' fluisterde Easy.

'Niet echt,' fluisterde Jenny terug. Ze vroeg zich af of Callie hem had verteld dat ze nog niet had besloten of ze de schuld wel of niet op zich zou nemen.

'Doet Callie vervelend tegen je?'

'Callie? Eh... nee.' Jenny sabbelde op de achterkant van de viltstift. 'Ze is best aardig.'

'Nou, ik hoop dat ze het je niet lastig maakt, want dat kan ze soms doen.'

Jenny vroeg zich af wat hij daarmee bedoelde. Ze richtte haar blik op haar lege vel papier, zich er terdege van bewust dat Easy steeds stiekem naar haar keek. Voordat de Oude Jenny kon ingrijpen en haar influisterde dat Callie dan wel had gezegd dat ze met Easy mocht flirten, maar dat ze dat beter niet kon doen, begon de Nieuwe Jenny te giechelen en prikte Easy met de rode viltstift zodat hij een rode stip op zijn arm kreeg.

'Waarom deed je dat?' fluisterde hij terwijl hij naar de stip keek.

'Bij wijze van tatoeage.' Ze besloot dat de stip een neus was en tekende er twee oogjes en een mond bij.

'Mooi,' zei hij. Daarna pakte hij zijn blauwe viltstift en schreef HOI JENNY op haar arm. Daarna tekende hij er een grappig gezichtje bij met een frons en scherpe tandjes, compleet met een krul haar boven op het hoofd.

'Is dat mijn portret?' vroeg Jenny lachend.

'Nee... En op mijn arm, is dat mijn portret?'

'Nee! Maar ik heb wel ooit mijn vriendje zes keer geschilderd in verschillende stijlen, van Pollock tot Chagall.'

'Mijn vader heeft een Chagall in de studeerkamer,' vertelde Easy. 'Die lijkt een beetje op *Ik en mijn dorp*. Toen ik klein was, kon ik daar uren naar kijken.'

Verrast knipperde Jenny met haar ogen. *Ik en mijn dorp* was haar lievelingsschilderij. 'Voor... voor een kind had je een goede smaak.'

'En, is die jongen nog steeds je vriendje?' vroeg Easy zacht. Daarna keek hij verlegen weg en richtte zijn blik op zijn gezicht in de spiegel. Op het papier voor hem had hij vastberaden met houtskool een paar lijnen getekend. Het was fascinerend hem zo bezig te zien.

'O nee,' antwoordde Jenny snel. Het was tussen Nate en haar maar drie weken aan geweest, en met oud en nieuw had hij het uitgemaakt. Hij was ouder dan zij, waarschijnlijk had hij haar alleen maar gebruikt om zijn ex de ogen mee uit te steken.

'Toch moet je erg op hem gesteld zijn geweest, je hebt hem maar liefst zes keer geschilderd!'

Jenny schaduwde de neus van haar zelfportret en dacht aan het leugentje dat ze ging vertellen voordat ze dat daadwerkelijk deed. 'Och, hij was meer op mij gesteld dan ik op hem.'

'Dat geloof ik graag,' zei Easy zacht.

Met ingehouden adem keek Jenny nog eens tersluiks naar zijn aanbiddelijke profiel. Toen ze een ander staafje houtskool pakte, zag ze hem tersluiks naar haar kijken. Goed, het was niet helemaal in de haak, maar ze kon er niets aan doen. Bovendien had Callie het haar gevraagd. Toch?

'Zeg Jenny, weet jij nog leuke geheimpjes?'

Haar hand schoot uit zodat er een rare zwarte streep over de wang van het zelfportret liep. Moest ze vertellen dat Brett om drie uur 's nachts was thuisgekomen nadat Jenny haar eerder op de avond met meneer Dalton had zien wegrijden? Dat was nog eens een geheim! Een ander sappig geheim was dat Jenny smoor was op Easy. 'Eh... Niet echt,' zei ze zacht.

'Ik weet wel een geheim,' zei Easy.

Jenny's hart klopte in haar keel. 'Wat dan?'

Hij sloeg zijn ogen neer om haar vervolgens aan te kijken. 'Ik schrijf het op, maar je mag het pas later lezen.'

'Waarom vertel je het niet gewoon?'

'Omdat het een geheim is.' Hij schreef iets met houtskool op een stuk papier, vouwde het goed op en gaf het haar.

Jenny stopte het opgevouwen stukje papier in haar zak. Ineens kwam er een gedachte in haar op. Callie had haar gevraagd met Easy te flirten, maar misschien had ze ook aan Easy gevraagd om met Jenny te flirten. Wees een beetje aardig tegen haar, babbel met haar en laat het erop lijken dat jullie elkaar leuk vinden. Dat had Callie best tegen Easy kunnen zeggen, daar zag Jenny haar wel voor aan.

De moed zonk haar in de schoenen. Was dat alles?

Zodra de bel ging, rende ze naar de meisjestoiletten van Jameson House en vouwde het papiertje open. In een beetje uitgeveegd houtskool stond er: De uilen van het Waverly kunnen praten. Misschien praten ze ook een keer tegen ons.

Jenny vouwde het papiertje een paar keer op en stopte

het toen in haar tas. Ze kon het niet langer ontkennen, ze was verliefd op Easy Walsh. Ze vond alles aan hem geweldig: van zijn warrige donkere haar tot zijn volle lippen; van zijn voorliefde voor Chagall tot de marineblauwe inktvlekken op zijn handen.

Uiteindelijk kwam ze het wc-hokje uit en keek in de vieze spiegel boven de wastafel. Ze wist niet goed waarnaar ze op zoek was – misschien een vorm van bewijs, een teken dat er iets groots stond te gebeuren.

Want ze was er vrijwel zeker van dat Easy echt met haar flirtte. Niet omdat Callie hem dat had gezegd, maar omdat hij het zelf wilde. Ze wist niet hoe ze dat wist, ze wist het gewoon.

Aan: BrettMesserschmidt@waverly.edu
Van: EricDalton@waverly.edu
Datum: vrijdag 6 september, 15:33
Onderwerp: Fw: Hoorzitting disciplinaire commissie

Brett,

Ik stuur je deze e-mail van Marymount door omdat het
over de hoorzitting van de disciplinaire commissie gaat. Ik
vond dat je het moest weten.

Dank je dat je gisteren met me uit eten wilde gaan. Ik
vond het heel... verfrissend.

Tot gauw,

EFD

Forwarded message:

Aan: EricDalton@waverly.edu
Van: RectorMarymount@waverly.edu
Datum: vrijdag 6 september, 14:20
Onderwerp: Hoorzitting disciplinaire commissie

Beste Eric,

Zoals je weet staat de eerste hoorzitting van de
disciplinaire commissie voor maandag gepland. De
betrokkenen zijn Easy Walsh en Jennifer Humphrey. Ik
wilde je laten weten dat we in dit geval geen enkele
tolerantie aan de dag willen leggen.

Meneer Walsh heeft echter familiebanden met onze school, en zijn ouders doen regelmatig een schenking. Hierdoor ligt de zaak nogal gecompliceerd. Dat is bijzonder jammer, want ik heb zelf de aanmelding van mevrouw Humphrey behandeld en ik vind haar een goede aanwinst voor het kunstzinnig programma van onze school. Toch moet er een voorbeeld worden gesteld en als blijkt dat ze schuldig is, zal ze van school moeten worden verwijderd.

Laten we ons best doen het nieuwe schooljaar goed te beginnen.

Bij voorbaat dank,

Rector Marymount

Op sportgebied moet een Waverly Owl
het team op de eerste plaats stellen

Vrijdagmiddag zat Brett in de meisjeskleedkamer voor de eerste hockeytraining van het schooljaar. Ze rukte aan de zilveren Tiffany-ring met het diamantje die Jeremiah haar in de vakantie had gegeven. De ring wilde niet van haar vinger.

Zodra ze was weggezonken in de zachte leren kussens van de limousine van Erics familie – hij had haar per auto laten terugbrengen naar het Waverly omdat hij zelf immers zou gaan zeilen – was ze Eric gaan missen. Ze hadden elkaar niet gezoend, maar toch rook ze nog zijn geur. Die heerlijke Acqua di Parma. En de koffie vanochtend had absoluut naar L'Evangile Bordeaux gesmaakt.

'Hoi,' hoorde ze een stem. Het klonk verlegen.

Brett draaide zich om en zag Jenny naast zich op de mosgroene bank zitten. Ze was bezig de kousen over haar scheenbeschermers te trekken. Haar warrige bruine haar was uit haar gezicht in een paardenstaart gedaan, en ze droeg een grijs Champions-sportbroekje met daarboven een lavendelkleurig T-shirt met het oranje logo van Les Best. Les Best was een hip merk dat was gevestigd in Manhattans Meatpacking District.

Brett voelde zich rot nadat ze Erics e-mail had ontvangen, ze had medelijden met Jenny, maar ja, dat kreeg je ervan als je met Callie omging. En met Easy... 'Hoi,' zei ze.

Jenny kneep haar ogen tot spleetjes en drukte haar benen tegen elkaar, net of ze moest plassen. 'Zeg, ik vind dat je iets moet weten,' zei ze.

Brett staarde Jenny aan. Ging Jenny vertellen wat er echt tussen haar en Easy was gebeurd? Of had Callie haar misschien verteld waarom Tinsley van school was getrapt? Wat het ook was, Brett popelde om het te horen. 'Wat dan?'

'Ik... ik heb je zien thuiskomen. Midden in de nacht. En ik weet ook waar je bent geweest.'

Brett vertrok haar mond, iets wat ze altijd deed wanneer ze bang was. 'Wát?' Het kwam er nauwelijks hoorbaar uit.

'Het geeft niet,' zei Jenny snel.

Langzaam verdween de kleur uit Bretts gezicht, waardoor haar ogen groter en donkerder leken.

Jenny had zich afgevraagd of het verstandig was het er met Brett over te hebben. Maar Jenny kon nu eenmaal niet zo goed dingen geheim houden. Ze was niet iemand die het van de daken schreeuwde, maar ze moest een geheim altijd aan ten minste één iemand kwijt. Dan woog het minder zwaar. Dus waarom zou ze Bretts geheim niet aan Brett zelf vertellen?

'Je weet helemaal niets,' mompelde Brett. Ze draaide zich om en keek uit over het pas aangeharkte sportveld.

'Toe, je hoeft je geen zorgen te maken,' zei Jenny met een iel stemmetje. 'Bij mij is je geheim veilig. Echt waar. Misschien had ik er beter niets over kunnen zeggen.'

Op het sportveld blies mevrouw Smail, de coach, op haar fluitje. 'Meisjes! Verzamelen!'

Brett keek Jenny tersluiks aan. Meende ze dat, of was het een trucje? Was Jenny te vertrouwen? Vorig jaar hadden Brett, Callie en Tinsley vaak 's avonds op hun kamer gezeten, en bespraken ze elk detail van hun leven, of het nou nog zo onbenullig of juist spectaculair was. Ze waren het soort vriendinnen die wel zusjes leken, want ze hielden zoveel van elkaar dat ook al deden ze af en toe kattig, ze toch zeker wisten dat ze elkaars bruidsmeisjes zouden zijn. Maar door dat gedoe met Tinsley en de xtc was Brett erg achterdochtig geworden. Als Callie Tinsley zomaar kon verraden – niet dat Brett precies wist wat er was gebeurd, maar toch – wie weet wat ze dan met Brett kon doen?

'Je kunt daar maar beter je mond over houden,' waarschuwde Brett, zonder op de onschuldige uitdrukking op Jenny's gezicht te letten. Zo onschuldig kon ze immers niet zijn, ze kwam per slot van rekening uit de stad.

'Luister, wat mij betreft hebben we het er nooit over gehad,' stelde Jenny Brett gerust. 'Ik... ik wilde alleen maar... Gaat het wel? Je lijkt nogal overstuur.'

Brett pakte haar hockeystick en stond op. Niemand vroeg haar ooit hoe het ging, zelfs haar ouders niet. Ze wist niet hoe ze daarop moest reageren. 'Eh, ik weet het niet. Kunnen we het er een andere keer over hebben?'

Jenny lachte opgelucht. 'Ja, graag. Tot straks!' Ze pakte haar hockeystick en rende het veld op, waar de anderen al stonden te wachten.

'Hé!' riep Brett. Jenny draaide zich om, en weer zag Brett iets vreemds en vertrouwds aan Jenny; net alsof Tinsley voor haar stond, alsof deze twee meisjes iets gemeenschappelijks uitstraalden.

Toen Jenny zich omdraaide, zag ze dat Brett op haar af kwam. 'Zeg, wat is er toen eigenlijk tussen jou en Easy gebeurd?' vroeg Brett zachtjes. 'Ik zou het je eigenlijk niet moeten vertellen, maar Marymount wil een voorbeeld stellen. Ik zal mijn best doen om te zorgen dat je niet van school wordt gestuurd, maar tja... Ik weet niet hoe het gaat aflopen.'

'O.' Jenny liet haar schouders hangen. Van school getrapt? 'Eh, nou, bedankt.'

Celine Colista, een meisje met een olijfkleurige huid, lang zwart haar en lippen vol MAC Rabid-lippenstift, rende op hen af. Grassprietjes schoten onder de noppen van haar schoenen omhoog. 'Jenny, heeft Callie je de yell al geleerd?'

Jenny schudde haar hoofd.

'Welke yell?' vroeg Brett.

'Nou, je weet wel. Jenny doet mee met ónze yell,' legde Celine rustig uit.

Brett knikte niet op haar gemak.

Celine wendde zich tot Jenny. 'Kom, laten we met Callie overleggen.'

Callie zat op de lange metalen bank langs het sportveld, ze wikkelde nieuw tape om haar hockeystick. Ze keek op en zag Celine en Jenny naar haar toe komen. Shit. Benny en Celine lieten dat gedoe met de yell niet rusten.

'Callie,' kirde Celine. 'Heb je al een tekst?'

'Ik ben er nog mee bezig.'

'Nou, schiet dan op,' zei Celine. 'Nou ja, we kunnen het op het feest vanavond ook nog afmaken.' Celine gaf Callie en knipoog en slenterde het veld op.

Jenny keek Callie aan. 'Feest?'

'Ja,' antwoordde Callie met haar blik op de hockeystick gericht. 'Een feest voorafgaand aan Zwarte Zaterdag. Alleen voor meisjes. Kom je ook? We gaan ons verkleden.'

'Als wat?'

'Dat is nog een geheimpje. Maar het is vanavond, waarschijnlijk in de woonkamer van Dumbarton.'

'Vanavond?' Jenny keek sip. 'Maar vanavond moet ik ijsjes eten met de andere nieuwe leerlingen.'

'Daar kun je toch wel met een smoesje onderuit komen?'

'Nee, in de e-mail stond dat het verplicht was.' Jenny haalde haar schouders op. 'Ik denk dat ik er maar beter naartoe kan gaan. Maar die Zwarte Zaterdag vind ik echt spannend. Dan is er toch ook een geheim feest? En die yell lijkt me gaaf.'

'Och, die yell stelt niks voor. Als je niet wilt, hoef je niet mee te doen.'

'Maar ik wil graag meedoen!' Jenny's stem trilde. Alle meisjes praatten al met haar, ze voelde zich er helemaal bij horen. Aan de andere kant liep ze het gevaar van school te worden gestuurd.

Callie kwam in de verleiding op te biechten dat de yell een niet erg leuke grap was. Maar een paar jaar geleden had de toenmalige aanvoerder van het hockeyteam, Tasha Templeton, een nieuw meisje dat Kelly Bryers heette verteld dat ze op het punt stond voor schut te worden gezet, en het hele team was razend op Tasha geworden. Ze hadden gaten in haar beha geknipt, op de plek van de tepels. En maandenlang hadden ze haar doodgezwegen. Haar vriendje had het uitgemaakt en ze had geen enkele macht meer gehad. Callie durfde Jenny niet te waarschuwen.

Plotseling keek Callie naar Jenny's magere armen en zag ze de letters die onder haar rechtermouw uit kwamen. Het leek of Jenny flink had geboend om de viltstift eraf te krijgen, maar Callie herkende toch het vertrouwde, jongensachtige handschrift, en ook dat malle gezichtje dat Easy altijd tekende. Haar maag kromp samen en de haartjes in haar nek kwamen overeind. Waarom schreef Easy dingen op de arm van die stomme griet, dacht ze. Maar toen herinnerde ze het zich weer: ze had het hem zelf gevraagd.

'Lukt het een beetje met Easy?' vroeg ze.

'O,' piepte Jenny.

'Kunnen jullie goed met elkaar opschieten?'

'Jawel, hoor.'

'Mooi.' Met een beetje geluk zouden de docenten dat ook denken. Maar waarom schreef Easy dingen op Jenny's arm? Dat was nou ook weer niet nodig. Vooral dat malle gezichtje niet. Dat gezichtje hadden ze samen verzonnen toen ze een keer stiekem naar Brooklyn waren gegaan en de hele dag in Williamsburg waren geweest, waar ze tweedehands merkkleding en avant-gardekunst hadden ingeslagen. Daarna waren ze naar Schiller's Liquor Bar gegaan, in Lower East Side, en daar had hij dat malle gezicht achter op de menukaart getekend. Vervolgens waren ze naar de toiletten gegaan en hadden daar gezoend, dit tot ergernis van de ongeduldige Franse toeristen.

Callie had alleen maar gewild dat ze een beetje met elkaar flirtten, maar zoals gewoonlijk was Easy weer te ver gegaan. Nou ja, als Jenny in Callies plaats voor de disciplinaire commissie moest verschijnen, mocht ze wat Callie betrof dat malle gezichtje hebben.

'Kom op, we gaan.' Ze kneep in Jenny's arm en deed haar best niet jaloers te lijken. 'Anders wordt Smail boos op ons.'

Aan: EasyWalsh@waverly.edu
Van: CallieVernon@waverly.edu
Datum: vrijdag 6 september, 16:15
Onderwerp: Ik mis je!

Dag schat,

Ik mis je! Kom alsjeblieft om vijf uur precies naar de trap
voor de bibliotheek.

xxxxxxx
C

PS Lukt het een beetje met Jenny?

Aan: JenniferHumphrey@waverly.edu
Van: CustomerCare@rhinecliffwoods.com
Datum: vrijdag 6 september, 16:23
Onderwerp: Schoonheidsbehandeling

Geachte Jenny Humphrey,

Callie Vernon stuurt u een uitnodiging voor een
ontspannende schoonheidsbehandeling in ons instituut.
U krijgt een shiatsumassage en een
zuurstofgezichtsbehandeling. Wilt u telefonisch of per e-
mail contact met ons opnemen om een datum en tijd af te
spreken?

Met vriendelijke groet

Bethany Bristol

Manager van Rhinecliff Woods Spa

Waverly Owls gebruiken de afdeling
bijzondere boeken uitsluitend
voor studiedoeleinden

'Ik zie niets,' sputterde Easy toen Callie hem geblinddoekt de gladde marmeren trap van de bibliotheek op leidde.

'Dat is de bedoeling. Het is een verrassing.'

Ze duwde de zware, eiken deur open. Erachter bevond zich de ene wand na de andere vol boeken, vitrines met boekrollen, leren fauteuils en een piepklein glas-in-lood-raam met een Mondriaan-motief. Zo verschrikkelijk romantisch. Ze haalde haar handen van zijn ogen weg.

'De bibliotheek?' Verwonderd keek hij om zich heen.

'Niet zomaar de bibliotheek.' Ze vouwde het roodsatijnen maskertje op dat ze had meegenomen na een eerste-klasvlucht met Iberia. 'Weet je het niet meer? Hier bewaren ze de bijzondere boeken! Daar hebben we voor het eerst...' Haar stem stierf weg en ze streek een lok haar uit haar gezicht. Wat moest ze zeggen? Dat ze hier voor het eerst hun liefde hadden geconsummeerd? Ze hadden helemaal niets geconsummeerd. Ze hadden heftig gezoend. Ze had haar hand op de bobbel in zijn broek gelegd. Ze had haar toenmalige vriendje Brandon bedrogen.

'Ja, dat weet ik nog,' reageerde Easy. Hij liep rond en liet zijn handen over een rij stoffige boekruggen glijden. Hier stonden eerste drukken van Steinbeck, Faulkner en Hemingway in een vitrine, met dank aan J.L. Walsh en R. Dalton. Aan de muur hingen enorme schilderijen van Rothko, allemaal werken met zwarte en rode vierkanten van verschillend formaat.

Callie ging in een van de leren stoelen zitten. Het leer voelde koud aan tegen haar blote dijen, ze kreeg er kippen-vel van. 'Misschien kunnen we die avond nog eens over-doen?' zei ze zacht. Ze trok aan Easy's bleekgrijze T-shirt. 'Ga eens lekker zitten.'

Ze ging staan en duwde Easy zachtjes in de bruinleren fauteuil. Daarna nam ze plaats op zijn schoot en kuste hem.

Easy liet zijn hand onder haar vliesdunne witte TSE-T-shirt glijden en voelde aan haar witte beha van De la Ren-ta.

Het was helemaal perfect. De stoffige geur van oude boe-ken, de sfeervolle gloed van de Tiffany-lampenkap in de hoek, de verstildheid. Callie kreeg het gevoel of ze iets on-deugends in de studeerkamer van haar vader deed, of dat ze een gefrustreerde edelvrouw uit de achttiende eeuw was die even een verzetje nodig had voor het souper. Het was iets uit een boek van D.H. Lawrence, *Women in Love* of zo.

Toen zag ze dat Easy zijn ogen open had. Wijd open.

'Wat is er?' vroeg ze.

'Volgens mij is dat een eerste druk van *V...*' mompelde hij terwijl hij voorover ging zitten om het beter te kunnen zien. 'Dat was me nog niet eerder opgevallen.'

Callie slaakte een geërgerd gilletje en trok haar knieën hoog op, en daarbij raakte ze Easy's kin.

'Wat nou!' zei Easy.

'Laat maar,' zei ze zacht. Ze hoorde dat het gekwetst klonk, en dat beviel haar niets. Ze wilde niet onder ogen zien dat dit perfecte moment met Easy was verpest, maar het was al te laat. Ze probeerde haar stem in bedwang te houden, die mocht niet trillen. 'Ik heb gemerkt dat je met Jenny hebt geflirt...'

Easy schoof een eindje naar achteren. 'Gemerkt? Hoe dan?'

'Nou, je hebt iets op haar arm geschreven.'

Hij bevochtigde zijn lippen. 'O.'

'En? Hoe gaat het?'

'Ik geloof wel goed.'

'Hebben de leraren gezien dat jullie met elkaar flirtten?'

'Eh... Alleen mevrouw Silver, denk ik...' Easy stond op en wreef over zijn kin.

Dat was niet voldoende. Het maakte niet uit dat mevrouw Silver hen had gezien, mevrouw Silver was niet met mevrouw Emory bevriend. 'Kunnen jullie niet in de buurt van het muzieklokaal flirten?' Mevrouw Emory was de dirigent van het schoolorkest, de Fermata's, dat elke zondag, dinsdag en donderdag repeteerde.

Er volgde een lange stilte. Callie hoorde de takjes van de bomen langs het raam strijken.

Uiteindelijk zei Easy: 'Het gaat je er alleen maar om dat je niet in de problemen komt, hè?'

'Nee!' piepte ze. 'Natuurlijk niet! Ik...'

Hij stak zijn hand op. 'Dit is verkeerd. Jenny kon er niets aan doen. Ik vind dat we haar hier niet bij moeten betrekken, en ik vind ook dat ze niet de schuld op zich moet nemen voor iets wat jij hebt gedaan.'

'Wat?' vroeg Callie ontzet. 'Kan het je niet schelen dat ik van school word getrapt?' De tranen sprongen in haar ogen, en snel beet ze op een vinger, zo hard dat het bloedde.

'Nee, natuurlijk niet, maar...'

Callie schudde haar hoofd. Ze voelde de ader in haar hals kloppen. 'Nee, het kan je duidelijk niet schelen. Als het je wel kon schelen, zou je alles op alles zetten om me hier te houden.'

'Waarom zou ik willen dat je hier bleef als je me alleen maar manipuleert?' reageerde Easy op luide toon. Zijn stem galmde door de bibliotheek.

Callies mond viel open. 'Pardon?'

'Je hebt me heel goed gehoord,' fluisterde hij pissig.

'Dat neem je terug.'

Easy slaakte een zucht. 'Callie...' Zijn stem stierf weg en hij keek haar aan of hij niet goed wist wat hij met haar aan moest.

Ze wist niet wat haar bezielde toen ze zei wat ze zei, het kwam er ineens uit: 'Weet je, Brandon zou het wel voor me doen.'

'Brandon?' vroeg Easy. 'Brandon... Buchanan?' Het klonk schamper.

'Ja, Brandon!' snauwde Callie. 'Brandon zou tenminste...'

'Tenminste wat?'

Aandacht aan me hebben besteed, dacht Callie. Bij hem wist ik waar ik aan toe was... Ze slikte en draaide zich om. Door het raam zag ze twee uilen bij elkaar op een tak zitten. Het leek of ze aan het zoenen waren.

Easy ijsbeerde door het vertrek. 'Wil je het soms uitmaken? Wil je terug naar Brandon?'

De adem stokte in Callies keel. 'Dat zei ik niet! Wil jij er dan een punt achter zetten?' Haar hart ging vreselijk tekeer. Was dit het dan? Opeens voelde ze zich duizelig en misselijk, alsof ze op het punt stond van de rotsen te vallen en zich nog maar net kon vasthouden.

'Hou op me te manipuleren,' zei Easy bars. 'Als je denkt dat Brandon, die trouwens homo is, dit wél voor je zou doen, moet je maar zorgen dat het weer aan raakt.'

'Brandon hield in elk geval wél van me!' riep Callie uit. 'Hij wilde wél met me vrijen!'

Haar woorden bleven in de lucht hangen. Easy opende zijn mond alsof hij iets wilde zeggen, maar toen werd er op de deur geklopt. Ze verstarden allebei.

'Hallo?' hoorden ze een zware stem. Het was meneer

Haim, de mopperige bibliothecaris die door zijn neus sprak. 'Wat is hier aan de hand?'

Callie keek Easy kwaad aan en trok even haar bovenlip op voordat ze liefjes antwoordde: 'We zijn aan het leren.'

'Nou, maak dan niet zoveel lawaai,' fluisterde meneer Haim. Hij deed de deur open en stak zijn Brillo-hoofd om een hoekje. 'Hier moet iedereen stil zijn.'

'Oké!' schreeuwde Easy. Hij stak zijn middelvinger op en trok zijn shirt goed. 'Ik ben al weg.' Hij glipte langs meneer Haim de deur uit zonder Callie aan te kijken of afscheid van haar te nemen.

'Hier hoort rustig gestudeerd te worden,' zei meneer Haim. Hij trok zijn stropdas zo strak dat hij dreigde te stikken. 'Hier wordt niet geschreeuwd.'

'Ik zei toch dat het me speet!' schreeuwde Callie.

'Je schreeuwt.'

Geërgerd zuchtte Callie. Hoe had dit verdomme kunnen gebeuren?

Stampvoetend liep ze de marmeren trap af naar de lobby. Toen ze door het raam keek, zag ze die twee knuffelende uilen, nu op een lagere tak. Ze bleef staan en roffelde tegen het glas, en de uilen zetten hun veren op en vlogen elk naar een andere boom.

'Doe dat toch ergens waar niemand het ziet!' schreeuwde ze.

Owlnet e-mail inbox

Aan: geadresseerden
Van: CelineColista@waverly.edu
Datum: vrijdag 6 september, 21:09
Onderwerp: STRIKT GEHEIM

Dumbarton; feest voorafgaand aan Zwarte Zaterdag:

Welkom op Agrabah, Betoverende stad vol Mysterie

GIRLS ONLY!

OVER TIEN MINUTEN!

SCHIET OP!

Wanneer een Waverly Owl aangeschoten is, neemt ze niet op als het mobieltje van haar kamergenote overgaat

Callie droeg de nieuwe groene Prada-jurk met franje die ze bij Pimpernel had gekocht, een bont hoofddoekje van Pucci en zilverkleurige Manolo-schoenen met zeer hoge hakken. Haar lange blonde haar had ze in een oosters uitziende wrong opgestoken, en rond haar ogen had ze met kohl lijntjes aangebracht. Ze wist dat de andere meisjes jaloers zouden zijn, maar dat was nou net de bedoeling. Soms was het leuker je mooi te maken wanneer er géén jongens in de buurt waren.

Het feest voorafgaand aan Zwarte Zaterdag was een traditie onder de meisjes van Dumbarton. De gasten waren zeer streng geselecteerd en het ging er altijd wild aan toe.

Benny Cunningham en Celine Colista waren stiekem al vroeg weggegaan van de hockeytraining om de bovenste woonkamer om te toveren in een sprookje uit *Duizend-en-een-nacht*. Ze hadden de gordijnen voor de enorme ramen gesloten zodat het er in de kamer duister en geheimzinnig uitzag. Daarna hadden ze flakkerende lampjes neergezet, kaarsen, kussens, wierook, Grey Goose-wodka en minijoints, hadden ze plaatjes van olifanten en goden met veel armen op de muur geplakt, en een paar *Kamasutra's* neergelegd, en iedereen weet dat dat een sekshandleiding uit India is. Ze hadden ook nog uitheemse en sexy Bhangra-muziek opgezet, die Benny de vorige avond bij Amazon.com had besteld en per koerier waren bezorgd. Ze waren klaar voor een orgie, er waren alleen geen jongens.

Callie was vroeg gekomen en was meteen aan de drank gegaan omdat ze die nachtmerrie met Easy in de bibliotheek zo gauw mogelijk uit haar hoofd wilde zetten. Ze schonk zichzelf nog eens in en liep naar het bankje voor het raam toen ze ineens tegen Brett opbotste, die pas was binnengekomen.

'O!' Op hun hoede keken ze elkaar aan.

Brett droeg nog dezelfde kleren die ze in de les had gedragen, een saaie bruine broek van Katayone Adeli en een wit blouseje van Calvin Klein. Wist ze dan niet dat het niet hoorde om zoiets naar het feest voorafgaand aan Zwarte Zaterdag te dragen?

'En, hoe is het met Jeremiah?' vroeg Callie.

'Jeremiah?' Niet-begrijpend keek Brett haar aan.

'Jeremiah, je vriendje.'

'O, die...'

'Wat? Is het uit?'

'Nee, hij...' Brett voelde zich bepaald niet op haar gemak.

Callie vroeg zich af of Sage het bij het verkeerde eind had; misschien was Brett niet verliefd op een jongen uit de hoogste klas, maar ging het vrijen met Jeremiah niet lekker. Of misschien ging het te goed. Het beviel Callie ook niet dat Brett niets over haar seksleven aan haar had verteld; Brett was nog wel haar beste vriendin.

Brett keek Callie met tot spleetjes geknepen ogen aan. 'En hoe is het met Easy?'

'Prima.'

Niet echt op hun gemak zaten ze op het bankje voor het raam, ze keken een beetje langs elkaar heen en namen kleine slokjes uit hun schoolbekers vol sterkedrank. Vorig jaar hadden Callie, Brett en Tinsley bij elkaar gezeten tijdens het feest voorafgaand aan Zwarte Zaterdag, in deze zelfde woonkamer. Ze hadden over hun vriendjes gekletst en om de beurt voor elkaar ingeschonken. Wat kon er in een jaar toch veel gebeuren...

Callie gooide haar haar naar achteren en keek Brett aan. Zou het kunnen dat Brett erop wachtte dat ze over Tinsley begon, zodat Brett haar excuses kon aanbieden omdat zíj ervoor had gezorgd dat Tinsley van school was getrapt? Brett zou zich nooit kwetsbaar opstellen. 'Tinsley zou dit echt een tof feest vinden.'

Brett vertrok haar gezicht en mompelde toen: 'Ja, dat denk ik ook.'

'Jammer dat ze niet meer hier is,' ging Callie zachtjes verder. Zo, nou komen we ergens, dacht ze erbij.

Brett rechtte haar rug. 'Ja, echt jammer, hè?'

Wacht eens... Dat was niet wat Callie verwachtte dat Brett zou zeggen. Waar bleef: het spijt me zo verschrikkelijk, ik zal je vertellen wat er echt is gebeurd; of ten minste: laten we er niet meer aan denken en ons in onze kamer bezatten en bijpraten? In plaats daarvan keken de twee meisjes elkaar aan als twee honden die elkaar besnuffelen om te kijken wat voor vlees ze in de kuip hebben, en of er moet worden geblaft of niet.

Plotseling schalde er een vreemd technonummer in het Hindi uit de boxen. Iedereen was er, de ruimte stond vol bizar geklede meisjes die sterk geurden naar Poison van Dior.

'Conga!' gilde Benny. Ze droeg een lavendelkleurige badstof tulband op haar hoofd en om haar middel had ze een veelkleurige sjaal van Pucci. Sage sloeg giechelend haar armen om Benny's middel. Zelf had ze bij wijze van sari een grote schoolvlag om haar lichaam gewikkeld. Gierend van de lach kwamen ze langs Callie en Brett.

'Kom op, dames!' riep Celine. 'Kijk eens wat vrolijker!'

Normaal gesproken zou Brett het *Zwanenmeer* gehuld in konijnenbont hebben gedanst als ze daarmee een feest lekker in gang kon zetten, maar nu stond ze op, streek haar rok glad en haalde haar schouders op. 'Geen zin.' Vervolgens draaide ze zich om en beende de kamer uit.

Callie wond groene franje om haar middenvinger terwijl ze haar nakeek. Ineens hoorde ze een piepje. Het was Bretts Nokia, die nog op het bankje lag. Op het scherm stond dat ze door Brianna Messerschmidt werd gebeld. Callie keek op en wilde Brett roepen, maar ineens herinnerde ze zich dat ze het jaar daarvoor altijd Bretts telefoontjes aannam als ze haar mobieltje weer eens ergens had laten liggen. Was alles dan zo veranderd dat ze dat niet meer kon doen? Ze klikte het mobieltje open.

'Hoi, met Callie.'

'Waar ben je?' vroeg Bree met haar sexy stem. Die was hees van het roken. 'In de Spice Market? Het klinkt geweldig!'

Callie zakte onderuit in een fauteuil. 'Nee, gewoon een feest.'

'Ik moet echt eens foto's bij jullie op school laten maken.'

'Dat zou fantastisch zijn.' Callie vond het jammer dat Brees akelige kleine zusje niet net zo enthousiast kon zijn. 'Zal ik Brett voor je gaan zoeken?'

'Nee, hoeft niet. Vraag maar of ze me belt. Ik ben dit weekend bij onze ouders in Jersey.'

Jersey? Toch niet New Jersey? Ze had altijd gedacht dat Bretts ouders in East Hampton woonden...

'Luister eens, Callie? Die leraar met wie mijn zusje omgaat, hè, met wie ze uit eten is geweest en zo...'

'Eh...' Callie verslikte zich bijna in haar drankje. Wat?

'Eric Dalton. Dat heeft ze je toch zeker wel verteld?'

'Eh... Ja, natuurlijk.' Het zweet brak Callie uit. Ze had deze dag alleen maar een paar lepels vanilleyoghurt van Stonyfield gegeten. Eén mok wodka en ze stond al op haar kop. Ze voelde zich helemaal draaierig. Brett hield inderdaad van alles voor haar achter.

Aan de andere kant van de lijn haalde Bree diep adem. 'Luister goed. Toen ik nog aan de Columbia-universiteit studeerde, had een vriendin van mij zo'n beetje verkering met Eric Dalton. Ze vertelde me dat hij een enorme matrashopper is. Snap je wat ik bedoel?'

'Tuurlijk,' antwoordde Callie werktuiglijk. Misschien deed Brett niet zo raar omdat ze met Jeremiah naar bed was geweest. Misschien deed ze zo raar omdat ze met Eric Dalton naar bed was geweest. Callie zocht in haar tas naar sigaretten. Hoe durfde Brett zoiets belangrijks voor haar achter te houden? Waren ze soms ineens vreemden voor elkaar geworden?

'Is het geen giller?' ging Bree giechelend verder. 'Straks trouwen ze nog in de St. Patrick's! Mijn zusje wordt een Dalton!'

Callie vergat even dat ze al aangeschoten was en nam nog een slok wodka. 'Vind je niet dat ze een beetje te jong voor hem is?'

'O, maar natuurlijk. Ik zou liever hebben dat ze bij hem uit de buurt bleef. Maar Brett is een verstandige meid. Zeg, geef je de boodschap door? Dat ze me belt? Ciao!'

'Doe ik. Ciao.'

Callie bleef nog lang naar het schermpje kijken en tuitte peinzend haar lippen. Uiteindelijk stond ze op. De anderen dansten nog steeds de conga.

Fuck it! Met al die wodka in haar lijf slaakte ze een juichkreet en greep Alison Quentin beet, die een oude japon van Alexander McQueen droeg en olijvenblaadjes in haar haar had. Callie liep als achterste in de rij van beeldschone, dronken en dansende meisjes de gang op.

Een Waverly Owl gaat nooit in op de avances van een beschonken ex-vriendinnetje

Toen Brandon over het gazon voor Dumbarton naar Richards liep, zag hij een meisje in een groene jurk model anno 1920 dat een sigaret rookte en als een Rockette haar benen in de lucht gooide.

'Dag schat!' riep ze. 'Kom je met me dansen?'

Brandon liep op haar af en kneep zijn ogen tot spleetjes. Het was Callie. Was ze soms straalbezopen? 'Hoi,' zei hij.

Zodra hij dichtbij genoeg was, besprong ze hem en verborg haar gezicht in zijn hals.

Ze rook naar fruitpunch en sigaretten, en ook naar die lekkere kamilleshampoo die ze altijd gebruikte. Brandon kreeg er kippenvel van. Door de geur van Callies haar kwamen er herinneringen aan vorig schooljaar in hem boven. Ze hadden elkaar op een avond onder een dekbed in de woonkamer uitgekleed en sexy dingen op elkaars blote buik geschreven.

Ze keek hem met grote, waterige ogen aan. 'Hoi, Brandon, hoi.'

Toen rook hij haar adem. 'Jezus!' Ze was inderdaad straalbezopen. 'Heb je de hele fles achterovergeslagen?'

Callie rechtte haar rug en lachte. 'Met mij is niks aan de hand,' kirde ze. 'Wil je een trekje van mijn sigaret?'

'Nee, dank je.'

Callie haalde haar schouders op en nam zelf een haal. 'Luister eens,' zei ze met dubbele tong. Ze liet haar lange, gemanicuurde nagels over zijn blote arm glijden. 'Waarom deed je vandaag na biologie zo rot tegen me?'

Bij het licht van het portiek zag Brandon dat ze kippenvel op haar blote benen had. 'Over Easy en Jenny? Ik zei alleen maar de waarheid.'

'Nietes,' reageerde ze plagend. Ze tikte even zijn neus aan. 'Niemand pikt iemand van iemand af. Ik heb het namelijk allemaal zelf bedacht.'

Brandon fronste. 'Nee, Callie. Jenny vindt hem leuk. Ze vinden elkaar leuk.'

Callie giechelde. 'Omdat ík ze heb gezegd dat ze elkaar leuk moesten vinden.'

'Hè?'

'Ik heb ze gezegd dat ze elkaar leuk moesten vinden.' Ze sloeg giechelend haar hand voor de mond. 'Oeps. Dat was een geheimpje.'

Brandon schudde zijn hoofd. 'Maar Jenny vindt hem écht leuk. En hij vindt haar leuk.'

'Dat willen ze nou precies dat je gelooft!' gilde Callie. Meteen sloeg ze haar hand weer voor de mond. 'Snap je?' Het klonk gesmoord. Ineens grijnsde ze breed. 'Ze doen maar alsof, zodat ik niet in de problemen kom omdat Easy bij me op de kamer was.'

Brandon deinsde achteruit en dacht diep na. De vorige dag, toen hij Jenny had gesproken, klonk het helemaal niet of ze maar deed alsof. 'Daar hebben ze allebei mee ingestemd?'

'Jawel.'

'Jenny ook?'

'Tuurlijk. Jenny is tof.' Callie tikte de as van haar sigaret, maar omdat ze dronken was, kwam die neer op haar grote teen zodat die zwartig werd.

Weer schudde Brandon zijn hoofd. Hij keek Callie aan, die er niet alleen stomdronken uitzag, maar ook alsof ze uren in het meisjestoilet had zitten janken. Hij had haar wel in zijn armen willen nemen en in slaap wiegen.

'Ik bedoel, jij zou toch ook met een meisje flirten als ik je dat zou vragen?' vroeg ze bijna onverstaanbaar.

'Eh... Nee.' Brandon stak zijn handen in zijn zakken.

Geërgerd keek ze naar de grond. 'Nee?'

Brandon sloeg zijn ogen neer. 'Als het aan was met jou, zou ik nog niet naar een ander meisje kíjken.'

'O Brandon,' verzuchtte ze. 'Wat ben je toch een oen.'

Vreemd. Hij dacht dat meisjes juist zo op romantiek waren gesteld.

Opeens knipte ze in haar vingers en keek hem opgetogen aan. 'Zeg, wat vind jij ervan dat Brett met meneer Dalton naar bed gaat?'

'Wat? Dat wist ik nog niet.'

Callie sloeg haar handen voor de mond en liet ze toen langzaam zakken. 'Misschien had ik dat beter niet kunnen zeggen...' Ze beet op haar lip. 'Oeps.'

'Is dat eh... algemeen bekend?' Brandon had meneer Dalton alleen nog in de kapel gezien, op de eerste schooldag. Het was erg ongepast voor een leraar om een leerling te versieren, laat staan met haar naar bed te gaan.

'Kweenie.' Ze keek naar het gras. 'Ik wist het in elk geval niet, maar Brett vertelt me dan ook nooit meer iets, dus...' Haar stem stierf weg.

Brandon wist het niet zeker, maar hij dacht dat ze op het punt stond in tranen uit te barsten.

'Zeg...' Hij stak zijn hand naar haar uit. 'Gaat het een beetje?'

Plotseling smeet ze haar sigaret weg en sloeg haar armen om hem heen. Ze gaf hem een slobberige kus op zijn mond.

Eerst verzette hij zich, maar toen hij haar DuWop-lipgloss met mintsmaak proefde, gaf hij zich over. Het was een fijne kus. Warm, zacht en lief, net als vorig jaar. Hij dacht aan voetbal, aan spelletjes onder de dekens, aan de boemeltrein naar de stad toen ze op zijn schoot in slaap was gevallen, aan voetjevrijen tijdens een formeel diner.

Maar ineens duwde hij haar van zich af. Hij had hiernaar verlangd; hij had er vaak van gedroomd dat hij weer met Callie zoende. Maar het was verkeerd. Helemaal verkeerd.

'Wat is er?' vroeg Callie terwijl ze achteruit wankelde.

'Je bent stomdronken,' zei hij hoofdschuddend. 'We zouden dit niet moeten doen. Niet nu.'

'Ik zal je een geheimpje vertellen,' fluisterde ze terwijl ze zich naar hem toe boog. 'Easy en ik hebben slaande ruzie gehad. Ik denk dat het uit is.'

Het duurde lang voordat hij iets zei. Ook naar deze woorden had hij verlangd. Maar het was te laat. Brandon wist dat het stom was, maar hij was nu eenmaal romantisch aangelegd. En rotzooien met het meisje van wie hij hield terwijl ze stomdronken was, en het bovendien net uit was met haar vriendje, dat deugde niet. 'O... Nou, jammer.' Hij ging een eindje bij haar vandaan staan.

'Kom op!' schreeuwde Callie. 'Wil je niet met me wippen?'

'Je bent dronken, je kunt beter gaan slapen.'

En met die woorden veegde hij zijn mond af en liep weg.

Owlnet instant message inbox

BennyCunningham:	Hoi. Heb je haar de tekst van de yell al opgestuurd?
CallieVernon:	Nog niet.
BennyCunningham:	Doe dat dan!
CallieVernon:	Ja ja. Zeg, welke yell doen de anderen?
BennyCunningham:	Kweenie. Zet 'm op?
CallieVernon:	Oké.
BennyCunningham:	Vergeet niet haar de yell te sturen. Tenzij je beha's wilt waar je tepels uit steken!

Owlnet e-mail inbox

Aan: Jennifer Humphrey@waverly.edu
Van: CallieVernon@waverly.edu
Datum: zaterdag 7 september, 10:05
Onderwerp: Yell

Hoi Jenny,

Je hebt een geweldig feest gemist. Was het leuk, de bijeenkomst voor nieuwe leerlingen?

Trouwens, Benny vroeg of ik je de tekst voor de nieuwe yell wilde mailen. Er zitten danspasjes bij, het is heel sexy! Je moet zingen op de melodie van Sound Off. Ik stuur een bijlage in Word met de tekst van de yell, en daar staan ook de aanwijzingen voor de danspasjes bij. Oké?

-C

PS Is het mandje van KissKiss! al aangekomen? Veel plezier ermee!

PPS Heb je nog nagedacht over wat je op de hoorzitting gaat zeggen? Laat het me even weten, wil je?

Waverly Owls weten hoe – en wanneer – ze hard moeten optreden

Iedereen was naar het enorme door bosschages omzoomde hockeyveld gekomen. De zon stond hoog aan de strakblauwe hemel, en de lucht was lekker fris. De tribunes zaten volgepakt met ouders, leerlingen en oud-leerlingen.

De meisjes van het St. Lucius paradeerden naar hun kant van het veld. Ze droegen hun paars-witte truien en rokjes met bijpassende paarse scheenbeschermers. De mascotte van het St. Lucius, een reusachtige zwart met witte Canadese gans, kwam achter hen aan terwijl die dreigend met zijn vleugels naar de uil van het Waverly klapte.

Brett peuterde een paar grassprietjes van de zool van haar Nikes en snoof omdat ze de uil er zo stompzinnig vond uitzien. Ze moest denken aan iets wat Dorothy Parker ooit had gezegd: 'Mannen die iets willen, nemen zelden meisjes met brillen.' Een uil met een bril op was toch zeker meer een mascotte voor nerds?

Naast haar zat Jenny gespannen aan de tape van haar hockeystick te pulken.

'Was het een leuk feest gisteren?' vroeg Jenny. 'Ik hoorde jullie heel laat binnenkomen...'

'Dat was Callie,' wees Brett haar terecht. 'Ik ben naar binnen geglipt zonder dat je het merkte. Maar je hebt niks gemist, hoor. Ik ben alleen mijn mobieltje kwijtgeraakt. Heb jij het ergens gezien?'

'Nee.' Jenny haalde haar schouders op.

Brett knarsetandde. Dat ze haar mobieltje had verloren –

ze raakte het kreng altijd kwijt – betekende dat ze niet wist of Jeremiah of Eric had gebeld. Ze vroeg zich af of Jeremiah ergens op de tribune zat. Ze keek om zich heen, maar nergens onder de toeschouwers zag ze een lange, knappe jongen met warrig rood haar. Hoe zou hij haar bericht van laatst hebben opgenomen?

'Hé, ik ben helemaal opgewonden vanwege die yell.' Jenny grijnsde. 'Die lijkt me echt hartstikke leuk.'

Met een ruk draaide Brett zich naar haar om. 'Je weet toch dat ze je erin luizen?' Wat kon haar die verdomde Callie ook schelen...

'Erin luizen?' Jenny sperde haar ogen wijd open.

'Ja, het zit zo, weet je...' begon Brett, maar net op dat moment kwam Callie achter hen staan en legde haar hand op Jenny's schouder. Brett keek weg.

'Hoi, meisie,' zei Callie liefjes tegen Jenny. 'Wat zie je er vandaag leuk uit! Heb je mijn lipgloss van Stila op?'

'Eh, nee, het is de mijne, van MAC.'

'Mooi.'

Het viel Brett op dat Callie nogal groen zag, waarschijnlijk door een overdaad aan die vieze punch van de vorige avond. Leuk dat ze haar niet eens groette. Maar ze had het natuurlijk veel te druk met Jenny stroop om de mond te smeren.

Benny kwam erbij staan. 'Iedereen klaar voor de yell?'

'Jawel,' antwoordde Callie. Even keek ze nerveus naar Jenny. Jenny keek zenuwachtig naar Brett. Brett haalde haar schouders op. Dit moesten ze maar zelf uitzoeken.

'Kom op!' gilde Benny.

Alle meisjes sprongen op en hupten opgewonden op en neer. Ze hadden Devin Rausch, een hoogsteklasser wiens vader een beroemd producer bij een platenmaatschappij was, gevraagd om te drummen en voor dj te spelen. Callie knikte naar hem. De naald kraste een paar keer over een oude plaat van Funkadelic, daarna klonk er een stevige beat uit de luidsprekers. De meisjes stampten op de maat mee.

'Zet 'm op, zet 'm op, zet...'m... op...'

Brett, die achteraan stond, vormde de woorden zonder geluid te maken. Dit was echt achterlijk. Ze keek even naar Jenny die naar voren was gelopen voor haar speciale aandeel in de yell.

'De meisjes van het St. Lucius vinden zichzelf heel wat, maar wie wil er nou een meisje zo verschrikkelijk plat?'

Jenny hoorde zichzelf in haar eentje schreeuwen en sloeg haar handen voor de mond. Helaas was ze net bij het gedeelte gekomen waarbij ze haar borst pront vooruit moest steken. Ze keek achterom en zag dat niemand anders met haar tieten naar voren stond.

Haar teamgenoten gniffelden. Jenny verstarde met haar boezem nog pontificaal vooruitgestoken. Ze was er inderdaad ingeluisd. Ha ha. Niet grappig.

Ze zag alles als in slow motion: de lachende meisjes, die stomme Heath Ferro op de voorste rij die op zijn dijen zat te kletsen, de hele school die naar haar gigantische tieten keek. En ineens drong er iets tot haar door. Ze kon zich als de Oude Jenny gedragen en snel op het bankje gaan zitten om zich voor de rest van haar leven dood te schamen en nooit meer met iemand een woord te wisselen. Of ze kon de situatie naar haar hand zetten. Per slot van rekening kon dit weleens haar laatste weekend op het Waverly zijn. Dus voordat ze er verder over kon nadenken, liep ze nog verder van het team vandaan en schreeuwde zo hard ze kon de tekst uit van de nepyell die Callie haar per e-mail had gestuurd.

'De meisjes van het St. Lucius vinden zichzelf heel wat, maar wie wil er nou een meisje zo verschrikkelijk plat?' begon ze, en ze stak haar cupmaat DD weer naar voren. 'Jongens zien liever Waverly-grieten, want die hebben grote tie-ten!' Ze schudde haar bovenlijf.

'Onze billen zijn strak en rond, jullie hebben een dikke kont!' Ze gaf een pets op haar mooie ronde billen. De monden van de andere meisjes vielen open. 'Een Waverly Owl heeft altijd sjans, dat kun je niet zeggen van zo'n domme gans!' Ze stak haar ellebogen uit en flapte daarmee of het vleugels waren.

'Zet jullie hockeysticks maar vast binnen, van een uil kunnen jullie toch niet winnen!' Daarna rende Jenny volgens de instructies over het veld en maakte zo goed en zo kwaad als dat ging drie radslagen, waarbij het publiek een glimp opving van wat ze misschien eerder nog niet hadden gezien.

Er volgde een geschokte stilte. Ook al had Jenny een hoop onzin uitgekraamd, toch waren alle ogen van de jongens van het Waverly en het St. Lucius op haar gericht – en dan hebben we het nog niet eens over de vaders en de mannelijke docenten.

Aan de overkant begon Lance Van Brachel, de ster van het footballteam van het Waverly, te applaudisseren. 'Bravo!' riep hij. 'Goed gedaan, verdomme!'

Een andere jongen begon ook te klappen. Iemand floot. En ineens klonk overal applaus op. Iedereen leek door het dolle heen.

Brett staarde naar Jenny, die met haar armen omhoog en een brede grijns op haar gezicht naar het publiek keek. Jenny had zich dan wel door Callie laten manipuleren, maar ze had er een draai aan gegeven waardoor ze er zelf voordeel van had. Zelfs Tinsley was dat nooit gelukt. Jenny leek het niet erg te vinden dat iedereen naar haar keek, en toen ze op de maat had bewogen, had haar gewelfde lichaampje er geweldig uitgezien. Ze had ook een goede stem om mee te schreeuwen, een beetje hees en daardoor erg sexy.

Jenny keek naar al die fans rondom het sportveld. Allemachtig, dit was echt heel leuk! Ineens kreeg ze een briljante ingeving.

'Pony doet zich voor als botergeil, maar eigenlijk is hij een slappe dweil,' schreeuwde ze zo hard ze maar kon. 'Om toch nog maar ergens op te lijken, loopt hij met een sok in zijn broek te prijken!'

Op de tribune brak de pleuris uit. Een paar jongens van het Waverly sloegen gespeeld verschrikt hun hand voor de mond en zeiden 'Ooo...' Iedereen lachte. Jenny keek naar Heath op de voorste rij. Zijn gezicht was rood van woede. Net goed.

'Nog eens!' Jenny herhaalde de yell zonder naar de andere meisjes te kijken. Wat een sufkoppen waren dat eigenlijk. Als ze niet met haar mee wilden doen, moesten ze dat zelf maar weten. Zij had er lol in.

Brett stond als verstomd naar Jenny te kijken, en toen ineens verscheen er een grijns op haar gezicht en rende ze naar haar toe.

'De meiden van het St. Lucius vinden zichzelf heel wat, maar wie wil er nou een meisje zo verschrikkelijk plat?' schreeuwden ze samen. Jenny lachte naar Brett en botste met haar heupen tegen haar aan. Aan het eind van de yell tilde Brett zelfs ook haar rokje op. De jongens gingen uit hun dak. En toen kwam Celine erbij, en even later Alison en Benny ook. De rest van de meisjes volgden. Uiteindelijk begon Callie de yell ook mee te schreeuwen, omdat het anders zo raar stond als de aanvoerder van het hockeyteam als enige niet meedeed.

Een Waverly Owl moet weten dat fijnerder
geen bestaand woord is

Gesterkt door de yell wonnen de Waverly Owls met 6-3 van de St. Lucius Geese. Zodra het laatste fluitje had geklonken, rende Brett naar haar kamer in Dumbarton. Op haar bed lag haar mobieltje. Had het daar al die tijd gelegen? Er waren drie gemiste oproepen, allemaal van Bree. Er was ook een sms'je: Ik lig in de haven. Als je wilt, kun je langskomen. E.D.

Snel trok ze haar flatterendste broek van Joseph aan – die was behalve mooi ook warm – en een petieterig mouwloos zijden topje van Diane von Furstenberg. Nadat ze haar zwarte laarzen met punten had dicht geritst, stormde ze naar de oever van de rivier.

Eric stond op het dek van de witte zeilboot, gekleed in een kaki broek en een groen poloshirt met lange mouwen. Ingespannen keek hij door een verrekijker naar iets in de bomen. Tegen de reling stond een hengel geleund. Zodra hij haar achter zich hoorde, draaide hij zich om met de verrekijker nog tegen zijn ogen gedrukt.

Intuïtief bedekte Brett haar borsten met haar handen, alsof ze bang was dat het een verrekijker was waarmee je dwars door kleding heen kon kijken.

'Ga je niet naar het football kijken?' vroeg hij terwijl hij de verrekijker liet zakken.

'Och nee...'

'Die wedstrijd is toch het hoogtepunt van de dag?'

Jawel, maar haar ex was toevallig de ster van het bezoekende team... Brett wist niet eens zeker of Jeremiah het bericht wel had afgeluisterd waarin ze het uitmaakte, maar dat kon haar eigenlijk niet eens schelen. 'Ik ben niet zo gek op football,' antwoordde ze timide. 'Mag ik aan boord komen?'

Hij lachte. 'Ja, natuurlijk.'

'Oké.' Ze liet haar handen over de glanzende reling glijden. 'Heeft deze boot nog een naam?'

'Nog niet. Ze is namelijk gloednieuw,' antwoordde Eric. Hij keek haar met zijn doordringende blik strak aan. 'Ik dacht aan iets uit Hemingway.'

Bretts maag kromp samen. Ze had dolgraag willen vragen: misschien iets uit *The Sun Also Rises*?

'Op welke positie speel jij met hockey?'

'Middenveld,' antwoordde ze alsof het onbelangrijk was, ook al hockeyde ze al vanaf haar zevende en had ze die dag twee van de zes doelpunten gemaakt.

Hij grinnikte en pakte de hengel.

'Wat is daar zo grappig aan?'

'Niets. Ik kan me jou alleen niet in hockey-outfit voorstellen.'

'Heb je dat geprobeerd? Mij in hockey-outfit voorstellen, bedoel ik.' Ze lachte koket. Zelfs voor haar doen gedroeg ze zich voortvarend.

'Misschien.' Hij liet zijn blik op haar rusten. 'Dat rokje is nogal kort. Jullie maken ze toch zelf nog korter?'

'Natuurlijk niet!' loog Brett. 'Ze zijn gewoon zo!'

Ze ging op een van de twee stoelen zitten en keek uit over het glanzende water. Boven de bomen piekte het torentje van de kapel uit, en boven hun hoofden vlogen uilen, alsof ze als door een magneet naar het bootje toe werden getrokken. Zelfs het water rook sensueel.

'Ik wilde je nog bedanken voor laatst, die avond,' zei ze uiteindelijk. 'Het vliegtuig, het eten. De rondleiding door het huis van je familie. Dat was echt fijn.'

Meneer Dalton haalde de riem van de verrekijker over zijn hoofd. 'Daar ben ik blij om.'

Vanaf het sportveld klonk gejuich, en de drumband begon te spelen. Brett keek die richting uit, en ze vroeg zich af wie er had gescoord. Waarschijnlijk stond Jeremiah op dit moment op het veld.

Ze draaide zich om naar Eric. Ze beet op haar lip, stond op en zette een stapje in zijn richting. 'Ja, het was echt fijn, maar...'

'Maar wat?' vroeg Eric.

Brett dacht dat ze iets vreemds in zijn stem hoorde. Ze had het gevoel dat ze aan de rand van een afgrond stond, een rotswand met uitzicht over de blauwgroene Caribische Zee. Ze kon zich óf omdraaien en teruggaan naar de bungalow om in een hangmat een Red Stripe te drinken, óf van de rotsen duiken. Ze haalde diep adem.

'Denk je dat er misschien iets is wat nog fijnerder is?' vroeg ze terwijl ze haar hoofd een beetje schuin hield.

'Fijnerder is geen bestaand woord,' schamperde Eric. Het water klotste tegen de boot.

'Ja, dat weet ik,' fluisterde ze. Ze sloeg haar ogen neer en voelde zich erg jong en dom. Ga terug naar de bungalow, dacht ze, nu meteen! Tegen beter weten in knipperde ze met haar ogen en stak haar borst vooruit. Hoe kwam ze er toch bij zoiets te doen? Had ze dat soms van Jenny afgekeken? Ze hoorde dat Eric zijn adem inhield.

Verdomme, ze ging duiken. Ze liep op hem af.

Hij had de hengel nog in zijn hand, en hij was een stuk langer dan zij. Zijn blonde haar viel voor zijn ogen, en aan de zijkant van zijn neus zat een schrammetje. Hij zette de hengel terug tegen de reling.

'Misschien is dit fijnerder?' Ze drukte zich tegen hem aan en kuste hem. Mmm...

Zijn lippen waren geweldig. Ze probeerde zichzelf in te houden, want ze wilde hem eigenlijk verslinden of hij Beluga-kaviaar was. Ze bleef hem maar zoenen, eerst zacht terwijl ze hoopte dat hij zijn mond zou opendoen. En toen voelde ze eindelijk zijn armen om haar heen komen en kuste hij haar terug. Hij trok haar dichter tegen zich aan en opende zijn mond. Brett was bang dat ze misschien naar zweet smaakte na de wedstrijd, maar ach, wat kon het haar schelen? Het kon haar ook niet schelen dat ze midden op de dag stonden te zoenen, op het schoolterrein op Zwarte Zaterdag, en dat iedereen die met school te maken had zich op maar een paar honderd meter afstand bevond.

Ze brak de kus af, zette een stap naar achteren en keek verlegen glimlachend naar hem op.

Eric bevochtigde zijn lippen. Het leek net of hij een grijns probeerde te verbijten. 'Eh... Nou, dat is eh... absoluut...' Hij nam haar hand in de zijne en keek haar recht in de ogen. Even beet hij op zijn lip. 'Ik denk, eh... ik denk dat ik beter even naar mijn kantoor kan gaan.'

'Prima,' reageerde Brett met een lach. 'Laten we nu maar meteen gaan.'

Meneer Dalton klemde zijn handen om de reling. 'Ik bedoel, ik denk dat ík beter even naar mijn kantoor kan gaan en jíj terug naar het sportveld,' fluisterde hij. Even raakte hij zacht haar oor aan.

Brett deinsde achteruit en keek in paniek in de richting van het sportveld.

Eric ging van boord. Hij stak zijn hand naar haar uit en hielp haar op de steiger.

'Je zult er echt geen spijt van krijgen als ik meega naar je kantoor.' Zoiets had ze nog nooit tegen iemand gezegd.

'Dat weet ik.' Hij slaakte een zucht. 'Echt, dat weet ik. Maar eh...' Hij keek naar zijn marineblauwe Docksiderbootschoenen. 'Ik vind... Ik vind dat ik moet gaan. Maar toch bedankt.'

En met die woorden drukte hij even zijn duim tegen haar kin om zich daarna om te draaien en weg te lopen.

Brett bleef alleen achter op die stomme steiger, op haar prachtige zwarte laarzen met de spitse neuzen.

Een Waverly Owl gaat altijd in op een uitnodiging om een spel te spelen – ook als dat inhoudt dat ze Heath Ferro moet zoenen

Met een gin-tonic in de hand stond Brandon op het feest van Zwarte Zaterdag met Benny Cunningham te praten. Dit feest werd gegeven in – hou je vast – het landhuis van Heath Ferro's ouders in Woodstock, ongeveer een uur van het Waverly vandaan. Hij zag Jenny met een paar meisjes van het hockeyelftal uit een Hummer stappen. Ze droegen allemaal dezelfde oranjegele kasjmieren slobbertruien met v-hals. Die kleur deed Jenny's teint goed uitkomen. De trui gleed een beetje van haar schouder af en hij zag een stukje van een breed, roomkleurig behabandje.

Na de footballwedstrijd had Heath de incrowd van het Waverly pasjes gegeven waarmee je van het schoolterrein mocht, en werd iedereen naar een karavaan zwarte Hummers gebracht die hij van de internetbank van zijn vader had geleend. Vanuit de verte had Brandon gezien dat Heath op Jenny af liep, die omringd was door een hele schare bewonderaars. Heath had haar een zedig kusje op haar wang gegeven en haar daarna een pasje gegeven. Zelfs hij moest haar voor die yell belonen.

Het feest vond plaats op het uitgestrekte gazon achter het huis. Het was een warme en windstille dag, en Heath had de tuinman gevraagd een grote witte partytent op te zetten en kerstverlichting op te hangen. Hij had ook zes enorme beelden uit de collectie impulsaankopen van zijn ouders laten halen om de dure tent mee te versieren. De beelden stelden enorme bloeiende lelies voor. Hun sensuele vormen deden iedereen niet geheel onbewust aan seks denken. Alsof ze daaraan herinnerd moesten worden... Nadat ze Jenny's borsten hadden gezien, konden ze aan niets anders denken.

Toen Jenny Brandon zag, liep ze naar hem toe. 'Hoi. Waar was je na de wedstrijd gebleven?' vroeg ze opgewekt.

'Ik ben hier nogal vroeg naartoe gegaan,' antwoordde hij voordat hij snel wegkeek. Hij was nog danig in de war over dat gedoe met Callie, Easy en Jenny.

'Wat is er?' vroeg ze.

'Niks.'

'Jenny, dat was een geweldige yell.' Benny kneep in Jenny's hand. Ze droeg oorbellen van Mikimoto met zulke gigantische parels eraan dat haar oorlelletjes erdoor werden uitgerekt.

'Dank je,' reageerde Jenny blij.

'Brandon, heb je het ook gezien?'

'Ja, ik heb het gezien.' Het was bijna niet te missen. Het was een beetje sletterig geweest, maar ook heel sexy. Toen hij naar Jenny en Callie had gekeken die hun borsten naar voren staken en op hun billen petsten, had hij gedacht dat zijn hoofd uit elkaar zou spatten. En natuurlijk had hij ervan genoten toen Heath in elkaar was gekrompen toen Jenny die rare yell over die sok in zijn broek had laten klinken.

Met een frons keek Jenny hem aan. 'Gaat het wel met je?'

'Eh...' mompelde Brandon.

'Wat is er?' drong ze aan. Benny huppelde weg om iemand anders te omhelzen. 'Mij kun je het wel vertellen.'

Hij beet op zijn lip. Hij kon zijn gevoelens niet goed onder woorden brengen. Was hij overstuur vanwege Callie? Was hij kwaad op Jenny omdat ze Easy leuk vond? Of vond hij het gewoon vreselijk om weer op school te zijn?

Plotseling klonk er een griezelig snerpende kreet. 'Jenny!'

Met een ruk draaiden Brandon en Jenny zich om. Celine

zat aan de andere kant van de tent op een smetteloos witte bank. Brett, geheel in het zwart, zat op de leuning. Callie stond naast haar een sigaret in een dun pijpje te roken. Brandons hart begon sneller te kloppen.

'Jenny, kom hier!' kirde Celine.

Jenny keek Brandon even aan. 'Gaat het echt wel met je?' vroeg ze.

'Jenny!' riep Celine weer.

Nog even keek Jenny hem vragend aan, en het drong tot Brandon door dat hij een halvegare idioot was. Goed, Callie speelde met hem. En Jenny viel niet op hem. Wat deed dat ertoe? Ze was nog steeds een lief en zorgzaam meisje. En op het ogenblik leek ze ook nog gelukkig te zijn. 'Toe maar,' zei hij. 'Ga maar naar ze toe.'

Terwijl Jenny naar de bank met de meisjes huppelde, greep een hoogsteklasser die Chandler heette haar vastberaden bij haar arm. 'Leuke yell.'

'Dank je.'

Een meisje met een zilverkleurig topje en een strakke roze en grijs gestreepte broek stond bij Chandler. Ze keek Jenny onderzoekend aan. 'Heb je ooit model gestaan? Je ziet er zo bekend uit.'

'Ze lijkt op Tinsley,' zei Chandler.

'Ik heb model gestaan voor een reclamecampagne van Les Best. Maar dat was maar één keertje,' zei Jenny stralend.

'O, daar komt het van!' riep het meisje uit. 'Geweldige reclame! Je zag er zo mooi uit terwijl je op het strand uit je dak ging. Welke stylist had je?'

'Jenny!' riep Callie vanaf de bank.

'Ik word geroepen,' excuseerde Jenny zichzelf bij Chandler en het andere meisje. 'Leuk even met jullie te hebben gesproken.' Ze liep verder naar de bank, en ineens ging er een lichtje bij haar op. Ze hoefde helemaal geen smoesjes te verzinnen over halfnaakte modeshows of een wilde nacht met de Raves. O nee. Jenny – niet de Oude of de Nieuwe Jenny, maar déze Jenny – deed niet onder voor al deze andere meisjes. Ik ben helemaal dol op het Waverly, dacht ze huiverend van genot. Jezus, ze liet zich echt niet van school trappen! Niet nu!

Ze ging bij de anderen op de bank zitten. Meteen gaf Celine haar een cocktail van Grey Goose met Red Bull.

'Dus je bent niet boos?' vroeg Celine. 'Over die yell?'

'Nou,' zei Callie hoofdschuddend, 'ik wilde het je vertellen, maar...'

'Geeft niet,' stelde Jenny hen gerust. Ook al was het een valse streek, ze had toch het gevoel dat het onderdeel van iets groters uitmaakte, dat het een echte traditie van het Waverly was. Dat was toch geweldig?

'Het was een echt heel goede yell,' zei Celine. Ze nam een trekje van een Dunhill Ultra Light terwijl ze tegelijkertijd op een pastelkleurige snoepketting sabbelde.

Jenny schoof een beetje op in Bretts richting. Brett zag eruit alsof ze al drie nachten niet had geslapen. 'Je was na de wedstrijd ineens verdwenen. Gaat het een beetje?'

'Ik weet het niet,' antwoordde Brett werktuiglijk.

'Is er iets met...' begon Jenny.

Brett legde haar vinger op haar lippen en knikte bedroefd.

'Wat is er dan gebeurd?'

Brett schudde haar hoofd. 'Ik wil het er nu niet over hebben,' fluisterde ze zacht.

'Oké.'

Callie greep Brett bij de arm. 'Ik heb daarnet Jeremiah gezien. Hij is hier ook en hij loopt je te zoeken.'

Met grote ogen van angst vroeg Brett: 'Heb je hem verteld dat ik hier ben?'

'Eh... ja. Hoezo? Had ik dat niet moeten zeggen?' vroeg Callie, die net deed of ze nergens van op de hoogte was.

'Shit,' mopperde Brett.

'Wat is er nou erg aan? Je hebt toch geen ander of zo?'

Koortsachtig schudde Brett haar hoofd. 'Je had niet moeten zeggen dat ik hier was.'

'Sorry, hoor! Hoe kon ik dat nou weten?' vroeg Callie op hoge toon. 'Je vertelt me nooit meer iets.'

'Je... je had gewoon je mond moeten houden.'

De andere meisjes keken heen en weer van Callie naar Brett alsof het de finale van Wimbledon was. Jenny vroeg zich af of Callie het wist van Brett en meneer Dalton.

Callie trapte haar peuk uit met de hak van haar blauwe, krokodillenleren muiltje. 'Waarom wil je Jeremiah eigenlijk niet spreken?'

'Ik... Gewoon, daarom.'

'Is hij niet leuk genoeg voor je? Of ben jij niet leuk genoeg voor hem?' vroeg Callie.

'Kom op, zeg,' zei Brett. 'Ik zei toch niet...'

'Ga je liever met mensen om die een paar jaar ouder zijn?'

Jenny verstijfde.

Brett fronste. 'Wat bedoel je daar nou weer mee?'

Callie hield haar hoofd schuin. 'Heb je je mobieltje al gevonden?'

'Ja.' Brett stak een sigaret op. 'Nou en?'

'Nou niks. Ik heb het gevonden. Ik wilde alleen zeker weten dat je het terug had.'

'Heb je mijn sms'jes gelezen?' vroeg Brett met een piepstem.

'Nee!' Callie klonk gekwetst. 'Zoiets zou ik nooit doen!'

'Nou en of je dat zou doen. Laat ook maar, ik ga weg.'

'Waar ging dat allemaal over?' vroeg Celine nadat Brett was weggebeend.

Callie keek Brett woedend na en gaf geen antwoord.

'Volgens mij heeft ze liefdesproblemen. Ze wilde niet éens met Jeremiah praten,' zei Celine. 'En dat is nog wel zo'n kanjer.'

'O, het gaat niet over Jeremiah, hoor,' fluisterde Callie. 'Het is... meneer Dalton!'

Jenny's mond viel open. Jezusmina. Mooie vriendin was die Callie.

'Meneer Dalton?' zei Celine. Alle meisjes keken Callie diep geschokt aan.

'Ja, meneer Dalton. Ze zijn...' begon Callie zelfgenoegzaam, maar toen werd ze gestoord doordat Heath Ferro erbij kwam staan.

Heath droeg een vikinghelm à la Flava Flav op zijn hoofd, en hij had zijn shirt uitgetrokken om een eigentijds Keltisch symbool te onthullen dat op zijn arm was getatoeëerd.

'Dag meiden.' Hij sloeg zijn armen om Jenny en Callie heen.

Hij vindt me zeker weer leuk, dacht Jenny een beetje zuur. Niet dat het haar iets uitmaakte.

'Ik ben botergeil,' ging Heath verder.

Celine giechelde. 'Getver!'

'Natuurlijk ben je dat, Pony,' gilde Benny die achter hem was komen staan.

'Precies. Laten we een spelletje gaan doen.' Heath pakte een fles Cuervo van een bijzettafeltje.

'Oké,' zei Callie snel. Ze rukte haar blik los van Brett, die bevend bij de opening van de tent was blijven staan.

'Goed. We doen: ik heb nog nooit... En als je het nog nooit hebt gedaan, moet je iemand zoenen,' zei Heath terwijl hij met de hoorns op zijn helm speelde.

'Wat ben je toch erg,' reageerde Benny lachend.

'Oké,' zei Callie. 'Maar geen tongzoenen.'

Jenny, Celine, Callie, Heath, Sage, Teague Williams en Benny gingen in het vochtige gras voor de tent in een kring zitten.

Ook al werd het steeds frisser, toch had Jenny het heerlijk warm. Van die cocktail met Red Bull werd ze een beetje draaierig.

'Wie eerst?' vroeg Heath nadat hij een slok uit zijn flesje Heineken had genomen.

'Ik.' Jenny stak haar hand op. Daarna schonk ze kleine plastic bekertjes vol. 'Goed dan. Ik eh... ik heb het nog nooit op een sportveld gedaan.'

Callie, Celine en Benny haalden hun schouders op. Jenny, Heath en Teague dronken hun bekertje leeg.

'Kom op, Jenny.' Heath kroop dwars door de kring naar haar toe. 'Laten we eens kijken of we nog weten hoe het moet.'

Getverdegetver. Jenny drukte aangeschoten een kusje op Heath' lippen en gaf hem toen speels een stomp tegen zijn buik.

'Mieters!' piepte ze. En in plaats van haar uit te lachen juichte iedereen en dronk een bekertje leeg, gewoon voor de lol.

Niet elke Waverly Owl heeft een bril nodig

Easy inhaleerde diep en gaf de joint toen door aan Alan St. Girard. Ze zaten een eindje van de tent vandaan in een nis met van die kralensnoeren voor de opening, zoals een oma die weleens in de deuropening van het kleedhokje bij haar zwembad heeft. 'Wat een suf feest,' mopperde Easy terwijl hij de rook zo lang mogelijk in zijn longen probeerde te houden.

'Dat is toch altijd het geval?' reageerde Alan.

Ze praatten nog een poosje over welk feest nou het gaafst was geweest en kwamen tot de slotsom dat het het feest van Tinsley Carmichael was dat ze had gegeven in de enorme blokhut van haar ouders in Alaska, nu alweer anderhalf jaar geleden. Het feest had plaatsgevonden in de voorjaarsvakantie en de meeste leerlingen zaten met hun ouders in Park City of Monte Carlo, daarom waren er niet veel mensen naar Alaska gekomen. Het huis stond aan de rand van een met ijs bedekt meer, aan de voet van een hoge paarskleurige berg. Ze hadden allemaal te veel rode wijn gedronken en kenden geen grenzen meer. Het was toen nog niet aan tussen Easy en Callie, en hij had Tinsley overgehaald naakt met hem in de berkenhouten hot tub buiten te gaan zitten, waar ze de hele nacht met elkaar hadden gepraat. Het was een sereen en braaf feest geweest. Niemand had ruziegemaakt en iedereen dronk net genoeg om vrolijk te zijn. Niemand had op de teakhouten vloer gekotst.

De kralensnoeren gingen opzij en Brett kwam binnen.

Ze was helemaal in het zwart gehuld en zag er slecht uit; ze leek een beetje op de nare oude heks met de appel uit *Sneeuwwitje*, de Disneyfilm.

'Wat is er?' vroeg Easy toen ze naast hem neerplofte.

'Mag ik me bij jullie verstoppen?' Ze nam de joint van hem over, die nu niet veel meer was dan een bruinig stompje. Nadat ze diep had geïnhaleerd, blies ze de rook door haar neus naar buiten.

'Tuurlijk.'

'Ik snap niets van jullie kerels,' zei ze uiteindelijk. Ze streek met haar hand door haar waanzinnig rode haar.

'Wie? Alan en ik?'

'Nee.'

Ze draaide zich naar Easy om, en ineens wist Easy weer waarom hij haar zo graag mocht. Ze had zo'n leuk gezicht met brede kaken en wijd uit elkaar staande ogen, een beetje zoals Mandy Moore.

'Ik bedoel...' ging ze verder. 'Hoe komt het dat als jullie iets willen en het dan krijgen, dus als wíj het jullie geven, dat jullie dan zo bang worden?'

Alan leunde naar achteren en kriebelde op zijn kop met heel kortgeschoren haar. 'Dat is veel te diepzinnig voor me, hoor.'

Brett stak een sigaret op. 'Laat ook maar,' schamperde ze terwijl ze opstond. Ze keek Easy met tot spleetjes geknepen ogen aan. 'Is het nog aan tussen jou en Callie?'

'Geen idee.'

Ze lachte meesmuilend. 'Dacht ik al. Nou, ik ben weg. Veel plezier nog, jongens.'

'Raar mens,' mompelde Alan. 'Weet je wat ik daarnet heb gehoord? Dat ze met een van de leraren naar bed gaat. Die nieuwe.'

'Brett?' vroeg Easy terwijl hij haar nakeek. 'Nee.'

'Ik weet het niet, hoor. Kijk nou hoe ze eruitziet!'

Easy gromde iets en speelde met een beige kraal. Met zijn wazige brein probeerde hij erachter te komen hoe het nu tussen Callie en hem zat. Was het nou aan of niet?

Hij stond op en schoof het kralengordijn met één hand opzij. Hij voelde zich echt rot. Hij had gedacht dat liefde iets overweldigends zou zijn, misschien een beetje pijnlijk. Net zoiets als hoe zijn achterste en zijn dijen voelden wanneer hij een hele dag op Credo had gereden. Of zoals het gevoel dat hij kreeg wanneer hij in Parijs was en aan de oever van de Seine stond waar allemaal mensen voorbijliepen. Ineens besefte hij dan dat hij hier op dít moment stond, niet ergens in het verleden of in de toekomst. Maar zo voelde hij zich niet als hij bij Callie was. Waar was ze eigenlijk?

En toen zag hij het.

Heath lebberde Callie af. Ze had Heath' spijkerbroek zo ver naar beneden getrokken dat die onder zijn heupen hing. Easy zag een stukje van zijn billen. Zoals gewoonlijk kwam Heath weer eens aan zijn trekken.

Easy trok zich weer in de nis terug. Nou, een duidelijker antwoord kon hij niet krijgen.

Een Waverly Owl weet dat het soms een goed idee is om in de schaduw te zitten

'Het voelt alsof ik zweef.' Jenny bewoog haar armen. Ze was naar het verbazend verlaten stuk gazon achter de tent gegaan. Daar was een Japans rotstuintje aangelegd met een bemoste stenen bank en een vijver met een bodem van jadekleurige tegeltjes. Een enorme goudvis zwom langzaam rondjes.

Na een paar ronden van het zoenspelletje had Brandon op haar schouder getikt en gevraagd of ze een luchtje wilde scheppen.

'Daarnet zag je een beetje groen,' zei Brandon.

'Het gaat wel. Maar bedankt dat je me daar hebt weggehaald. Het werd een beetje ranzig.' Ze wilde niet echt graag Heath' bilspleet zien, en daar viel bijna niet aan te ontkomen.

'Graag gedaan.'

'Waarom deed je niet met ons mee? Heb je iets tegen zoenspelletjes?'

'Ik...' Hij aarzelde. 'Het ligt nogal moeilijk.'

Jenny schudde haar hoofd. 'Oké,' zei ze. Ze was blij dat Brandon gewoon bij haar wilde zitten, rustig, zonder gedoe. Goede vrienden konden zonder iets te zeggen gewoon een beetje zitten, en ook al amuseerde ze zich prima op het feest, het gaf haar toch ook een beetje een leeg gevoel nu ze aangeschoten was. Met hoeveel van deze mensen klikte het eigenlijk? Brandon was een vriend, ze waren eerlijk tegen elkaar. Ze legde haar hoofd op zijn schouder en keek naar hun spiegelbeeld in de vijver.

'Je hebt me nooit verteld dat het vorig jaar aan was tussen Callie en jou.' Tersluiks keek ze naar hem op.

Hij keek naar beneden. 'Ach ja...'

'Heb je daarom zo'n hekel aan Easy?'

Hij knikte.

'Nou, daar kan ik inkomen.'

'Het is allemaal zo'n zooitje,' begon Brandon langzaam. 'Ik vind haar nog steeds leuk. Ik heb geprobeerd haar niet leuk te vinden, maar... Ik kan er niets aan doen.'

'Ik begrijp het helemaal,' zei ze, en ze dacht aan Easy.

Het spiegelbeeld in de vijver veranderde. Er kwam een razend knappe jongen met warrig haar bij, die, ook al was hij op een feest, toch verfvlekken in zijn hals had.

De adem stokte in Jenny's keel. Het was net of ze Easy hierheen had getoverd, gewoon door aan hem te denken.

Of misschien had ze meer gedronken dan ze had gedacht.

'Hoi,' begroette hij haar zacht.

Jenny keek naar hem op. Hij droeg een vaalgewassen T-shirt met NASHVILLE MUSIC FESTIVAL erop en een smoezelige zwarte spijkerbroek met verfvlekken. Zijn glanzende, dikke, bijna zwarte haar krulde in zijn nek. Het moest dringend worden geknipt.

Brandon gromde geërgerd en kneep in haar hand. 'Ik ga,' zei hij. Hij boog zich naar haar toe en fluisterde in haar oor: 'Succes.'

Zonder nog iets te zeggen liep hij langs Easy en drentelde weg.

Langzaam ging Easy naast Jenny zitten. 'Wat doe je nou hier? Er gebeurt van alles in de tent.'

'Ja, weet ik. Daarnet deed ik nog mee, maar toen wilde ik liever hier naar de vijver kijken.'

'Mooi,' mompelde Easy.

'Ja, hè? Echt een prachtige vijver.'

'Ik had het over jou,' fluisterde hij.

Jenny hapte naar adem. Ze was lichtelijk aangeschoten, maar ineens werd ze nuchter.

Easy stak een sigaret op en rookte zonder iets te zeggen terwijl de blauwige rook over de tuin zweefde en als een halo boven de bonsaiboompjes bleef hangen.

'Ik heb je die yell zien doen.' Opeens verbrak Easy de stilte. 'Dat was niet niks.'

'O.' Beschaamd keek ze naar haar handen. Hoe meer ze had gedronken, hoe sterker ze zich had afgevraagd of ze hier wel hoorde. Goed, ze had het aardig opgelost toen ze merkte dat er een gemene streek met haar werd uitgehaald, maar stel dat ze een volgende keer niet iets kon bedenken? En ook al probeerde ze er niet aan te denken, toch dwaalden haar gedachten vaak af naar de hoorzitting van de disciplinaire commissie, want die was al gauw. Ja, nu was ze even populair, maar wat deed dat er nog toe als ze aanstaande maandag van school werd getrapt? Ze kon natuurlijk Callie verklikken, maar dan werd Callie van school getrapt en zou iedereen háár daarvan de schuld geven. Wat ze ook deed, het was nooit goed.

'Waar heb je dat geleerd?'

'Nou... Eigenlijk is het te maf om allemaal uit te leggen.'

'O,' zei Easy. 'Zeg, ik had je in dat briefje toch verteld over de uilen?'

'Ja.' Vanuit haar ooghoek keek ze naar zijn profiel. Het werd kouder, er vormde zich dauw op het gras. Ze vroeg zich af hoe laat het al was.

'Vond je dat stom?'

Jenny sloeg haar benen over elkaar. 'Wat? Nee. Hoezo?'

'Omdat... omdat ik zei dat ze konden praten.'

'O... Nee, ik vond het juist wel schattig.'

'Echt?' Verlegen glimlachte hij.

'Ja.' Ze keek hem glimlachend aan.

Easy schoof dichter naar haar toe. 'Waarom?'

Daar moest Jenny even over nadenken. Misschien omdat je sexy bent, dacht ze. Of omdat je zo mooi bent. Of omdat ik er aldoor aan moet denken dat je zo goed bij me past.

Jenny ging rechtop zitten. 'Easy, flirt je met me omdat dat van Callie moet?'

Hij nam een haal van zijn sigaret. 'Dat wilde ik jou ook vragen.'

'O,' reageerde ze in verwarring gebracht. Ze keek naar haar spiegelbeeld in de vijver. 'Maar flirt je nou met me omdat Callie je dat heeft gevraagd?'

'Nee,' antwoordde hij uiteindelijk. Het viel Jenny op dat zijn hand beefde. 'En jij?'

'Nee,' antwoordde Jenny snel. 'Absoluut niet.'

'Wat ga je de disciplinaire commissie vertellen?' vroeg hij na een tijdje. Hij drukte de peuk tegen een rotsblok uit. 'Ga je zeggen dat het Callies schuld was?'

'Ik heb nog geen besluit genomen.' Jenny fronste diep. Ze wilde Callies leven niet verpesten, maar ze wilde zelf ook niet van school worden getrapt. Stel dat ze na de hoorzitting weg moest en Easy nooit meer zou zien?

'Kijk,' zei Easy met een zucht. 'Ik vind het allemaal heel rot, maar ik vind ook dat het niet jouw probleem mag zijn. Bovendien is het toch al uit tussen Callie en mij.'

Jenny hield haar adem in.

'Gek hè, dat ze ons allebei zo weet te manipuleren?'

Ze knikte bijna onmerkbaar.

'Het... het voelt niet goed,' fluisterde hij voor zich uit, alsof hij het tegen zichzelf had.

'Wat bedoel je?' vroeg Jenny. Ze wilde maar dat hij haar aankeek, en misschien ook kuste.

'Nou...' Easy keek omhoog naar de sterrenhemel.

Jenny herinnerde zich dat hij haar het Zevengesternte op het plafond had aangewezen, en ze vroeg zich af waar dat stelsel deze avond aan de hemel te vinden was.

'Ken je die reclame voor diamanten van De Beers?' vroeg hij. 'Dat ze zeggen dat liefde sprankelt en fonkelt?'

'Ja.'

'Kijk, dát wil ik,' legde Easy uit terwijl hij voor zich uit staarde. 'Nu heb ik dat niet, maar ik wil het wel. Dat is wat ik nou echt wil.'

Jenny voelde zich vanbinnen helemaal warm worden. Ze begreep precies wat hij bedoelde. En terwijl ze samen naar boven keken, fonkelden de sterren. Net diamanten eigenlijk.

Owlnet e-mail inbox

Aan: 'Feestgangers' (27 personen op de lijst)
Van: HeathFerro@waverly.edu
Datum: zondag 8 september, 11:40
Onderwerp: Te gek voor woorden

Jongens, het feest van Zwarte Zaterdag was supercool.
Hier een paar interessante getallen:

6: Aantal meisjes met wie ik heb gezoend. (Voor zover ik
me kan herinneren, tenminste.)

11: Flessen Cuervo die soldaat zijn gemaakt. Hik.

1: Vreemd goedverzorgde kerel die tijdens een
zoenspelletje aan de zijlijn verlangend naar een zekere
blonde godin uit Atlanta stond te kijken.

2: Achtergebleven paren meisjesschoenen. Een paar
Manolo's en een paar Tod's. Wie was er zo bezopen dat ze
blootsvoets naar huis is gegaan?

2: Mensen die bij de goudvisvijver zaten en verlangend in
elkaars ogen keken. Maar ik ga lekker niet zeggen wie dat
waren. Alleen mijn goudvis Stanley kan uitsluitsel geven.

Doei, feestgangers,

Heath

PS Kan niet wachten op het volgende knalfeest

PPS Over nog maar drie weken!

Waverly Owls kunnen hun agressie goed kwijt in sporten

De coaches van het Waverly waren zo wreed om iedereen te laten trainen op Zwartere Zondag (zo genoemd om overduidelijke redenen). Iedereen verscheen op het sportveld met een flinke kegel, oogschaduw onder hun ogen en knalroze tongen omdat ze twee grote slokken Pepto hadden moeten nemen om hun opspelende magen tot rust te brengen.

Callie zat op de bank langs het veld met haar hoofd tussen haar knieën. Ze had een zuigzoen in haar hals, en ze wist wel zeker dat ze die niet van Easy had. Ze had geprobeerd het lelijke plekje met haar camouflagestift van Joey New York weg te werken, maar de paarsige blaar was nog goed te zien. Nou ja, ze voelde zich veel te rot om zich daar zorgen over te maken. Het liefst was ze opgekruld onder haar dubbeldikke deken van kasjmier gaan liggen om lekker duim te zuigen. Ze keek naar Jenny en Brett die op het gras rekoefeningen deden. Ze zagen eruit of ze de vorige avond geen druppel alcohol naar binnen hadden gewerkt. Sinds wanneer waren ze eigenlijk zulke dikke vriendinnen?

Mevrouw Smail blies op haar fluitje en riep de meisjes bijeen. Moesten ze na het feest van Zwarte Zaterdag niet alleen trainen, maar nog spélen ook? Waarom konden ze niet gewoon een paar rondjes om het veld rennen en dan terug naar bed gaan?

'Callie Vernon en Brett Messerschmidt, jullie gaan op het middenveld spelen,' zei mevrouw Smail.

Er stegen zachte kreetjes op. Iedereen keek van Callies blonde paardenstaart naar Bretts knalrode haar.

Callie kwam moeizaam overeind. Ze voelde zich opgeblazen en afstotelijk. Ze zag dat Brett naar het middenveld rende, en weer ergerde ze zich rot aan haar. Hoe haalde Brett het in haar hoofd haar niet alles over meneer Dalton te vertellen?

Zodra mevrouw Smail de hockeybal op het veld had gegooid, gaf Brett die een flinke mep, zo onbesuisd dat ze Callie met haar stick op haar linker scheenbeschermer raakte.

Van pijn en woede deinsde Callie achteruit, daarna stoof ze achter Brett aan, die een eindje voor haar uit met de bal dribbelde. De grond was zompig en haar zwart-witte Nikes met noppen drongen diep in de aarde. Bretts rokje wipte op zodat je haar bordeauxrode broekje van stx en haar magere billen kon zien. Callie haalde haar in en zette haar stick tussen Brett en de bal. Maar Brett haalde uit naar de bal en sloeg die met de bolle kant van haar stick weg van Callie naar een van de middenvelders van Bretts team.

'Bolle kant!' schreeuwde Callie terwijl ze doodstil bleef staan. 'Mevrouw Smail! Dat was bolle kant!'

'Ik heb niets gezien,' reageerde mevrouw Smail. 'Vooruit, verder spelen.' Ze gebaarde naar de andere meisjes, die achter de bal aan naar het doel renden.

'Jezus!' Callie smeet haar stick op de grond. 'Ze sloeg de bal met de verkeerde kant van de stick!'

'Ja, hoor,' zei mevrouw Smail. 'Het is maar een oefenpartijtje, en ik heb niets gezien.'

Met en venijnige blik draaide Callie zich naar Brett om. 'Leren ze je in New Jersey om zo te hockeyen?'

Callie zag dat Brett verbleekte.

'Rot toch op, jij,' mompelde Brett uiteindelijk.

'O, dat is nog eens een diepzinnige reactie van de prefect

Brett Messerschmidt. Ik dacht dat je zo goed was in het debat? Ik dacht dat jij je overal uit kon lullen?'

'Meisjes,' zei mevrouw Smail waarschuwend. 'Doorspelen. Brett, jouw team heeft daarnet gescoord.'

Brett liep langs mevrouw Smail heen naar Callie toe. 'Is er iets, Callie? Wat heb je toch tegen me? Ik ben degene die kwaad op jou zou moeten zijn, niet andersom!'

'O ja? En waarom dan wel?'

'Omdat jij een kreng bent en iedereen manipuleert!' tierde Brett.

De andere meisjes hielden hun adem in. Mevrouw Smail probeerde tussenbeide te komen, maar Callie keek haar aan met een blik van: bemoei je er niet mee. Daarop draaide mevrouw Smail zich om en liep met ferme tred naar het kleedhokje.

Callie keek Brett strak aan. 'Dat neem je terug. Ik manipuleer niemand.'

Brett lachte schamper. 'O nee? En Jenny en Easy dan? Is dat soms geen manipuleren?' Even wierp ze een blik op Jenny, die met haar stick in de hand als verstijfd naar hen stond te kijken.

Ook Callie keek naar Jenny. Geweldig. Echt geweldig. Dit zou er niet bepaald voor zorgen dat Jenny op de hoorzitting zou liegen om Callie te redden. Kwaad zei ze tegen Brett: 'Wat weet jij er nou van?'

'Ik hoef er niets van te weten,' snauwde Brett. 'Ik ken jou, ik weet hoe je te werk gaat. Dat weet ik door wat je met Tinsley hebt gegaan.'

'Tinsley?' Callies mond viel open.

'Ja, Tinsley,' zei Brett ineens zacht. Ze liep dicht naar haar vroegere vriendin toe totdat ze bijna met hun neuzen tegen elkaar stonden. 'Waarom biecht je het niet gewoon op? Jij hebt ervoor gezorgd dat Tinsley van school werd getrapt. Je manipuleerde haar zodat jij niet in de problemen kwam.'

Krijg nou wat... 'Zorgde ík dat Tinsley van school werd getrapt? Wie zegt dat jíj het niet zo had geregeld?' gilde Callie. De tranen sprongen in haar ogen. 'Ik heb Tinsley niet eens meer gesproken voordat ze wegging. Ik werd naar de disciplinaire commissie geroepen, ik ging daar weer weg, en toen was Tinsley al verdwenen!'

'Ja, hoor! Wat een...'

'Waarom zou ik willen dat Tinsley van school werd getrapt? We waren vriendinnen!'

Brett zette een stap naar achteren en keek Callie in verwarring gebracht aan. Zo bleven ze elkaar een hele tijd aanstaren voordat Brett haar schouders ineens liet hangen. 'Dat meen je echt, hè?'

Callie knikte heftig.

'En jij denkt dat ík ervoor heb gezorgd dat Tinsley van school werd getrapt?'

'Nou, ík was het niet, dus moet jij het wel zijn geweest,' legde Callie uit, maar in haar stem klonk onzekerheid door.

'Ik kreeg ook geen kans om Tinsley nog even te spreken. Ze was al weg.'

Callie keek naar de grond. 'Echt waar?'

'Ja.'

Iedereen hield de adem in.

'Ik snap het niet...' zei Brett peinzend. 'Heeft Tinsley dan gewoon de schuld op zich genomen om ons allebei te dekken? Uit zichzelf?'

'Daar lijkt het wel op. Maar waarom zou ze zoiets hebben gedaan?'

'Geen idee.'

Callie begon te lachen. 'Nou, dat is ook mooi!'

Ook Brett moest lachen. 'Jezus, ik dacht dat jij erachter stak.'

'En ik dacht dat het jouw schuld was!'

'Ik dacht dat je een andere kamer wilde omdat je het dan niet over Tinsley hoefde te hebben.'

Achter hen kwam mevrouw Smail aanzetten met meneer Steinberg, de voetbalcoach van de jongens. Toen ze zag dat Callie en Brett lachend hun armen om elkaar heen sloegen, bleef ze in verwarring staan.

'Daarnet stonden ze nog op het punt elkaar de hersens in te slaan.'

'Meisjes...' verzuchtte meneer Steinberg hoofdschuddend.

Mevrouw Smail streek met haar hand door haar korte honingblonde haar. 'Oké, gaan jullie maar douchen,' zei ze na een poosje.

Eindelijk...

Brett voelde zich of ze de marathon had gelopen. Zo voelde ze zich altijd na een hevige ruzie. Langzaam liep ze met Callie naar de kleedkamer. Geen van beiden zei iets, maar toch was het een prettige stilte, zonder spanningen. Ze smeet haar scheenbeschermers in haar grijze nylon draagtas van Hervé Chapelier toen haar mobieltje ging. Ze had een sms'je gekregen: Kom naar mijn boot, we moeten praten. Eric.

Ze verborg haar gezicht in haar handen. Die tedere kus... zijn zachte lippen... De manier waarop hij haar in zijn armen had genomen en haar tegen zich aan had getrokken... Zijn geur: pepermunt, sigaretten en wasmiddel dat naar lavendel rook... Het kreunende geluidje dat hij had gemaakt toen de kus werd verbroken... De vorige dag had ze zich afgewezen gevoeld, maar misschien was hij nu van gedachte veranderd? Ze wist dat het gevaarlijk was, maar hing het leven niet van risico's aan elkaar? Ze kon alleen maar hopen dat Eric er ook zo over dacht.

Toen ze bij de boot aankwam, lag hij uitgestrekt op een moderne witte ligstoel op het dek, een zakje krakelingen met honing-mosterdsmaak onder handbereik. Hij stond op en veegde de kruimeltjes van zijn katoenen broek.

'Hoi.'

'Hoi,' reageerde ze vanaf de oever. Ze had snel een zwart
t-shirt van c&c California aangetrokken en een heupbroek
van Blue Cult jeans, in de hoop er nonchalant uit te zien en
zonder hoge verwachtingen. Maar nu ineens vond ze haar
outfit helemaal verkeerd. Het t-shirt was te kort en haar
broek zat te laag bij de heupen zodat ze een groot stuk blote
buik liet zien. Ze zag er niet beschaafd genoeg uit voor Eric.
Ze probeerde haar buik met haar hand te bedekken. Het
hielp ook niet echt dat hij er zo knap uitzag met zijn don-
kerblonde haar dat over de kraag van zijn witte poloshirt
krulde.

'Hoi.' Glimlachend keek hij op haar neer.

'Ook nog eens hoi,' zei Brett zacht.

Zwijgend stonden ze elkaar van een afstandje aan te kijken. Brett voelde zich stupide – kennelijk had hij daar geen
last van. Haar maag roerde zich. Het iriteerde haar dat hij
haar had laten komen om haar te vertellen wat ze allang
wist, namelijk dat ze elkaar niet meer moesten ontmoeten,
blablabla. Goed, zij vond het best. Ze wilde maar dat het
snel voorbij zou zijn. En dat ze hem daarna nóóit meer
hoefde te zien. Ze kon uit de disciplinaire commissie stappen. Wat deed het ertoe dat het goed op je cv stond? Er waren heus wel andere manieren om op Brown te worden toegelaten.

'Ik heb zitten denken.' Met die woorden onderbrak hij
haar gedachtegang. 'Je blijft nog een jaar op het Waverly. Je
bent zeventien en ik ben drieëntwintig. Dat scheelt eh... zes
jaar.'

'Hm,' mompelde Brett terwijl ze aan een stuk touw peuterde dat om een steigerpaal zat gewikkeld.

'Zes jaar. Dat houdt in dat wanneer we allebei twintig
zijn... Ik bedoel, wanneer jij tweeëntwintig bent, ben ik

achtentwintig. En wanneer ik vijftig ben, ben jij vierenveertig.'

Brett snoof. 'Wat wil je daarmee zeggen?'

'Ik...' stamelde hij.

'Ik wil je niet beledigen, hoor,' zei Brett snel terwijl ze
haar schouders rechtte. 'Maar ik ga echt niet op je wachten
totdat ik vierenveertig ben. Tegen die tijd heb ik al een andere man, een jongere mag ik hopen.'

Eric keek haar doordringend aan. 'Ik denk dat ík niet kan
wachten tot je vierenveertig bent.'

'O,' reageerde ze. Ze wond het stukje touw zo strak om
haar vinger dat ze hem afknelde.

Hij bleef maar naar haar kijken, toen zuchtte hij. 'Wil je
in de kajuit komen?'

Brett verstarde. Ze wist het niet zeker, maar ze vermoedde dat dit weleens een heel belangrijk moment in haar leven
kon zijn. Daar stond ze met dat stomme t-shirt en die suffe
broek aan, op een zondag na de hockeytraining, met een
kater, zeventien jaar oud en met een pukkel op haar rechter-
wang die ze met een camouflagestift van MAC had wegge-
werkt, en ze moest nog haar huiswerk voor biologie doen...
Ze had een saai leven. Maar als ze een opwindend leven wilde, moest ze nu een beslissing nemen.

'Oké, dat wil ik wel.' Ze glimlachte in zichzelf en liet haar
handen over de reling glijden terwijl ze aan boord stapte.

Toen Callie de hoek omsloeg op weg naar Dumbarton, zag ze Easy voor de deur staan. Haar eerste inval was zich om te draaien en hard weg te rennen naar het sportveld.

Maar Easy had haar al gezien. 'Wacht!' Hij liep de betonnen treetjes af. 'Kom terug!'

Tegen haar zin draaide Callie zich om. Er rezen vage herinneringen aan het feest van de vorige avond in haar op: een heleboel flessen tequila, Heath' monsterlijke Keltische tatoeage, Easy die door het kralengordijn keek, Heath' kinderachtige mailtje. Vanaf het begin van dit schooljaar maakte iedereen grapjes over Heath de Pony. Goed, ze was dronken geweest en razend op Brandon, en nog woedender op Easy, maar waarom had ze zich ook door Heath laten berijden?

'Hoi,' zei ze nors.

'En, heb je je gisteravond op het feest een beetje geamuseerd?' vroeg hij met opgetrokken wenkbrauwen.

'Het spijt me.' Ze plukte aan haar bordeauxrood en blauw geruite hockeyrokje. 'Van... je weet wel. Dat. Dat was stom. Het was een drinkspelletje.'

'Nou, ik stond er inderdaad van te kijken.' Easy schopte een kiezelsteentje weg.

Callie smolt bijna toen ze zag hoe slecht Easy op zijn gemak was. 'Het was een ranzig feest.' Ze keek naar de grond.

Easy zweeg.

'Dat was vorig jaar wel anders,' ging Callie verder. 'Toen hadden we leuke feesten.'

Ze ging op het trappetje zitten en drukte haar knieën tegen elkaar. Het liefst had ze haar ogen gesloten. 'Ik wou dat het tussen ons ook weer was zoals vorig jaar. We hadden hartstikke veel lol.'

'Ja...' zei Easy zacht.

'Wat is er met ons gebeurd?'

'Kweenie.'

'Misschien komt het weer goed.' Hoopvol keek Callie naar hem op. 'Als we... Weet ik het, gewoon ergens gaan kamperen en praten. Ergens waar geen anderen zijn. Jij mag zeggen waar. Als je wilt, ga ik zelfs met je paardrijden,' voegde ze er impulsief aan toe. Easy wilde altijd dat ze met hem ging paardrijden en zij had altijd geweigerd.

'Ja?'

'Als ze me niet eerst van school trappen.' Ze verschoof op het trapje. 'Ik weet nog steeds niet wat Jenny van plan is. Ik bedoel, ik geloof niet dat ze me wil verklikken, maar ze wil zelf ook geen problemen.'

Easy keek naar zijn gympen. 'Ik vind dat Jenny geen problemen heeft verdiend.'

'Ja, dat zei je al.' Callie hoorde zelf hoe gespannen het klonk.

'Ik vind dat jij de schuld op je moet nemen. Jenny heeft er niets mee te maken.'

'Maar als ik de schuld op me neem, word ik van school getrapt. Is dat dan wat je wilt?'

Easy schudde zijn hoofd. 'Nee. Ik... ik weet het niet. Als er nou een manier was waarbij jullie geen van beiden problemen kregen...'

'Ik snap jou niet.' Callie keek hem strak aan. 'Wat kan het je schelen of ze in de problemen komt? Jullie kenden elkaar niet eens voordat ik...' Plotseling leek het of er in haar hoofd een lamp aanging. Wat Brandon haar had verteld voor het feest voorafgaand aan Zwarte Zaterdag... Wat er op Jenny's arm stond geschreven... Het roddelige mailtje van Heath: twee mensen die elkaar verlangend in de ogen keken... Ze hadden maar al te graag met elkaar willen flirten toen Callie hun dat had gevraagd.

Easy vond Jenny leuk. En niet omdat Callie hem had gevraagd te doen alsof. Nee, hij vond haar écht leuk.

Callie stopte haar duim in haar mond en keek weg omdat ze niet wilde dat hij de uitdrukking op haar gezicht kon zien.

Easy zag dat ze zich wegdraaide en hij vroeg zich af wat ze dacht. Hoe kon hij zowel Jenny als Callie redden? Het enige wat hij kon bedenken, betekende dat hij zijn eigen plek op het Waverly in de waagschaal stelde. Was hij dapper genoeg om zoiets te doen?

Callie draaide zich weer om. 'Nou, er moet maar gebeuren wat er gebeurt.'

'Wie weet trappen ze míj wel van school.'

Even bleef het stil, toen zei ze: 'Ik zou willen dat ik de tijd kon terugdraaien.'

Hij legde zijn hand op die van haar. 'Weet ik,' reageerde hij nadenkend. Dit – wat het ook was – met Jenny was te groot voor hem om te kunnen bevatten. En misschien ook te griezelig. Als hij naar Callie op het trappetje keek, met haar hockey-outfit nog aan en op sandalen, met haar haar in een rommelige paardenstaart en zonder een spoor van make-up, was ze nog net een kind. Geen mondaine volwassene vol emoties. Ze was lief en veilig, iets wat hij begreep. Hij vond het vreselijk om het uit te maken – of hij het nu uitmaakte vanwege Jenny of omdat hij van school werd getrapt. 'Misschien kan ik de tijd terugdraaien,' zei hij terwijl hij even in haar hand kneep.

Een uur later liep Brett de loopplank af. Ze had haar armen om zich heen geslagen omdat het haar duizelde na wat ze net had gedaan.

Eric Dalton had haar uitgekleed en over haar hele lichaam gekust. Daarna had hij zijn eigen kleren uitgetrokken, alsof het een stripclub was. Brett had een man zich nog nooit bij daglicht zien uitkleden. Ondertussen had hij haar steeds aangekeken. Ze hadden elkaar gemasseerd en zo, en toen, net toen ze verder wilden gaan... toen had ze ineens gezegd dat ze frisse lucht nodig had. Het ging haar allemaal een beetje te snel. Het was allemaal veel overweldigender dan het in haar fantasie was geweest. En niet helemaal op een prettige manier. Ze moest nadenken.

En aan het eind van de steiger stond, wie zag ze daar?

Shit.

'Daar is ze dus,' mompelde Jeremiah voor zich uit. 'Ik wist niet dat je van zeilen hield.'

Hij had donkere kringen onder zijn ogen. Hij had een spijkerbroek aan en een t-shirt met de opdruk: cbgb om-fug – dat was een punkige club in Manhattans East Village. Hij had een enorme tas van L.L. Bean bij zich met zijn initialen erop geborduurd.

Brett voelde zich schuldig – Jeremiah, die zo cool en onverstoordbaar kon zijn, met een tas waar zijn moeder zijn initialen op had geborduurd, dat gaf hem iets heel kwetsbaars en liefs.

'O... Hoi.'

'Hoi?' Jeremiah schudde zijn hoofd. 'Is dat alles wat je kunt zeggen: hoi?'

'O...' Brett probeerde langs hem te lopen, maar hij greep haar stevig bij haar arm vast. Even werd ze bang en ze keek achterom naar de boot. Maar toen drong het tot haar door dat het Jeremiah maar was en rukte ze zich los. 'Blijf van me af! Heb je mijn berichtje niet gekregen?'

'Ben jij zo'n botterik die het per voicemail uitmaakt?' schreeuwde hij. 'Subtiel, hoor. Van jou had ik wel iets beters verwacht!'

Brett wilde het er niet over hebben, zo vlak voor de boot van Eric – Eric, die haar heel langzaam had uitgekleed. Eric, die haar op een behendige en volwassen manier had ge-streeld, niet op die onhandige, graaiende manier van jon-gens van haar eigen leeftijd. Eric, die niet kwaad was gewor-den toen Brett het laken met paisleymotiefje van Ralph Lauren over zich heen had getrokken en gezegd dat ze er-mee moesten ophouden.

Ze stapte het pad naar het schoolterrein op. 'Oké,' zei ze terwijl ze zich naar Jeremiah toe draaide. 'Dan maak ik het nu uit. Zo goed?'

'En je vertelt me zeker niet waarom?'

'Als je dat zo graag wilt,' schamperde Brett. 'Je dacht toch zeker niet dat het serieus was tussen ons? Dat is alvast één reden.'

Jeremiah bleef staan. Zijn gezicht was opgezwollen en rood. Hij zag eruit of hij in dagen niet had geslapen.

'Ja, ik dacht inderdaad dat het serieus was tussen ons,' zei hij. 'Waarom zou ik je anders vragen met me mee naar Cali-fornië te gaan?'

'Nou...' Ze keek naar de grond.

'Kennelijk heb je iemand anders,' zei hij. 'Ze hadden me

gezegd dat ik je hier kon vinden. Die boot is zeker van hém, hè? Je was daar met een kerel, in de kajuit, hè? Kom op, Brett, vind je dat zelf niet een beetje ordinair?'

Brett knipperde met haar ogen. Alsof hij zelf zo deftig was met dat rare stadse accent! Ineens besefte ze iets, en ze vroeg: 'Zeg eens, wie heeft jou verteld dat ik hier zou zijn?'

Jeremiah haalde zijn schouders op. 'Wat doet dat ertoe?' Hij haalde een pakje Camel Light uit zijn tas. 'Waar het om gaat, is dat iemand me dat heeft verteld. En het was dus waar. Pech voor jou.'

Hij draaide zich om en beende weg over het gazon met zijn niet-brandende sigaret tussen zijn lippen.

'Wacht!' riep Brett hees. Ze voelde zich echt bang. 'Wie heeft je verteld dat ik...'

Maar hij was al te ver weg om haar te horen, en ze wilde niet schreeuwen. Ze draaide zich om en keek naar de steiger. Erics boot lag rustig op het water te deinen, een stille getuige van het moment waarop Bretts leven totaal was veranderd. Het was maar een paar stappen terug naar de boot, waar ze naast Eric in bed kon kruipen. Ze konden wijn drinken en over van alles en nog wat praten, hij kon ervoor zorgen dat dat rotgevoel wegging. Daarna kon ze met hem naar bed gaan, iets wat ze nog nooit met iemand had gedaan.

Maar ze kon het niet. Ze wist zelf niet waarom.

Een Waverly Owl is eerlijk

onder ... ... bit me
... ... op en bevoegd ... zijn vraag om de
bladzijde van het dossier om te slaan. 'Goed, meneer Far-
der, ik lees hier dat u meneer Walsh in de kamer van mevrouw Holmbury heen aangetroffen. Zo laat in ... en
meneer Walsh was nog naar. Dat klopt?'
'Dat klopt,' bevestigde meneer Pardee. 'Ik heb ze beyrap-

Maandagmorgen zat Jenny voor de ronde eiken tafel in het
kantoor van directeur Marymount. De hoorzitting van de
disciplinaire commissie was al een paar minuten aan de
gang. Het vertrek rook naar oude boeken en nieuwe verf.
Easy zat een eindje van haar af. Aan de andere kant van de
tafel zaten Brett, Ryan, Celine en de andere leden van de disciplinaire commissie, en ook meneer Pardee, meneer Dalton en rector Marymount. Ze hadden hun handen gevouwen en hielden hun blik op haar gericht. Callie had er niet
bij aanwezig mogen zijn omdat zij geen lid van de commissie was. Jenny kon zich Callie voorstellen in Dumbarton,
waar ze de ene sigaret na de andere opstak terwijl ze in
spanning wachtte op het vonnis.

Aan de muur tegenover Jenny hingen schilderijen in zilveren lijsten. Het waren werken van eindexamenleerlingen,
vanaf 1985 tot heden. Er stonden handafdrukken in plak-
kaatverf bij in verschillende kleuren, met daaronder de
naam van de leerling. Alle handen van de leerlingen van het
Waverly straalden iets rijks en welvarends uit. Jenny vroeg
zich af hoe de hare er tussen al die andere zou uitzien. En
vervolgens vroeg ze zich af of ze wel lang genoeg op het Waverly zou zijn om haar handafdruk op het schilderij van
háár eindexamenklas te kunnen zetten.

Ze had nog steeds niet besloten wat ze tijdens de hoorzitting zou zeggen, en nu was die al bezig. Meneer Marymount
zag er erg provinciaals uit met een marineblauw wollen vest

onder zijn bordeauxrode schoolblazer. Hij had een bril met een gouden montuur op en bevochtigde zijn vinger om de bladzijden van het dossier om te slaan. 'Goed. Meneer Pardee, ik lees hier dat u meneer Walsh in de kamer van mevrouw Humphrey heeft aangetroffen. Ze zaten te praten, en meneer Walsh was nagenoeg naakt. Dat klopt?'

'Dat klopt,' bevestigde meneer Pardee. 'Ik heb ze betrapt. Het zag ernaar uit dat ze met seksueel getinte activiteiten bezig waren.' Blozend tot in zijn hals keek hij naar het tafelblad.

Jenny beet op haar wang.

Rector Marymount richtte zijn blik op Jenny. 'Mevrouw Humphrey?'

Het moment was daar. Het moment waarop Callie voor de bijl ging, of zijzelf. En daarmee zou een einde aan haar nieuwe leven komen. Ze haalde diep adem, ook al had ze geen flauw benul van wat ze zou gaan zeggen.

'Het is allemaal mijn schuld.'

Iedereen keek Easy aan. Hij schraapte zijn keel.

'Pardon?' vroeg rector Marymount.

'Het is allemaal mijn schuld,' zei Easy nog eens. 'Ziet u, ik was op zoek naar Callie. Ik had geslapen met alleen mijn boxershort aan, en zo ging ik naar haar toe. Ik liep hun kamer in, maar Callie was er niet. Daarom knoopte ik een praatje met Jenny aan. Ze had me dus niet binnen gevraagd. En toen betrapte meneer Pardee ons. Het moet eruit hebben gezien of Jenny en ik iets deden, maar echt, we deden niets. Zij heeft er niks mee te maken.'

Jenny's mond viel open.

'Ik ging op haar bed zitten,' vertelde hij verder. 'Dat had ze me niet gevraagd. Ik deed het gewoon.'

Meneer Marymount streek door zijn dunner wordende haar. 'Besef je wel wat de consequenties hiervan kunnen zijn? Besef je wel hoe ongepast dat was?'

'Jawel.' Easy boog zijn hoofd.

Jenny beet op haar lip en legde haar handen in haar schoot. De leerlingen van de commissie keken haar met een lege blik aan, hun gezichten volledig uitdrukkingsloos. Waarschijnlijk omdat ze allemaal nog katterig waren van het feest van zaterdagavond. Hoewel Jenny haar best deed haar gevoelens te onderdrukken, voelde ze zich vanbinnen een slecht werkende flipperkast. Zij was nu veilig, maar Easy zat tot over zijn oren in de problemen. Stel dat hij van school werd getrapt? Zou iedereen haar dan daarvan de schuld geven? En belangrijker nog, liep ze het risico de eerste jongen kwijt te raken van wie ze misschien wel hield?

Meneer Marymount rechtte zijn rug en klopte met zijn knokkels op de tafel. 'Mevrouw Humphrey? Is het zo gegaan?'

Jenny knikte. Per slot van rekening was het waar. Min of meer.

'Nou, maar toch is het niet de beste manier om aan het nieuwe schooljaar te beginnen, en dan heb je zaterdag ook nog een hoogst ongepaste voorstelling op het sportveld gegeven. Ik wil je volgende week in mijn kantoor spreken.' Meneer Marymount fronste. 'We moeten iets verzinnen waardoor je voortaan niet meer in de problemen komt.'

Jenny knikte. 'Oké.'

Daarna richtte meneer Marymount zich tot Easy. 'Voor de goede orde, meneer Walsh, jij neemt dus de schuld volledig op je?'

Easy haalde diep adem. Van dit moment had hij gedroomd, van het moment waarop hij van het Waverly werd getrapt. Op de een of andere manier had hem dat altijd onvermijdelijk geleken. Hij had gefantaseerd over wat hij zou zeggen, wat hij zou aantrekken. Hij had zich vreemd genoeg voorgesteld dat hij het rode Mighty Morphin Power Rangers-pak zou dragen dat hij als jongetje had gehad, en dat hij om zich heen zou zwaaien met de ongeladen antieke geweren van zijn vader, gewoon om iedereen angst aan te jagen. Hij had ook een belachelijk grote *Terminator*-zonnebril van Dolce & Gabbana op zijn neus. Hij zou het docentenkorps van het Waverly precies zeggen wat hij van hen vond en daarna op Credo de zonsondergang tegemoet rijden.

Maar dingen gaan nooit zoals je je ze voorstelt. Het klamme zweet brak hem uit onder zijn overhemd van Brooks Brothers en zijn keurig opgeperste bordeauxrode schoolblazer. Hij dacht aan alles wat hij zou gaan missen als hij van school werd getrapt. De uilen. De oranje en paarse zonsondergangen boven de Hudson. Dat schitterende glas-in-loodraam in de kapel. Voetballen met Alan wanneer ze even geen zin in hun huiswerk hadden. De kersentaart in de kantine, en de aardige serveerster Mabel, die uit een plaatsje dicht in de buurt van Lexington kwam. Callie. Jenny. Vooral Jenny zou hij vreselijk missen.

'Nou?' drong meneer Marymount aan.

'Ja,' zei Easy. 'Het is allemaal mijn schuld.'

'Goed.' Directeur Marymount klonk teleurgesteld. 'Commissie, vinden we meneer Walsh schuldig? Steek uw hand op.'

Brett, meneer Dalton, meneer Pardee en Benny staken hun hand op. De andere leden van de disciplinaire commissie haalden verontschuldigend hun schouders op en staken vervolgens ook hun hand omhoog. Uiteindelijk deed Alan dat ook.

Er volgde een akelige stilte. Meneer Marymount keek naar al die opgestoken handen. Easy keek naar de grond.

Uiteindelijk slaakte meneer Marymount een zucht.

'Goed. Daar zijn we het over eens. Meneer Walsh, dit is je laatste waarschuwing. Je krijgt een proeftijd. Alweer. Die duurt twee weken. Gedurende die periode mag je niet naar de stal, tenzij er iets met je paard is. Je mag niet van het schoolterrein af en je mag geen bezoek ontvangen. Je volgt de lessen, je gaat naar de kapel en naar de eetzaal. Verder niets.'

Hij bleef maar praten, hoewel niemand luisterde. Allan, Benny en de twee meisjes uit de examenklas slaakten een opgeluchte zucht. Brett leunde achterover in haar stoel en sloeg haar armen over elkaar terwijl ze een grijns verbeet.

'Wacht,' fluisterde Jenny tegen niemand in het bijzonder. 'Wat gaat er gebeuren?'

'De ouwe zeikerd laat me blijven,' fluisterde Easy terug.

Maar aan zijn stem kon ze horen hoe blij hij was. En uit de betekenisvolle blik die hij haar toewierp, maakte ze op dat zijn blijdschap misschien een heel klein beetje met haar te maken had.

De ene Waverly Owl is nog geweldiger
dan de andere

Brett zocht in haar grijze nylon Hervé-sporttas naar de halveliterfles Gosling-rum. 'We hebben iets te vieren!' kondigde ze theatraal aan.

Uitgeput zaten de drie meisjes op de grond van kamer 303 in Dumbarton. Jenny en Brett uitgeput van alle spanning tijdens de hoorzitting, Callie uitgeput van de spanning omdat ze er niet bij had kunnen zijn.

Jenny keek naar Brett die langzaam rum in hun glazen van Crate & Barrel schonk. Ze voelde zich een beetje zoals ze zich op het feest van Zwarte Zaterdag had gevoeld – warm en zweverig. Zo had ze gedroomd dat het leven op het Waverly zou zijn. Haar dromen waren uitgekomen.

Tenminste, zo voelde het wanneer ze bij Brett was. Callie leek nog een beetje afstandelijk. Toen Jenny in hun kamer kwam en Callie had verteld hoe het was afgelopen, had Callie Jenny natuurlijk omhelsd en gezegd dat ze haar eeuwig dankbaar zou zijn omdat ze haar niet had verklikt. En toch was er iets tussen hen wat nog niet was opgelost.

'Op het nieuwe schooljaar op het Waverly!' zei Brett.

Ze klonken.

'En,' zei Callie, 'op het feit dat we dat gedoe met Tinsley achter ons hebben gelaten.'

'Precies,' zei Brett.

'Ik wist niet eens dat dat jullie zo dwarszat,' zei Jenny.

'Het is een lang verhaal.'

'Er werd geroddeld,' legde Callie uit. 'Er werd gespeculeerd over de reden waarom Tinsley van school was getrapt. Sommigen zeiden dat het mijn schuld was, anderen zeiden dat het juist Bretts schuld was. Wij wisten niet wat we moesten geloven.'

'Over roddels gesproken,' begon Brett. Het viel Jenny op dat Bretts ogen rood waren, en dat haar nagels, die anders zo schitterend gevijld en gelakt waren, nu totaal waren afgekloven. 'Eh, hebben jullie nog iets over mij en Eric Dalton gehoord?'

'Nee,' antwoordde Callie iets te snel. Jenny keek haar verrast aan.

Brett sloeg haar ogen ten hemel. 'Ik bedoel, jullie zijn allebei op de hoogte, dat weet ik heus wel. In elk geval, ik heb... Er is iets tussen meneer Dalton en mij.'

'Ben je met hem naar bed geweest?' vroeg Callie.

'Nee. Maar wel bijna.'

Er viel een stilte.

'Maar eh... Jeremiah betrapte me toen ik gisteren van de boot van meneer Dalton kwam,' ging Brett toonloos verder. Ze streek haar haar achter haar oor, en Jenny zag dat ze een enorme zuigzoen in haar hals had. 'En ik vroeg me af hoe Jeremiah wist dat hij me daar kon vinden.'

Jenny beet op haar lip. Het viel haar op dat Callie dat ook deed. Zij had er zelf met geen woord over gesproken, maar Callie wel, dat had ze zelf gehoord. Maar... Hoe wist Callie het eigenlijk? Zou Brett haar ervan verdenken dat zíj het Callie had verteld?

'Ik wist van niets,' zei Callie terwijl ze Brett recht aankeek.

'Oké,' mompelde Brett.

'Gaat het?' vroeg Jenny. 'Nu met dat gedoe met meneer Dalton en zo?'

Brett haalde haar schouders op. Ze wist niet goed wat ze

moest zeggen. Het speet haar dat ze niet volwassener kon zijn en hun de waarheid kon vertellen, dat ze Eric zich had zien uitkleden, dat ze dat onhandige gefriemel van jongens van haar eigen leeftijd had gemist waarbij ze in hun eigen kleding verstrikt raakten en nauwelijks konden geloven dat ze zo boften met een meisje als Brett. Dat Eric zo duidelijk ervaren was, had haar beangstigd. Ze had wel naar hem willen teruggaan en vastberaden willen zeggen: zo, grote jongen, neem me maar. Maar dat kon ze niet. Ze was er niet klaar voor. Natuurlijk wilde ze Callie en Jenny dat allemaal graag vertellen, maar ze had Callie ooit verteld dat ze jaren geleden in Gstaad door die Zwitserse jongen was ontmaagd. Wat zou Callie wel van haar denken als ze nu toegaf hoe de vork werkelijk in de steel zat?

De meisjes dronken zwijgend van hun drankje en wachtten geduldig op Bretts verhaal.

Jenny leunde naar achteren. Ze voelde zich erg gelukkig. Ze was nog niet Easy's vriendinnetje, maar ze wist dat dat er waarschijnlijk wel van zou komen. Als het nou maar weer aan raakte tussen Callie en Brandon...

'Zeg,' verbrak Callie de stilte. 'Ik heb een idee.' Ze krabbelde overeind en rende de kamer uit. Even later kwam ze terug met een dik, in rood leer gebonden boek. Er stond op: WAVERLY OWLS 2000. 'In de lobby hebben ze jaarboeken die helemaal teruggaan tot 1950.'

'Een oud jaarboek?' vroeg Brett. 'Daar staan wij nog niet eens in, hoor.'

'Nee, maar meneer Dalton wel.' Callie lachte grimmig.

'Jezus, gauw kijken!' riepen ze uit.

Ze sloegen het boek open en zochten naar de D van Dalton. Daar stond hij in zijn smoking, met diezelfde lach, zo van: ik voer iets in mijn schild, maar jullie komen er lekker toch nooit achter. Ook al was de foto van vijf jaar geleden, hij zag er toch al knap uit. In stilte bestudeerden ze hem.

'Ik dacht dat we er via dit boek misschien achter zouden komen dat hij uitsluitend om zijn PlayStation gaf en onder de pukkels zat,' bekende Callie. 'Ik dacht dat je daar misschien iets aan zou kunnen hebben.' Ze haalde haar schouders op. 'Maar dat is dus niet het geval.'

'Zeg,' reageerde Jenny. 'We moeten het jaarboek zien te vinden van toen hij nog in de onderbouw zat. Wedden dat hij er belachelijk uitzag? Ik bedoel, op die leeftijd ziet iedereen er als een halvegare imbeciel uit.'

'Zelfs jij?' vroeg Callie.

'O nee, ik heb er nooit raar uitgezien. Je zou mijn foto's uit groep acht eens moeten zien... Ik droeg toen uitsluitend fleecetruien. Sexy, hoor.'

'Getver.' Callie lachte.

'Ja, nou! Wanneer je mijn vader leert kennen, laat hij je die foto's vast zien.'

Brett mepte haar met een kussen. 'Jij bent echt raar.'

Jenny haalde giechelend naar Brett uit. Er vloog een veertje uit het kussen dat op Callies met plakkerige lipgloss besmeurde lippen terechtkwam, en daardoor moest Jenny nog harder lachen. Misschien lag het aan de rum dat ze zich zo waanzinnig vrolijk voelde.

Plotseling werd er op de deur geklopt. De meisjes verstarden.

'De rum,' fluisterde Callie. 'Gauw, onder het bed!'

Snel verstopten ze de glazen, en in hun haast ook het jaarboek van 2000. Callie trok de deur open. Rector Marymount, Angelica Pardee en meneer Pardee stonden op een kluitje in de deuropening.

Jezus, dacht Jenny. Ze zijn van gedachten veranderd. We worden allemaal van school getrapt. Shit, shit, shit.

'Deze kamer is zeker groot genoeg voor vier,' zei Angelica terwijl ze peinzend rondkeek.

'Er hoeft alleen maar een bed bij,' voegde meneer Pardee eraan toe. 'Er staat al een extra bureau.'

Callie, Jenny en Brett keken elkaar eens aan. Vier?

'Eh... Kunnen we iets doen?' mompelde Brett. Ze probeerde met dichte mond te praten zodat de docenten de rum niet konden ruiken.

'Meisjes,' kondigde meneer Marymount aan, 'ik heb een interessant nieuwtje voor jullie. Ik denk dat jullie er wel blij mee zullen zijn.'

'Wat?' vroeg Callie. 'Willen jullie ons met nog iemand opzadelen?'

'Het is niet zomaar iemand.' Meneer Pardee glimlachte. 'Het is jullie oude vriendin Tinsley.'

De drie meisjes vielen even helemaal stil. Callie en Brett keken elkaar met grote ogen aan. Jenny keek van de een naar de ander. Tinsley?

'Wacht eens,' piepte Callie. 'Wat zei u daar?'

'Dat heb je heel goed gehoord,' baste meneer Marymount. 'We hebben besloten Tinsley weer op school toe te laten.'

'En ze komt bij ons op de kamer?'

'Dat klopt.'

'Wauw,' was alles wat Brett kon uitbrengen. De andere meisjes knikten.

'Mieters,' zei Jenny.

En dat beschreef het helemaal.

Owlnet instant message inbox

CallieVernon:	Je zit vlakbij, maar ik wil niet dat Jenny dit hoort.
BrettMesserschmidt:	Oké, zeg het maar.
CallieVernon:	Ik weet niet of het wel een goed idee is, Tinsley en Jenny samen op één school.
BrettMesserschmidt:	Hoe bedoel je?
CallieVernon:	Je weet best wat ik bedoel.
BrettMesserschmidt:	O. Ja, ze hebben allebei... iets. Misschien worden ze wel hartsvriendinnen.
CallieVernon:	Of ze krabben elkaar de ogen uit.
BrettMesserschmidt:	Dit wordt een interessant schooljaar.
CallieVernon:	Dat kun je wel zeggen...
BrettMesserschmidt:	Hoe kan het dat Tinsley mag terugkomen?
CallieVernon:	Misschien heeft ze bij Marymount een lapdance uitgevoerd... Ik heb gehoord dat hij daar wel van houdt.
BrettMesserschmidt:	Viespeuk!
CallieVernon:	Daarom mag je me toch zo graag?
BrettMesserschmidt:	Jazeker. Nou, doei...

255